坚硬的影子

张利文　著

首都师范大学出版社
CAPITAL NORMAL UNIVERSITY PRESS

图书在版编目（CIP）数据

坚硬的影子/张利文著．—北京：首都师范大学出版社，2009.1
ISBN 978-7-81119-531-6

Ⅰ．坚… Ⅱ．张… Ⅲ．散文—作品集—中国—当代
Ⅳ．I267

中国版本图书馆 CIP 数据核字（2009）第 001737 号

JIANYING DE YINGZI
坚硬的影子
张利文 著

责任编辑 张成水

首都师范大学出版社出版发行
地 址 北京西三环北路 105 号
邮 编 100048
电 话 68418523（总编室） 68982468（发行部）
网 址 cnuph.com.cn
E-mail master@cnuph.com.cn
北京嘉实印刷有限公司印刷
全国新华书店发行
版 次 2009 年 1 月第 1 版
印 次 2009 年 1 月第 1 次印刷
开 本 890mm×1 270mm 1/32
印 张 12.125
字 数 245 千
定 价 28.00 元

“青年原创书系”出版说明

北京市新闻出版局在北京市委宣传部的领导下，于2008年4月推出并启动的“青年写作爱好者作品征集出版”活动，在社会上产生了强烈反响，全国各地青年写作爱好者的作品纷至沓来。我们组织专家委员会和出版单位反复审读、严格把关，遴选出优秀作品，以“青年原创书系”的形式陆续扶持出版。

开展“青年写作爱好者作品征集出版”活动是政府行政部门推出的一种出版创新模式，目的在于以实际行动贯彻落实党的十七大精神和科学发展观，进一步转变政府职能，不断完善公共文化服务体系，充分发挥人民群众在出版业大发展大繁荣中的主体作用，推动新闻出版业又好又快发展。人民群众不仅是出版成果的消费者，更是出版业的开拓者、建设者和实践者。青年人激情飞扬、勇于开拓、热爱生活、熟悉生活，是出版业的未来和希望。当前，由于受传统思想观念、管理体制机制和出版业向市场转型等各种因素的影响，图书出版存在原创活力不足，人才队伍结构不合理，重复出版、跟风出版现象突出，原创民族文化特色和时代特色不鲜明，原创作品和人才低迷等问题，我们希望通过深入持久地开展这项活动，为青年写作爱好者搭建展示才华的公共服务平台，提供实现理想与梦想的广阔渠道与空间，激发他们的创作热情，着力发掘培植一批有潜质的写作新人，为出版业持续繁荣发展培育新生力量，丰富出版资源。

“青年原创书系”推出的这些作品，一方面显示出了青年作者们不凡的创作潜质；另一方面也因为其“新”，所以在艺术创作上不可避免地会存在这样或那样的不足。但是，我们相信，有广大读者的热情支持、有青年写作爱好者坚持不懈的努力，“青年原创书系”一定会推出更多更好的优秀原创作品，“青年写作爱好者作品征集出版”活动也一定会朝着“推出新人、打造精品、引领导向、繁荣出版”的目标迈进！

“青年写作爱好者作品征集出版”活动组委会

二〇〇八年十二月二十日

注：

1.“青年写作爱好者作品征集出版”活动征稿启事敬请登陆北京市新闻出版局网站（www.bjppb.gov.cn）查阅；

2.“青年写作爱好者作品征集出版”活动组委会办公室电话：010－64081996，来稿请寄：北京市东城区朝内大街55号405室，邮编：100010。

目录

Contents

目录

序：令人惊喜的新意

朱增泉

张利文是散文界升起的一颗新星。记得前年的某个时候，我曾在他的一篇文稿上写了一句评语：突飞猛进。说的是他对散文写作的神速进步。那时他刚写散文不久，转瞬之间，就给了我一个不小的惊喜。随后，我就断断续续地知道，他一篇又一篇散文作品在不同杂志上连续发表。时间不长，又得知他已有作品入选了一些散文选本，有的优秀作品得了奖。总之，我听到了他一路前行的脚步声。这一次，他给了我一个更大的惊喜。他告诉我，他的散文集参加北京市新闻出版局“青年写作爱好者作品征集出版”活动，以全票通过专家评审委员会的评审，即将由首都师范大学出版社出版。他送来了这部散文集文稿，请我为他作序。我看了书稿中那些我没有看过的作品，又一次令我惊喜。他已经悟出了新散文写作的奥秘，用新的写法，写出了新的感觉，也写出了生活的深度。他的散文作品在广大青年读者中产生了广泛的影响。

他起步阶段的写作题材，也和一般青年作者一样，主要是写童年、写同学、写父老乡亲，这就是收集在本书第三辑《他们的村庄》中的那些作品。那时，他无论记人叙事，都有比较完整的过程、情节或细节，采用的是比较传统的写法。当时有一点已引起我注意，他的有些作品不是简单地给人讲述某个故事，而是努力发掘这些农村人物在走进城市之后，或在农村走向城市化过程中，他们那种无所适从的心理状态。这一点，我认为在当今散文写作中是有重要意义的。我们这个古老的农业大国，正在迅速走向工业化、城市化。广大农民都被卷进了这场迟到而又快速的巨变中，他们在巨变洪流的冲击下产生了种种困惑和“不适”。世世代代含辛茹苦的中国广大农民，正在欢愉和焦躁的交响中生活着、经历着、体验着，正在以他们的坚忍不拔、焦躁不安和种种无奈，享受并消解着时代巨变带给他们的喜怒哀乐。写出中国农民的这种心路历程，不就是抒写了我们这个时代巨变的脉动吗？当今散文写作中所缺乏的，正是这种真切的时代脉动。所以，我曾鼓励他沿着这条路子写下去。

这次再读他的作品，发现他的写作题材已经突破了童年记忆的疆域，视野拓展了，表现手法也突破了传统范式。最突出的一点，就是从客观描摹转向了写作主体的内心表达，这是质的飞跃。对于文学创作而言，无论从事何种文学样式的写作，写作主体感觉的觉醒都是至关重要的。从《他们的村庄》到《一天的长度》这两辑作品，是两个层次分明的台阶，他留下了向上攀登的两个清晰而扎实的脚印。

《从黄寺到马甸》是他登上第二台阶的标志性作品，是他散文创作的一次“顿悟”，一次突破。诚如他自己在《不多见的作家》中所说，“写作者必须找到通向自己内心的秘密之路”，看来《从黄寺到马甸》象征着他已经找到了那条“秘密之路”。这之后，他一连写出了好多篇新作，写作手法更趋熟练，作品质量渐趋一致，语言个性也更为鲜明，并且开始形成他自己的风格。

《从黄寺到马甸》之后的这些作品，他不再拘泥于在一篇作品中单独去写某件事、某个人，而是以主体心理感觉的流动为线索，写的都是一段又一段现实生活的“混响曲”。在他的作品中已经看不到完整的过程、情节或细节，而是笔随心意，信手拈来，通篇都是一些片断、印象、组合、交响。但在每一篇作品的整体感觉上，又能让人读出他所要表达的某种意向、某种情绪，或是他要倾诉的某种心曲。读他的这些作品，就像看印象派的绘画，于朦胧模糊中给人以某种强烈感觉。《坚硬的影子》就是这方面的突出例子。在他的笔下，散文已成为一种表达心理感觉的艺术。

他作品中反映的主要是三个人群的生存状态和生活感受：故乡的父老乡亲、城市的底层劳动者、一群受过高等教育的年轻军官（他的军校同学）。他们的共同根基是农村，但他们分别处在现实生活的三个不同层面上。那些仍在农村的农民，商品经济的大潮也使他们与城市发生了千丝万缕的联系，他们寄希望于城市，而城市既会给他们带来某些喜悦，也常常会给他们带来许多无奈，正如《失语的柚子》中所反映的那样。那些进城寻找各种各样谋生手段的农民，组成了一支城市底层劳动大军，他们艰难而顽强地生活在城市的每一条街道、每一个角落，天天在与城市人打交道过程中品尝着生活的酸甜苦辣。而和作者一样的那群年轻军官，都是农民的子弟，都是通过上大学进入了军队、进入了城市，他们一方面以城市人的生活方式生活着，感受着自身的如意和不如意，另一方面乡下和进城农民的生存信息，又通过各种途径、各种方式反映到他们的生活中来，折射到他们的心灵上来。张利文散文作品的意义，就是通过他的观察和切身感受，真实地反映着这一切。他第二阶段的作品与起步阶段的作品相比，他对时代巨变背景下的农民和农民子弟们的心理感受，反映得更深刻、更艺术、更具有文学意味了。

张利文对文学的感觉是敏锐的，进步是神速的。他正在迎接迅跑之后的起飞。因而，他观察生活的视野和写作题材的范围还可以进一步拓宽。对五彩缤纷、光怪陆离的生活现象除了写出内心感觉，有时也需要进行一些深入的思索。文学不是哲学，但文学不能没有思想。语言的魅力可以使人陶醉，有时一个小小的思想火花也会使人眼前一亮。对内心的感受和思绪，进入作品时也要作些必要的过滤和节制。

我希望张利文的散文写作一直沿着生活洪流的主航道前进。我坚信他在文学创作道路上会走得更远，他会越写越好。我和广大读者一样，对他充满着热切的期待。

第一辑

一天的长度

从黄寺到马甸

夜晚来临的时候，我扔了手头的一切，走出家门，走到大街上。从西黄寺出发，走黄寺大街，到马甸，这是我固定的路线。还有许多路可以走，比如走北三环。我只走我选定的路。我每个晚上穿上六块钱买的布鞋，装上一盒烟，裤兜里揣一些零钱，从东走到西，又从南走到北，再从北走到南，从西走到东。走一圈，大约四十分钟，有时候，需要一个小时，最长的，两个小时。

出发的时候，我总是走得慢一些。走过西黄寺前面的广场，我需要一棵烟的时间。广场上有个垃圾桶，我把烟抽完，烟头扔进垃圾桶，才重新上路。因为我发现，再往前走，很远才有垃圾桶。我从不把烟头扔到地上，也不喜欢手里捏个烟屁股走来走去。在这里抽完一棵烟，是我唯一的选择。有一次，我忘了把烟头弄灭，就扔了进去。扔进去的时候，我没在意。走了几百米，我不敢再走了，万一着了怎么办，垃圾桶里如果全是易燃物，肯定会着起来。我徘徊又徘徊，还是折了回来。没有想象中的火，我掉头，继续走。

抽烟的时候，我会看广场上那些老人们跳舞。老人们随着音乐很投入地跳着，脸上个个带着笑，很整齐，很优美。路灯把他们的影子铺到地上，弯腰，伸手，踢腿。他们的身后就是西黄寺。西黄寺的门总是紧闭着，红色的大门上挂两个黄色的狮子头。我常常从门缝里望进去，什么也看不到。据说中国藏语系高级佛学院就设在里面，常年有藏、蒙两族高僧在院内深造。黄寺大街上也常见穿着藏红色袍子的喇嘛，有年轻的，也有年老的，脸上看不出喜或者悲。他们也和卖水果的小贩讨价还价，也到超市里买大宝和剃须刀。我总想尾随他们进到寺里，从来没有如愿，他们一进去，就把大门掩上，很平静地看着我，不说话。我也平静地看着他们，看着大门悄无声息地合上，站一会儿，就走开了。

有一段时间，我走过西黄寺就会碰到那个人。一个五十岁左右的男人。穿着劣质西装，头发乱乱的。

他看见我，就拦住。说了两句话，就带了哭腔。一家装修公司欠了他的钱，工钱。我截住了他的话，我说，不知道。我不知道我的“不知道”到底表达我的什么意思，是不知道那个装修公司呢，还是不知道装修公司欠了他的钱。不管是哪种，我的回答都是准确的，无懈可击。我没有撒谎。他不能说我撒谎。他绝不会因为我说“不知道”而把我告上法庭，告上法庭，我也不怕，我相信，法院会判我无罪。他要真想告我，他就是白痴。他不如去告那个装修公司，装修公司欠了他的工钱，是违反劳动法的。他有百分之百的胜算。可是如果那个装修公司散伙了呢？我看着他的背影，他没有放弃，又拦住了一个。他不会因为我说“不知道”就以为这条大街上所有的人都不知道。他近乎固执地相信，总有一个人会在这条街上等着他，等着他的哭诉，然后告诉他，那个装修公司换了牌子以后的新地址，或者找个地方先让他吃顿饱饭，睡个好觉，再给他写状纸，带他去认法院的门。

他拦了我三个晚上，我都说不知道。后来，他再也不拦我了。他不拦我，可是还是在大街上转了很多天。他什么时候从大街上消失的，我也不知道。

再往前走，有一个名字很好听的娱乐广场。它藏在一个证券交易所的后面，如果一直顺着大街走，就只看见证券交易所，可是有的时候，我会稍稍拐进去一些，在娱乐广场的门前溜达一圈。玻璃门里边灯光闪亮，两个女子站在门后，面容模糊。一些女子手里拿着小包，从我面前走过，走到玻璃门后面。我只看见她们的背影。如果运气好，我也会看见她们从玻璃门里走出来，那样，我就看得见她们的脸了。这样的机会很少，我只遇到过一次。

那女子出来的时候，步子有些急，头发散在肩头。我等着她走近，我想好好看看她。她却停住了。她停住，是因为一个男人。一个穿着睡衣的男人，站在玻璃门前，喊了她。喊什么，我没听清楚，那个女子听清楚了。女子站住，转身，看着那个男子。男子招手，女子不动。女子站了片刻，转个身，又走。我等着她，我真想好好看看她。

男人从玻璃门里走了出来，追上那个女子。男子扯住女子的胳膊。女子甩着胳膊，没有甩掉。女子的手在男人的手里。男人另一只手递过去，虽不太真切，我看着好像是一百块。女子接了，把一百块扔到男人的脸上。我盯着那个女子，希望她快点走，老是看不清她的脸，我有些着急。我不能再等了，那个男子抬起脸，环视四周。没有别的人，只有我，在不远的暗处。可是，男人的目光还是停在我所在的位置。我把目光移开，移到玻璃门的方向。

我不能再杵在那里了，移动我的脚，再次回到黄寺大街上。

卖水果的小贩们看见我就说话，新鲜草莓，五块，苹果，两块，香蕉，一块五。我会在草莓面前站一会儿，捡起两颗看上几眼。看不出新鲜还是不新鲜，我不知道新鲜的标准是什么。有时候，我正看着，他们的身子突然跳到板车上。我手里的草莓来不及放下，板车就"噌"一下蹿了出去。我手里握着两颗草莓，不知道怎么办，他们的板车已经钻进胡同，看不见影子了。一辆车身上写着"城管"两个字的依维柯停在我的身边。车上的人下来，看着我手里的草莓。我把草莓扔到自己嘴里，不甜，一点都不甜。新鲜的草莓都不甜吗，我不知道。城管们回到车上，把依维柯开进了胡同。

我嚼着草莓，走到前边不远处的书报摊。杂志和书都在地上。我弯下腰，找我需要的。《小说月报》，卷了角，蒙着灰，我还是买了。附近就有书报亭，里面有崭新的，可是只要这里有的，我绝不到亭子里去买。有一本《十月》，是去年的，有我眼熟的作者，我犹豫了一会，还是决定买下。可是，钱不够。我只带了十块钱，《小说月报》花了五块，一本《十月》是十二块。我拿起，翻翻，放下。我站起来，眼睛还是盯着《十月》。送给你吧。报摊的女老板说。我笑笑，说，明天再来买吧，你给我留着。女老板从椅子上起身，捡起《十月》，塞到我手里。明天，你把钱带过来就是。我收下了，笑着说，谢谢，七块钱，明天一定给你。

一个女子从我身边走过，打着手机，说，歇了吧，你。这是北京话，一个北京的女孩儿，很好看的北京女孩儿。她说，歇了吧，你。她给谁打手机呢，我看着她的背影，看见她“啪”地把手机合上了。

一个男人和一个女人牵着三条狗，走在我的前面。男人手里牵两条，女人手里牵一条。男人弯下腰把两条狗脖子上的绳子解开了。一条狗跑到前面墙根底下撒尿，一条狗追上去，把脑袋蹭到撒尿的狗的身子上。女的说，玛丽，过来。男的说，杰克，过来。两条狗跑过来，和女人牵着的那条狗，并排往前走。我紧走两步，超过男人和女人，超过三条狗。走过三条狗的身边时，我有些紧张。玛丽，或者杰克，谁咬我一口，我都受不了。我就得去打针，我好多天都会提心吊胆。玛丽和杰克都没有咬我，它们看都不看我。我再紧走两步，和它们的距离拉得更远一些。

抱着小孩儿的女人冲我微笑。她说，软件，游戏，要不要。小孩儿在女人的怀抱里睁着眼睛，看着我。我说不要。我不要，是有道理的。前天，另一个抱孩子的女人，就在这里被城管带走了。买软件或者游戏的一个穿皮夹克的男子，一起被带走了。我如果要，就很有可能也会被带走。我单位的领导要出证明才能把我接回去，我老婆会在大院里很多天都抬不起头。不要游戏或者软件，我还是冲那个抱孩子的女人笑了笑，我望着那个大睁着眼睛的小孩儿也笑了笑。

看见他，很是偶然。在安全套自动售卖机前走过，他是我见过的唯一停留过的人。机子挂在路边一个药店的墙壁上，很多人从那里走过的时候，目光都会停留。脚步也停留的，只有他一个。他站在那里，在口袋里掏了掏，把手伸到机子上。他回过头来，看见了我。我也看着他。他的手停了一会儿，缩回来。我看一眼，就把目光移开了。他还是看着我，他已经走过安全套自动售卖机了，还频频回头，看着我。我转过头，目光碰上他的目光。我不断地回头，目光不断地碰上他的目光。我们相互追寻，相互躲闪。我往西走，他往东走，距离越来越远，我们还是不断地回头。我不知道，他手里的硬币喂到机子里没有，他想要的安全套，到底要到没有。

一直到看见那两个小孩儿，我才不再回头。两个小孩儿，一男一女，十五六岁的样子。男孩搂着女孩。男孩右手搂着女孩的腰，左手伸到女孩胸前的大衣里边。女孩脸上漾着浅浅的笑，微微有些红。他们走得很慢，我稍稍加些速度，就超过他们很远了。

收垃圾的老女人依着平板车和人吵架。她的一条腿踩在平板车的轱辘上，两只手抓住一个纸箱。饭馆里的人走出来，一个，两个，三个。一个说，你把纸箱放下。老女人看着他，紧紧抓住手里的纸箱。老女人说的是方言，我听不出来是哪里的方言。她的头发都是白的，在路灯下有些刺眼，她昂着头，一个字一个字地从干瘪的嘴里吐出来。三个中的一个挽起了袖子，说，你放不放，你以为什么东西都能捡。老女人把纸箱扔到平板车上，身子移到车前，两只手搭在平板车的扶手上。第三个人说，算了算了，一个纸箱。另外两个用目光瞪着老女人，骂了一句很难听的话。老女人拖着平板车，往前走了。

一个少年迎面走来。少年头发蓬乱，上面落满猩红的土灰。春天的影子都还没见，少年却只穿一件 T 恤。白色的 T 恤，说是白色，已经看不见多少白了，透过满身猩红的土灰，才能隐约看见白。少年走得风一样快，一只手提着一瓶燕京啤酒。少年没有看我，也没有看那个拖平板车的老女人，风一样地走了。

一个男子躺在树上。树不高，树枝四面张开，他正好可以躺上去。军大衣裹在他的身上。他握着一个手机，手机的键闪着很好看的光，他把那些光按来按去。路边停着的面包车也许是他的，车的后箱开着，里面有苹果和香蕉。

我看着躺在树上的男人，有些佩服他。一个人，树也可以作床，真是不简单。

前面的吵闹声干扰了我对他的崇拜。很多人围在路边。事情其实已经结束了。我走过去的时候，人群已开始自动疏散，有的上了公共汽车，有的坐到了出租车里，骑自行车的，身子已经落到了自行车上。我看见了他们。两个穿着制服的保安，从前面走过来。他们长得有些像。夜晚看去，他们的个头都差不多，不胖也不瘦。两个人都用右手捂着自己的右脸。我没有看见血，旁边的人说，流了好多血，拿铁棍打的。谁打的呢，我没有问，问了，他们也不一定知道，他们只是看见打了，为什么打和谁打的，并不一定都知道。

前面就是马甸了。马甸现在只是一座桥，马甸桥，八达岭高速公路的起点。马甸原来叫“马店”。据说曾是明代京城贩马的集散地。那时候，这里地面开阔，水草丰美，贡马都圈养在这里，应该有汗血一类的宝马吧。现在没有马了，只有车，各种各样的车，在这里汇聚，分散，去八达岭，或者市区。我走到这里，就会想起那些有马的年代，成群的马在这里汇聚，分散，去皇宫，或者民间。那些贩马的汉人和蒙古人是不是也经常在我走过的路上走来走去，从黄寺到马甸。我只能遥想了，他们早已不在。我走着他们走过的路，简直有些着迷了。

在兽的身体里

每天七点钟，我准时起床。小便，刷牙，剃须，洗脸。

八点钟，我走向办公楼。从食堂到办公楼，不到五十步。有时候，是四十七步，有时候，是四十八步。走到五十步的时候，我就进了兽的身体了。办公楼的正门是朝南的，面对一片很宽阔的广场。广场上修了喷泉，竖着巨大的标语牌。如果逢上五一，国庆，元旦，广场上还会摆上一些花。我从兽的嘴里进入。有时候，兽会咬我一下，当我没有佩戴证件，警卫正好又不熟悉我的脸的时候。它要咬我，我只有忍着。我没有力量和一只兽对抗。

电梯是兽的肠子。我在它的肠子里蠕动。肠子里散发着各种食物的味道。肠子的负荷是有限的，有时候，我进去，它就报警，发出刺耳的怪叫。它不满，它抱怨。我理解它，一根肠子，负担太重，就会出毛病。肠子出了毛病，兽就要瘫痪。我对它报以十二分的同情。我会暂时退出来，盯着墙壁上闪烁的红灯，耐心地等待它把一拨人运走，等待它再次下行。在等待的时间里，我不说话，我在心里表达着对一根肠子的敬意。

这根不倦的肠子，每天把我送到七楼。它是一根聪明的肠子，它知道我到达了该到达的地方，就会发出音乐一样动听的铃声。它用目光和我告别，它不能停下来和我握手，它还要上行，和下行。它的唯一的任务，就是上行和下行。它只有一个出口，可是它能把所有进入它里面的人一个一个都送到要去的楼层。我越来越喜欢这根肠子，它干得多，说得少。它只说它该说的，不该说的，它一个字都不说。它也许知道关于我的所有谣言，很多人在它里面说过关于我的许多话，它一定都记下了。不止是我，大楼里所有人的心思，所有人的窃笑，所有人的阴谋，它全都记下了。它不传播，它不评论。它以沉默的方式，鄙视那些阴险的家伙，同情那些可怜的受难者。

我从一根肠子出来，走进另一根肠子。拐过几个弯，我在兽的身体里找到了我的位置。我不太确定的是，这个位置是兽的心脏，还是兽的胃。那里是属于我一个人的。大楼里的每个人都会精确地在兽的身体里找到属于他的位置。有的，在心脏，有的，在胃，有的，在脾脏。这不是兽的安排，是兽里面的人在安排。适当的时候，有些人会挪动一下位置，从心脏挪到胃，或者从胃挪到脾脏。挪动意味着改变，职务，或者别的。挪动的时候，有的人会笑，有的人会哭。笑和哭，从表面是看不出的。都是一样的沉静，一样的缄默。笑和哭，只在内心里。也有的，挪动的幅度比较大，从兽的里面挪到了兽的外面。他们从兽的嘴里进入兽的身体，在里面待上几年，或者几十年，又从兽的嘴出去，走向兽前面的广场。如果时间正合适，广场上的喷泉会举起白亮亮的水柱，在太阳底下为他们送行。

我也挪动过，从这个楼层到那个楼层，从那个楼层到这个楼层。我的挪动与我无关，职务或者别的。有人让我挪动，我就挪动。都是在兽的身体里，心脏，胃，还是脾脏，无关紧要。我搬着我的桌子，电脑，复印机，打印机，在兽的肠子里跌跌撞撞。现在这个位置，我想正合适，是迄今为止我在兽的身体里待得最长久的地方。站起来，透过兽的眼睛，我能看到宽广热闹的三环路。我会看到很多在别的位置看不到的风景和事件。有一次，我看见两辆车撞到了一起。夏利和奔驰。夏利在后，奔驰在前。我仿佛听见了巨响。巨响来自我身体的深处。我看见夏利的脑袋鼓起一个大包，我看见奔驰的屁股毫发无损。我看见夏利里的人和奔驰里的人在三环路上划拉着胳膊，在太阳下舞蹈。我站在兽的身体里作了一个决定：我绝不买夏利，要买，我就买奔驰。

并不是所有的时间都能用来透过兽眼看风景。绝大部分的时间我坐在电脑前，敲打键盘。有的，是我想敲的，来自我的内心，它们水一样地流到屏幕上，流成一条河。有的，是我不想敲的，我的脑袋握住我的手，敲出石头一样的字，一个一个砸在屏幕上。有时候，我不想敲字了，就打电话，上网。密集的电话线和网线是兽的神经和血管。它们布满兽的全身，隐藏在兽的皮肤深处。我原来喜欢打电话，有事没事，就把自己的声音送出去，楼里，或者楼外，市内，或者市外。现在，我从来不主动打电话，电话响了，我接一下，一分钟能讲清的，从来不拖到两分钟。删繁就简，重点突出。以前，我喜欢枝枝叶叶，旁顾左右而言他。关于我的一些谣言出来以后，我就改掉了这个臭毛病。电话是不能信任的。兽的神经常会背叛兽的身体，添油加醋，恣意妄为。现在，我更喜欢上网一些。我在网上奔跑，裸露也无妨，没有人说我有伤风化，有人怕我着凉，还会脱下他自己的衣裳，披到我的身上。看得见和听得见的，都要提防，看不见和听不见的，反倒来得温暖。

太阳好，没有风的时候，我会偷偷爬上兽的脊背。我站在兽的背上，看到更多的兽，静卧，沉思。我猜想那些模样差不多的兽里面，有许多和我一样的人，敲字，喝水，看报，或者上网。一定有我认识的，见过面，或者没有见过面。他们中的一个，极有可能就是刚在QQ上和我聊过的GG或者MM。他们一定想不到，我在QQ上的沉默，是因为我爬到了兽的脊背，目光呆滞，一动不动。我从兽的背上望下去，猜想一件事。如果我失足，把身体扔到兽前面的广场上，兽的心里会疼吗？

仅仅只是猜想，我很快就沿着兽的肠子弯曲的方向，回到我的位置。这个过程中，我有时候会把我身体里的污物留在兽的身体里。我知道它不会拒绝，这是它的一项任务。它知道，它身体里的每个人都会把自己身体里的污物交给它。还有烟，烟雾，和烟头。它收下所有的污物，通过它身体里那些看不见的管道，不停地排泄。

时针指向一定的时刻，我会起身。把烟盒放进上衣口袋，把文件收拾齐整，把电脑关了。

日出的时候，兽把我吞进它的身体。日落的时候，兽把我吐出它的身体。

似是而非的下午

红灯和绿灯让都市里的人日趋紧张和焦灼。至少，它们是磨损心灵安静的事物之一。

现在，我站在中轴路和黄寺大街的十字路口，等待绿灯。我心无旁骛，神情专注。红灯结束的瞬间，黄灯闪闪。我听见汽车急刹车的声音，我看见三个人冲到了我的前头。我们没有时间犹豫，红灯和绿灯以秒计数，偶尔他顾，绿灯即刻变成了红灯。我们常常在很远的地方就开始把目光投注在红灯和绿灯上。我们会小跑，以为能赶上红灯变绿灯的那一秒，或者能抢在绿灯变红灯之前把自己送到马路的另一边。事实证明，我们的奔跑大多是徒劳。我们喘着粗气，汗湿衣襟，抢到的还是一个等待。

在我前头的三个人都长得很漂亮，她们着一样的服装，红底蓝花的上衣，黑色棉质的七分裤。她们的着装泄露了她们的身份。要么是“金悦”，要么是“湘鄂情”，两个饭店我都进去过，但时间模糊了我的记忆，我很难分辨出着这样服装的服务员究竟属于哪一家。两个饭店开在一个楼里，打架的那天我坐在车里目睹了很多血。就是在这个路口，我坐在车里等待绿灯，看见有人挥舞铁棍，看见有人躺在地上双手抱头。三个很漂亮的服务员，让我在绿灯的空隙有些微的轻盈。我紧跟着她们，放肆地盯着她们身体的后面，无畏地倾听她们的交谈，无私地虚构她们的隐秘。她们停在装满葡萄的平板车前，一人拿起一串葡萄，我快步走过，迅速一瞥她们的脸，看见风吹动了她们的头发。

过地下通道的时候，吉他和歌声让我觉得这个下午很遥远。我是他唯一的听众和观众。他作秀的表情让我反感。我不明白，他为何非要弄出那样一副欲仙欲死的表情。他的歌其实很好听。他的吉他弹得也不坏。可是他的表情破坏了这个下午，破坏了这个地下通道。

我一直在犹豫，是否要先进“文圣书店”。这个下午我没有打算要出来，更没打算进书店。突然起了一个出来的念头，是因为我觉得应该缓和一下和妻子的敌意。如果要探寻究竟，与妻子的敌意应当可以与红灯绿灯并列，同样让人日趋紧张和焦灼，同样是磨损心灵安静的事物。

我和妻一向相安无事，尽管有时我会莫名地发火，但整体来说，妻能容忍我脾气暴躁这个缺点。女儿出生以来，我们红脸的时间已经比以前少了很多，妻因此更能原谅我先前的坏脾气，觉得我先前那些莫名的火完全是因为我们缺少一个孩子。我本人也觉得欣慰：我终于改变了我自己。可是那天，我又一次旧病复发。我对妻说了很难听的粗话，这粗话甚至涉及妻的父母——我那无辜的岳父和岳母。我还向着妻恶狠狠地扬起了巴掌，我说我要抽她。当然，我没有抽妻，我的巴掌在半空中停住，仿佛抓住了突然吹过来的一阵风。很可能是妻常说的一句话在关键时刻起了作用：你可以发火，但你绝不能动手，一旦动手，你后悔就晚了。妻的话很有些威胁的意味，但确实有效。每每到了理智快要崩溃的最后关头，我在意识深处残忍地摁住了自己的手。

现在，我必须要进“文圣书店”。从地下通道出来时，我已经心如磐石。我确信书店的女人们早就忘了我。书店的售货员都是女人，很年轻很解人意的那种女人，尽管有时我会对她们絮絮叨叨地推荐一些她们自认为我应该要买的书的行为略微产生反感。我先前的犹豫来源于我的不安，类似愧疚一类的心理。一个月之前，我在这里订了一套书，她们承诺给我找，让我一个礼拜后过来取书。我没有过来，第二天我在别处买了那套书。我的不安，或者说愧疚，就是针对这个。这一个月里我一直不敢踏进这个书店，不敢看见那套我订下却又毁约如今只好无奈地晾在柜台上的书，不敢面对那几个很年轻很解人意的女人。一个人必定要为他的失信付出代价，但是此刻，我要轻而易举地让这种代价消于无形：但愿她们真的忘记了我，或者但愿那套书已经售出。

我并非要买书，转了一圈就出来了，沿黄寺大街一直往东走。我看见很多人站在街边，这边和那边，这边人少，那边人多。我猜测又在打架。我已经习惯了在街上看到有人打架。昨天傍晚，我和妻，牵着女儿，就在黄寺大街上看到了打架。我们远远地看着，看到有人拿铁棍打破了一家五金店的玻璃门。我们还看到一群人按住了拿铁棍的人，用椅子和凳子砸在那个人的头上，用皮鞋踩在那个人的身上。也有很多人站在街边。后来，一辆警车停在路边，一些人从警车里边出来，一些人又被拖到警车里边。我习惯了远远地看，或者快步地走过。比如现在，我想快步地走过。有人叫住了我，他叫我哥们，他手里拿着对讲机。他说，哥们，麻烦让一让，我们拍电影。哦，不是打架，是拍电影。我加紧了步子，迎面看到男演员走了过来。一个很面熟的青年演员，但我想不起他的名字和他演过的角色。如果在屏幕上见到，我很有可能是能叫出他的名字的，但现在，在真实的阳光底下，在真实的风里，在真实的黄寺大街上，我想不起来他究竟是谁。我频频回头，看青年演员一直往前走，走到一个服装店里，就再也看不到了。

又是一个红绿灯，又是一个等待。

过了这个红绿灯，将是我今天下午出来最终的目的地。睡完午觉起来的时候，我觉得很舒服，是那种充足睡眠之后的舒服。身体的舒服导致心灵的博大：我觉得应该对妻子有所表示。我对妻说，我给你去取眼镜，你把单子给我。看得出来，妻有些意外。取眼镜的日子已经过了好几天，妻不去取，我也从来没说过要帮她去取。妻自己不去，我认为她一直在等着我的这句话，但她一定没有料到我会在这个时候讲出来。我一直不和她说话，她也一直不和我说话。没有任何的铺垫与过渡，如此直接如此干脆，这是她觉得意外的原因。

进眼镜店的时候，没有人给我端茶。配眼镜的那天，我们站在柜台前面的时候，茶就上来了。现在，没有。我觉得我应该有些不满：钱收了，茶就没有了。我的不满泄露在我生硬的语气中：取眼镜。我的不满还表现在取到眼镜之后：怎么没有发票？我明知道开了发票也无处报销，但我仅仅只是表达我的不满。没有人在乎我的不满，眼镜很从容地给了我，发票很从容地给了我，出门的时候，笑意盈盈地说：欢迎再来。

不如上次配眼镜的时候，她们一直送我们出门，不是一个"欢迎再来"，而是两个，或者三个。她们那个时刻表现出来的热情麻醉了我们。我没有看到自行车过来，抱着女儿的妻也没有看到自行车过来。自行车急刹车的时候，妻和女儿已经倒在马路上。女儿大哭的时候，我看到妻和骑自行车的人已经在争吵。我扯住了妻，骑自行车的人扬长而去。我说那句粗话并要抽妻的时候，骑自行车的人已经无影无踪。事后，我想，如果他还在我的视线里，我会上去和他拼命。他跑得多么快，似乎知道我会反悔。

我已经知道，我还会去书店，"现代书店"。我进去的时候，卖书的女人喝住了我，沿着她手指的方向，我看见了存包的木柜。我拒绝了她，丢了你负责？她看了看我塑料袋里的眼镜，那你拿着吧。我提着给妻取的新配好的眼镜，走到书架前。我很庆幸，这里有我想要的书：《帕斯卡尔思想录》、《罗素回忆录》、《十八训导书》、《非此即彼》、《莫斯科日记 柏林纪事》、《本雅明文选》。付钱的时候，我已经预备承受妻的数落：小小的家儿无容身之地，书置何方？况且她一直觉得我此次出来只有一件事：取眼镜。

我还要买一本。这在我去时的路上已经看好了。在"文圣书店"。去时没有买，是因为那时确实没想要买，回时定要买，是因为此时确实想要买：《闲情偶拾》（韦尔乔/图，人邻/文）。我看中了封面书边上的六个词：幽梦、流逝、美好、咀嚼、钟声、羁旅。我更看中了书里边那些画在“公挂医院收费凭单”、“病程记录”、“公费化验报告单”、“公挂 X 射线检查报告单”上的人，那些无一例外的着长衫的人。我还看中了那些诸如“我无力成为/可以不断的风景”，“我需要能静静地按住荒草的/时间”，“凌乱是一个极端的词，但是它隐含着美，和另一种更高的秩序”等等类似的文字。

“文圣书店”的女人们如此年轻又如此解得人意，她们翻看了我在“现代书店”买的书，笑意盈盈地说，以后需要书，打个电话，我们可以给你找。她们还给了我一张名片，名片的主人显然是个男人：张闻圣。

过地下通道的时候，他还在歌唱，他还在弹吉他。他的歌其实很好听。他的吉他弹得也不坏。只是他的表情还是在作秀，秀得依然让人反感。过了地下通道，我又站在红灯和绿灯交叉变换的十字路口，我已经想好了，我要为《闲情偶拾》写个文字：就叫它《着长衫的人》吧。我或许就是那个着长衫的人，在妻和孩子被人撞倒在地之后，无力也无心，去愤怒，去拼命，白白捡得妻的一个评语：没有男人的样子。并在恼羞之后，于长衫底下鼓起针样的蒺藜，用粗语和见风而止的巴掌讨一些似是而非的尊严。

菊花绿了我就走

一朵，两朵，三朵……七朵，八朵。

我把它们放进我的玻璃杯里。其实，我可以抓起一把放进去，我不愿意那样，我习惯了用两个手指一朵一朵地拈起，在心里默默地数着，看它们一朵一朵地下落，一朵一朵地铺满杯底。

黄山贡菊。朋友从黄山带来两包，绿色的包装。上面写着饮用方法：取贡菊花 6～8 朵，用 90℃开水冲饮或与茶配饮均可。开水倒进去，菊花们从杯底翻上来，水升，它们也升，水满了，它们就停在杯沿。有些，被水浸没了身子，有些，花蒂落在水里，花向上仰着，不沾一丝水。

我把杯盖盖上，看着它们。

今天是礼拜一。礼拜一总是很忙。出家门的时候，妻子说了三遍。她说，给我们把证件办了。她知道我很不情愿办这件事。天天在大院里走来走去，还办什么证件。两个老人，一个孕妇，总在门口晃，还要办证件吗。妻子说第三遍的时候，把父母和她本人的一寸彩色照片塞到我手里。记着，要到你单位开证明。妻子说。

现在，三张照片就在我的口袋里。我在泡好菊花之前，已经打开了电脑，打开了 word。我用五笔敲下“证明”两个字，五号，宋体，居中。证明什么呢，我脑子一片空白。证明我的父母是我的父母，证明我的妻子是我的妻子。我没有写过这样的证明，不知道怎样往下写。写不下去，我就泡了菊花。

开水一点点地黄了。菊花的花瓣逐渐饱满、丰润，仿佛新开，仿佛重生。我打开杯盖，菊花的清香浸入我的鼻孔。菊花黄了，由浅入深地黄了。四朵飘在水上，四朵沉在水里。我转动杯子，小心地避开水上的菊花，喝了第一口。清香和着水进入我的嘴，喉，食管，胃，弥漫我的身体。

喝第二口的时候，电话响了。是妻子。妻子说，证件办了没有，我们要出去买菜。我说，还没有，我在写证明。妻子说，你怎么回事，中午没菜了，不吃饭了啊。我说，着急的话，你们先出去，就说证件正在办，实在不行，在传达室给我打电话。妻子恨恨地把电话挂了，她如果知道，我的证明还只有“证明”两个字，火气会更大。我想和她说，我在等，等菊花变绿我就走，菊花现在已经变黄了，很快就会变绿了。我没敢说，妻子会以为我在发神经。

单位的财务也来了电话。说，你去年借的钱怎么现在还不还，三个月就还，你都借了五个月了。我一边喝着菊花茶，一边接电话。我说，下午吧，下午我一定还。我手头没有一万块。去年出差借了一万，妻子怀孕后，上医院检查，用掉了两千多了。我的工资都在信用卡里，要补齐这一万块，就要到银行，让取款机把属于我的钱吐出来。我现在不想让它吐出来，我想装在它的肚子里，比装在我的口袋里要安全得多。财务催我了，我想只能让我的钱出来了。但是我现在不想去，我的菊花刚刚泡好，八朵菊花还是黄的，我要等它们变绿，我才能走。这个理由和财务也是说不得的，他们会说，菊花变绿，你脑子有毛病吧。

第一杯喝完的时候，菊花不再是黄色，重新变白，却又和先前的白不一样。没入水的时候，是透着隐隐的黄的白色，现在在水里，如绢如素，是纯粹的白，温润的白。

我把 word 关了，让“证明”从我眼前消失。打开网页，新散文，散文家，外围，天涯，依次打开。有的出来快，有的出来慢。我不着急，我喝着菊花茶，耐心就有了。它们都出来了，我才一个一个地看过去。看自己的文字，回一些帖子，看别人的文字，跟一些帖子。我一口一口地喝茶，一个字一个字地敲到屏幕上。

电话响了。是大院传达室。图书大厦，给我送书的。我放下杯子，说，等一等，我马上就来。这个不能耽误，不能让一个我不认识的人在大院的门口陪着我一块等着我的菊花一点一点地变成绿色。我下楼，到门口，把钱付给那个骑自行车的小伙子，从他的手里接过书。回办公室的时候，我走得有些急，有人好像朝我笑了笑，走过了，我才意识到我也应该笑一笑。也许是同事，也许是领导。他看见了我，我也看见了他，可是他笑了，我没有笑。

喝完第二杯，续上第三杯的时候，菊花就绿了。有的深，有的浅。我并不急着打开牛皮纸包着的书。我看着再次加满了水的玻璃杯，看着重新没入水中的八朵菊花。它们是从黄山来的，黄山贡菊。包装袋上这样介绍：黄山贡菊产于黄山山脉，起源于安徽黄山，黄山贡菊已有几百年的悠久历史。明末清初就以名贵特产进贡朝廷，而得贡菊之称，它不仅是我国外贸出口的名贵药材，也是国内绿色饮料中的佳品。细读两遍，我发现这段文字是有语病的。这没有关系，我只是喝菊花泡成的茶，并不想和包装袋上的文字较劲。

这么说，几百年前的皇宫里就有人喝这菊花茶，有的皇帝也许也喝过。他们喝的和我喝的都是一样，生在黄山，长在黄山，吮吸黄山的甘露，沐浴黄山的阳光。黄山之灵，黄山之气，灌注在它们的根，它们的茎，它们的叶，它们的花。它们守着黄山，直到花农们拈花而笑。青衣布衫的花农们一朵一朵把金黄的菊花们摘下，晒干，封装。几百年前，它们坐马车，乘轮船，快马加鞭，日夜兼程，赶赴京城。几百年后，它们坐火车，乘飞机，十几小时或者一个多小时，就进了北京。几百年前，大臣们给它们披红挂彩，金盒银匣，呈至天子案头。几百年后，它们从容不迫，散淡随意，散落寻常百姓家。荣耀，或者卑微，它们并不在意，谁喝都是一样，谁喝，它们也是由白变黄，由黄变白，由白变绿。

我继续等着，第四杯的时候，它们才会完全变成绿色。

同事过来，说，下午开会，在礼堂，不能请假。我说，知道了，准时参加。我拿起杯子，在心里向妻子道歉，向单位的财务道歉。明天，我一定先把证件办了，把钱还了，再泡菊花茶。

妻子打电话过来，说，吃饭了。我说，再等一会儿，你们要饿了就先吃。

我说，菊花绿了我就走。

牛皮纸被我剪开，是我想要的书。张生全的《屋檐口下望天》，黄海的《秋天里的日常生活》，谢宗玉的《村庄在南方之南》，百花文艺出版社，《日常写作丛书》中的三本。还有三本，朋友推荐的，冯秋子的《生长的和埋藏的》，凯尔泰斯·伊姆莱的《无命运的人生》和《另一个人》。张生全，黄海，谢宗玉，呵呵，网上熟得不能再熟的名字，现在，站在我的面前，看我喝黄山贡菊，看我的八朵菊花由白变黄，由黄变白，由白变绿，给我讲他们望天的故事，讲他们的日常生活，讲他们南方之南的村庄。他们也喜欢菊花吗？

菊花已经绿了。绿色的菊花在水里盛开，花蕾在水里根根直立，本已干枯的花瓣回归青春，欢颜重现。它们一定在等待这一刻。几百年前，它们就在等，几百年后，它们还在等。等待一个人，欣赏它们死过千回百回之后的涅槃之美，欣赏它们耐住性子攒了一生的冲刺之美。

我是它们要等待的那一个么？

温　度

15.3℃。

我仰头看了三次挂在墙上带温度计的挂钟，显示的都是这个温度。我不知道是否应该完全地信赖这个温度显示，因为挂钟的时间显示已经不可靠，它总是走得快一些，隔几天就要往回调，五分钟，六分钟，或者十分钟，视间隔长短而定。平心而论，我很喜欢这个挂钟，纯白色的钟盘，纯黑色的时针分针和秒针，还有纯黑色的显示日期星期和温度的液晶显示屏，黑白分明，仿佛日子，也仿佛我的生活。三年前，搬到现在居住的房子，我和妻说，定要买个挂钟，妻认为用处不大，不如多买两个碗碟来得实用。后来，我们转到商场里挂满挂钟的那面墙跟前，妻和我同时相中了它，它被置于数十面形态各异色彩缤纷的挂钟世界里，那么安静温和，那么优雅端庄，默不作声却把什么都说尽了。我一眼相中的正是它的白和黑的和谐，是有厚度有重量有温度的凝重的白，而非耀眼的轻佻的只想张扬的白，是有光泽有热力有线条的活泼的黑，而非沉闷的衰颓的无可奈何的黑。况且还是矩形的流线型外框，而非透着滑和腻的做作的圆。那时候，我倒并没有过于在意是否有个温度显示的液晶屏，温度那时对于我的生活是很次要甚至可以忽略的，只在交款的时候我对价钱提出质疑时服务生略显不耐烦的提醒才让我觉察到了温度计之于这个挂钟的附属存在。

温度一直上不去。这让我生出恐慌。先前，我寄希望于时间：预热，然后深入，冬天的高潮才是送暖的高潮。我习惯于把一切交给时间，尽管我明白对于生活这是一种欺骗。譬如卫生间莲花喷头的滴水，零碎而间断，冷漠且固执，滴在地板上，或者头发里，脚背上，瞬间就无形。白天，我以为晚上会好的，晚上，我以为白天会好的，昨天，我以为今天会好的，今天，我以为明天会好的。我懒得动弹，以为一切都是无效的（除了时间），况且那些水滴大多是看不见的。温度却看得见。如果不是那个挂钟，温度也是看不见的，那样，我可以一直寄希望于时间。看得见和看不见，就是这样影响着我，也许也是这样影响着你。

天湖商务会馆的温度看不见，尽管我抬头的时候，一眼就望到对面墙上的挂钟。那是一面纯粹的钟，圆形，规矩地或快或慢地走动着的时针分针和秒针，内容与形式高度统一的本质意义上的钟的模样。我只看见时间：十点五十，我看不见日期，星期，更看不见温度。我觉不到冷，也觉不到热。尽管刚开始时我略微觉到了一些热和一些冷。服务生一直站在我的身边，我看他的时候，他并不看我，仿佛目光总是在别处，可我觉得他一直都在看着我。这让我觉得有丁点儿的冷，这个冷也与我脱掉了大部分的衣服有关系。我只剩下了内裤。我看着服务生，正好他也看着我：都脱了吧。哦。我应道，把内裤也脱了。这时候，我才觉得了温度的正好：既不冷，也不热。进大门的时候，我对自己身上的棉衣生出了怀疑：我怀疑它在揭露我。这种怀疑当时让我觉着了热，汗腺全部张开，毛刺一般，而门口分列两边的男女服务生显然促进了我体内汗腺的疯狂。我本来不是这么随便的人，如果知道喝完酒还有这样的活动，我会着装检点些，不至于着一件五十块的穿了五年的劣质棉衣。显然，我的热也并非全是由于劣质棉衣，如果随身带着温度计，我就能准确地测出天湖商务会馆的温度，或者，有一个带温度显示的挂钟也行：这里的温度不适合穿棉衣。

浴池里，同来的人已经把大部分的身子没入水中。我坐下来，让水依次漫过大腿，小腹，肚皮，胸口，一直到颈部。后背有水的暗流，仿佛一只手。我懒得动弹，如我常常采取的面对生活的态度，我相信不动弹也是一种活着的方式。我唯一想着的只有一件事：天湖商务会馆的温度。显然，这样的温度是最适合身体也最适合生活的温度，不冷，也不热。当然，我能猜出极小值：15.3℃。我也能猜出极大值：36.5℃。据说，这是人在正常情况下的体温，天湖商务会馆的温度绝不会超过这个温度。与温度相关的，我也想到另一件事：谁在控制天湖商务会馆的温度。一定有人在控制，因为出了会馆的门，只有零下8℃，晚报上预报过了的。他控制得这么好，真让人佩服而且崇敬。他比我居住的院子里那个温度控制者高明得多而且温和得多。是的，他一定是温和的，能把温度控制成这样温和的，定然是一个温和的人。

我打第一个电话时，送暖工给我的解释正好印证了我的猜想：送暖刚刚开始，过几天就会好。我把他的话一字不落地转述给父亲，母亲和妻子。这样的理由让他们觉得虚假，我之前一直的不作为给他们一个假象：我在编造送暖工的话。况且他们和院子里其他住户交流过温度的事情：没有一家低于20℃。天湖商务会馆是否也不低于20℃呢？不用穿棉衣，哪怕什么也不穿，也不觉得冷，会是多少度？

天湖商务会馆的温度可以省掉生活里的诸多麻烦。譬如，电暖器的开还是关。如你所知，我不得不开始行动。打完第一个电话的第二天，大风突然到达我所在的这个城市，晚报上说，最低温度零下10℃。挂钟显示给我的，14.7℃。这是一个让人忧郁的温度，这是一个让人忧郁的冬天。我买的是“美的”牌，我信赖“美的”没有理由，或许我仅仅只是看中了它的潮润的乳白的色泽，这色泽让人觉得温和，而温和，是可以缓解或者稀释忧郁的。14.8℃。14.9℃。15.0℃。15.1℃。15.2℃。15.3℃。15.4℃。15.5℃。15.6℃。15.7℃。15.8℃。15.9℃。16.0℃。16.1℃。16.2℃。16.3℃。16.4℃。16.5℃。这是一个快慰的过程。我不放过任何一个显示。16.6℃。16.7℃。16.8℃。16.9℃。17.0℃。17.1℃。17.2℃。17.3℃。17.4℃。17.5℃。17.6℃。17.7℃。17.8℃。17.9℃。18.0℃。仰着头，脖子明显的有些酸，但我不在乎。父亲却在乎，父亲说，关了，关了。父亲说，你过来看看。父亲看的是电表。这是我意料之外的事情。这证明了我世界观的狭隘和浅薄：任何事物从来都非独立存在。让父亲吃惊并且急声呼喊的电表表盘中间黑色箭头的飞速旋转同时也转晕了我的眼睛。1589.4。1589.5。1589.6。1589.7。

1589.8。1589.9。1590.0。这是一个揪心的过程。我不放过任何一个显示。1590.1。1590.2。1590.3。1590.4。1590.5。1590.6。1590.7。一直到1591.4。一直到20.0℃。麻烦还在于，过道门的开还是关。如你所知，父亲一直睡在南面的阳台，母亲带着湘子睡在客厅的沙发，带着门的过道连接了阳台和客厅。父亲认为，过道的门是要关的（挂钟上的温度显示不至于掉得太多）。妻子认为，门是不能关的（尤其像那样大风的夜晚）。我和母亲模棱两可。但你知道，在我们这个家，没有谁可以实质性地左右父亲的主张。为此，忧郁得有些过火时，我曾经三两次地发过脾气，有时是因为父亲的伤风，有时是因为湘子的咳嗽。

我在天湖商务会馆的浴池里泡了二十三分钟。人很少，几乎只有我们三个，说几乎，是偶尔有一个两个过来，钻到水里迅速就出来了。他们也许觉得这浴池的水有些热了或者凉了，对于温度，也许每个人的感受有着差别，虽然细微却总是存在，就像对于生活，幸福或者不幸，每个人都有着属于自己的体验。我觉得这浴池里的温度于我是相宜的，于这里边的鱼也是相宜的。我是第一次见到这些活在温水里的鱼，和习见的鱼并没有特异，至少在长相上。它们成群地在我身体周围游弋，活泼而不失温情。它们也从我的两腿之间畅快地嬉戏般地穿过，小小的身子近乎故意地触着我的肌肤。我有捉住它们的冲动，但终究没有行动：它们的自在源于这水，这带了温度的水。我很想这样长久地待下去，和鱼一起，至少挨过这个晚上。同来的人却已经起身。我也起身。我起身的时候，触着了很多鱼，它们略显慌乱，四下散开做着奔逃的样子，但只是瞬间，我出了浴池时，它们已经重新列队，整齐有序。

我的慌乱远比鱼的慌乱来得持久。生活中总有意外出现，这是造成我们慌乱的主要原因。这个冬天，居室温度的持续走低显然是我在其他季节里没有想到过的意外。与此相关的，父亲的伤风和湘子的咳嗽加剧了我的慌乱。我很难坚守我对于生活的态度：以静制动，心若止水。这样的态度曾经是有效的，它也确实培养了我的无为与不争。可是，现在，我必须妥协，向意外妥协，向慌乱妥协，向温度妥协。我已经打过了电话（无法得到援助），并且买来了电暖器（飞速旋转的电表因为成了父亲的心病，大多时候只是摆设）。在我提高了声调并且强调了湘子的咳嗽之后，第二个电话打过去，我见到了院子里的送暖工。他带来了成套的工具，专业性很强的工服上边油迹斑斑。我很想对他笑笑，觉得笑一笑对于温度的提升会有效果，可是考虑到刚才电话里说话的声调和语气，我压住了笑，况且他也并不看我，进了门就只是埋着头寻找暖气片。我一直跟在他的后边，看他用扳手在暖气片上敲出很响的声音，看他拧开汽门阀“哧哧”地放出水来。适当的时候，我提醒他抬头看看我常常看着的那面挂钟，那钟上的温度显示，我压低了声音说，16℃都不到呢。他略略抬了抬头，并不接我的话茬。我为自己干扰了他的工作有些内疚。他并不在乎，检查了所有暖气片之后，他很认真地告诉我：管道没有问题，这房子顶层又是顶头，温度上不去了。

天湖商务会馆除了浴池温度宜人，酒吧间的温度也是宜人的。我们统一着服务生递给我们的衣服，浅黄的色泽，和这温度也是相宜的。我惊讶于越来越多的人进入酒吧间，男人多一些，女人少一些，如果除掉我们这一桌三个男人和另外一桌两个男人，男人和女人的数目是相等的。另外一桌的两个男人离我们不远，我望过去的时候，他们中的一个也望着我，我们没有致意，我们是陌生的。他们中的另一个和服务生吵起来时，我本能地再次望过去，他的声音在这深夜的会馆里显得很空旷，他在责问服务生为何不能把电视换个频道，正在演的是中央五台，亚运会自由泳决赛，他要看的是中央一台，乒乓球男团决赛。服务生的解释显然惹恼了他，在我看来，服务生大约是从没有遇到过这样的顾客，这在他有限的服务生涯中应当也是一个意外，如你所知，这意外同样造成了他的慌乱。他的解释是：频道都是设定好了的，不能调。他说的也许是真的，至少他的经验里电视机的频道从来没有更换过。他的错误在于完全依赖自己的经验来推断事物的真相（电视机的频道很快被调换），但他本身没有欺骗。因此，那个人由责问转为责骂并高声呼喝经理的行为同样显出了他面对生活意外的慌乱。在望向他们的过程中，我也常让视线拐弯，我们两桌中间位置往北的一桌，是一个男人和一个女人。视线拐弯的原因大部分是因为那个女人，那是一个让人心旌有些摇曳的女人，她点着烟的样子是让人着迷的优雅，如果非要寻找让我视线拐弯的其他原因，就是那个男人了，那个男人看着面熟，不是很熟，但是有印象，我猜是某个导演，电视上晃过几眼的某非著名导演，同来的人否定了我的猜测，说出了一个男演员的名字，似乎也是有理的，但我们都不能百分百的肯定，酒吧间的灯光有些模糊。

挂钟告诉我：凌晨一点半。午夜餐也适时地送上来。人，还在鱼贯而入，酒吧间的桌子几乎满了。我的惊奇不可遏止：这是一些怎样的人。我很少这么晚还没有睡觉，我给自己立了一个原则：零点之前必须就寝。这是我在一次机关组织的保健知识讲座上听来的，鹤发老医生言之凿凿：零点至三点是深度睡眠时间，错过这三个小时，怎么补都补不回。老医生似乎还引用了一些“天人合一”的话来佐证其理论。我从此信了他。究其根源，我是担心身体遭到损害，再往深说，我是恐惧死亡。今天，天湖商务会馆温度宜人，一切都宜人，晚睡对于身体的损害或可减轻？我盯着酒吧间乳白色墙壁上那面一秒一秒走动着的挂钟，时时也望一望酒吧间里的男人和女人，时时也和同来的人说些话喝些酒，挨着这一个不冷也不热的夜晚。

伤 城

周娅说，应该学会怎样爱。

其时，我们正在观赏一幅壁画，萨尔维乌斯酒馆里的一幅壁画。公元79年的一幅壁画得以完好无损地保存，应当算个奇迹。据说，在酒馆的墙壁上，一些诗句也被完好无损地保存，比如“活着是徒劳的”，“世上没有任何东西可以永恒”，还有一些留言，比如“哈森特斯曾到过此地，向他的弗吉尼亚贞女致意”。

周娅指着壁画上那两个拥抱并且亲吻的人，转过身来，灼热地看着我们，说：“应该学会怎样爱。”她这样的行为和言语，让观众中的家长有些不适，孩童们则抿嘴而笑，大一些的一言不发，严肃地红着脸。

如果，这一刻，公元2007年3月5日的某一刻，以公元79年8月25日的某一刻被凝固的方式而被瞬间凝固，后人会看到怎样的景象？我们的骨头，周娅的，孩子们的，家长们的，和我的，数十具站立着的骨头，应当会泄露这一刻所有的秘密：我们正在学习怎样爱。前提是，我们的骨头完好无损，至少没有变成骨灰，并且遇到爱骨头的人，比如萨拉·比斯尔。

周娅后来说到了萨拉·比斯尔，她说考古学的同行们亲切地称她为“骨头女士”。“骨头女士”这样处理她的骨头们：每一块骨头从安息地取出之后，经水流喷射，用牙刷清洗，等待干却，然后被浸泡在含有丙烯酸的溶液中逐渐变硬。这些动作必须迅速，因为骨头们被掩埋在60多英尺深的火山喷射物之下已有1900多年，其中一些由于高温已经炭化，只是因为受到了地下水的保护，避免了氧化。一旦它们受到气温和湿度变化的影响就会很快恶化，不再讲述它们所见证的，那些隐藏多年的关于生命与死亡，关于怎样爱的故事。

周娅说，“骨头女士”通常要花费两天的时间才能把一堆杂乱无章的骨头拼凑成一个骷髅头，并用胶水和丝线将碎片连接起来。之后，她将对每具尸骨进行仔细研究，推断出他们的年纪和性别，甚至知道他们生前的营养、劳作或锻炼等情况。骨头是会说话的，如果碰巧遇到了“骨头女士”。

面对我们未来的遗骸，“骨头女士”必然会得到一个结论：孩子并不惧怕死。就像此刻，周娅指着展示出来的一个遗骸，让我们仔细观察：其衣服上的褶皱在19个世纪过后依然清晰可见，其熟睡般的表情，多么安详，多么平静。事实上，展示出来的遗骸中，除了大部分给人以挣扎的惊恐外，如那个孩子一样的表情也并不少见：他们或者对于灾难懵懂无知，或者因为知道怎样爱而忘掉了恐惧。

我完全可以做个假设，假设现在灾难来临，我们所有人，会以怎样的凝固着的表情面对未来？

我事先并不知道周娅会在这里讲解，甚至不知道京城里有个周娅，虽然她已经声名鹊起：作为国家博物馆、故宫博物院和中华世纪坛的志愿讲解员，她因为讲解出色，已破格成为国家博物馆第一位名誉馆员。我仅仅知道近期有这样一个展览，晚报上的题目是：庞贝末日再现世纪坛——489件展品带观众走进时光隧道。选择哪一天去观看，我犹疑了一些日子，因为总有事情会打断，预想中的日子如果总是被打断，是很让人懊恼的事，这恐怕也是我们常常觉得生活不愉快的原因之一，恐怕也是萨尔维乌斯酒馆墙壁上“活着就是徒劳的”那声长叹的来源。

今天是周一，我比往常起得早些，是想早些出门，上班之前就出门，被打断之前就出门，甚至没有吃早餐。公交车倒地铁的时候，我进了早点铺，本来可以不进，一顿两顿的并不能对身体形成永久性的损害。史蒂芬纳斯在公元79年8月24日的早上必定也是有意地忽视了早餐。作为庞贝城里一家很有规模的洗衣工厂的老板，他也早就想去一个地方，可惜总是不能如愿，妻子富缇娜塔似乎觉察到了什么，常常无事生非，双腿浸在尿液中（据说尿酸去除油污效果极好）的奴隶们背着主子就会偷懒。1928年前的8月24日，我不知道是否也是星期一，但这并不妨碍我作如此猜想：史蒂芬纳斯一觉醒来之后的心境极有可能和我一样——今天就去，马上就去。

我在早点铺吃了三个包子，喝了一碗稀饭。对于胃的担忧，让我放缓了赶往世纪坛的脚步。这些日子，我的胃已经出了问题，某些夜晚因为疼痛而惊醒的时候，我会冷汗淋漓：恐惧攫住了我的魂灵。咬到第二个包子的时候，我听到身后有人在抱怨：

油条太小。在他看来，整个北京城再也找不到比这里更小的油条。抱怨常常收效极微——服务生并没有理会他，他的不满开始升级，终于转为咒骂："去死吧，你们。"碗被砸到了地上。巨响之后，原本喧闹的早点铺霎时寂静，食客们停止咀嚼，服务生低头不语。如果时间在这一刻倏然停顿，那也是很有意思的一件事：愤怒被瞬间凝固。

对于不满的表达，我最常用的方式是诅咒，恶狠狠地，咬着牙齿地，诅咒她，或者他……去死。当然，这种极端的表达仅限于不满已经被培养成了愤怒——愤怒是可以培养的，这是我的新发现。最先的不满倘若算作一只贼头贼脑伺机出动的耗子，接之而来的愤怒将被培养成为一只膘肥体壮且继续膨胀的刺猬，似乎快要撑破我的皮肤。妻子认为我采取诅咒这样的表达方式完全没有必要，而且降低了自己的人格。我承认妻子的话是有道理的，我也意识到了自己的可笑以及恶毒，但我并无纠正自己的打算：除了诅咒，我别无他法。我缺乏当面指责与咆哮的能力与勇气，说到底，我在本质上是一个懦弱而且卑怯的人。懦弱而且卑怯，却并不意味着没有表达不满的权力，只是其方式更加私密，而且更加恶，更加狠。这样的表达万万不能公之于世。

现在我想，志愿讲解员周娅如果不满，她会如何表达？每个人都有每个人表达不满的方式，正如每个人都有每个人表达快乐的方式。

庄园主波利比奥斯表达快乐的方式是兴致勃勃地指挥奴隶们

装修他的餐室，以便自己当选执政官之后可以更好地招待客人。如果时间允许，他想在翌日举办三道菜组成的晚宴。晚宴时间也许会很长，因为食物如此丰盛：第一道菜可能会是贝壳类动物或者沙拉。接着是肉食，鸽子、斑鸠、野鸡、孔雀、鸵鸟、火烈鸟（如果没有，也可以用鹦鹉代替），应有尽有。鱼大概也会出现在餐桌上，厨师准备了近百种的鱼类可供选择。最后是水果，并且畅怀痛饮陈年的葡萄酒。

从餐室出来，进入高大的中庭，阳光金灿灿地铺洒，暗影处也波光流动。对细节刻画入微的壁画庄重地挂在墙的四周，虽然装腔作势，但也让人忍俊不禁。庄园主的女儿，身怀六甲的茱莉亚，在中庭踽踽独行，看上去，满面忧伤——如果不是对于现世的厌倦，必定就是对于未来灾难的隐约的直觉。

如此逼近真实地想象将近 2000 年前的事情，并非易事。BBC 的制作者们让人叹服。我完全有理由作出如此假设：如果同样的灾难就在此刻莅临我所在的这个城市，2000 年后，他们绝对有能力根据遗骸复述我在这一天乃至这一生的所有经历，精确到分秒不差，甚至我对一个人的诅咒，诅咒那个人的死亡。也有可能，他们会对周娅更感兴趣，并愿意让她顶替我成为整个纪录片的主角。他们可以这样设计：十年前，作为一个商人，周娅每天穿着考究，分身有术，闪展腾挪，周旋于觥筹交错光怪陆离之中。后来，她抽身而退，考了国家博物馆的志愿者，做了义务讲解员，一生中余下的时间全都交给了文物和遗骸。他们也可以想当然地设计一些场景刻画她的厌倦（在她决定抽身而退之前的某个瞬间，人间繁华，她独忧伤）：作为最流行的一种城市病，厌倦自古存在，一直延续至今。

对于生活，庄园主波利比奥斯其实也是不满的，略显肥胖的身体里时时充满懊丧，对于执政官这一职位的渴求已经快要熬干他的精血。现在，快乐瞬间消逝，他的样子看上去伤心欲绝：就要当上执政官，却要吞咽灾难，并在灾难面前失去肉体和灵魂。最后那一刻将要到来时，他在灰飞烟灭中高声宣布，他的奴隶们被全部解放，虽然这并不能挽救奴隶们的性命，却成全了他临终前瞬间的安详：他和妻子相拥而卧，等待火山灰的掩埋，等待1900多年后的重见天日。BBC关于庄园主波利比奥斯的刻画也许是有深意的：他在临终时，终于学会了，应该怎样爱。

想象是最实用最有效的时间机器，它将引领我们进入神奇的时空隧道。借助于尸骸的模型，BBC的纪录片《庞贝古城：最后一天》接近真实地再现了1900多年前庞贝居民大难临头之前的生活场景，同时也亦真亦假地还原了大部分火山灰下那些沉睡了将近两千年的生灵们的姓名。他们活起来了，像我们一样，悠闲地逛街仿佛浪荡子，或者埋头劳作似乎时光永远没有尽头。史蒂芬纳斯，那天早上，朝着奴隶们扔下几句狠话之后，匆匆告别妻子，走向城郊，一个廉价小旅馆。

周娅引领我们看到了洗衣厂老板史蒂芬纳斯。他身体蜷缩着，坐在墙角，虽然面容模糊，仍可觉到他的恐惧与无助。其双手蒙面的动作有两种暗示，一种可能是阻挡毒气进入身体，还有一种可能是对于生命的懊悔，懊悔黄金也拯救不了生命，或者懊悔还没有学会应该怎样爱。据 BBC 的纪录片推理，史蒂芬纳斯临死前发现了大袋的金币，并将其紧紧攥在手中，眼神里闪耀着热切的光芒。如此推理，并不虚妄：在其遗骸的不远处，考古学家挖掘出了已经融化成团的金币。更加有力的佐证在于：对于欲望的渴求，人类从来都不乏疯狂者，死亡也无法阻挡。

被最初袭来的火山浮石所击中并且困在空气缝隙中的史蒂芬纳斯只剩下了尸骨，但是，火山灰却有着惊人的保存的功能。湿润、柔软的火山灰在逐渐冷却的过程中慢慢变得干燥、坚硬，在史蒂芬纳斯身体的表层形成硬壳，硬壳里面的躯体腐烂之后详尽地记录下其形体的所有细节。卓越的考古学家菲奥勒利在 1863 年 2 月用如下方法重现了史蒂芬纳斯的形象：在包裹其尸身的火山灰硬壳上凿出一个洞穴，注入熟石膏液体，液体熟石膏凝固起来后，凿掉尸骨周围的火山灰硬壳。于是，我们看到了史蒂芬纳斯生命中那个最悲惨的时刻。

周娅领着我们在史蒂芬纳斯的遗骸前沉默了好一会儿。孩子们更加关注的却是狗。他们纷纷跑过去，在那里发出声声叹息。恢复一条狗的形象与恢复洗衣厂老板史蒂芬纳斯的形象，方法是一样的，差别仅仅在于熟石膏液体注入的多寡，两个形象所要揭示的，也并没有什么不同：临死前被凝固的瞬间状态。狗看起来比洗衣厂老板有着更多的挣扎，身体弯成了弧形，后腿高难度地顶到了下颌处，两只前腿则交叉着高高举起，杵向天空，嘴大张着，永远合不上。周娅给我们清晰地描述了这只狗的受难过程：

当岩石透过屋顶的天窗像一个倒立着的沙漏里的沙子一样往中庭里倾泻时，狗因为被脖套和锁链紧紧拴住而无法逃生。滚烫的浮石堆积得越来越高，狗只好极力往高处爬去。当链子再也不能伸长时，火山灰终于将它重重包裹。

因为是想象，便存在多种可能性。关于那尊身体蜷缩着坐在墙角的罹难者塑像，另一种身份的推测是：庞贝城里的赶骡人。推测者自有其不同于 BBC 纪录片的证据，这对于 1900 多年之后的我们，其实无关紧要：洗衣厂老板和赶骡人在临终一刻的瞬间状态相差无几。我本人，更赞同赶骡人一说，况且那些融化成团的金币安放到赶骡人的手里也未尝不可。我更愿意设想，公元 79 年 8 月 25 日的某一时刻，洗衣厂老板在廉价小旅馆和他的女奴情人双双殒命。

我很想和周娅讨论这个问题，可是几乎不可能。两个小时的讲解结束之后，她依然被家长和孩子团团围住，孩子们问一些很让人好笑的问题，比如主人为什么不解开那只狗脖子上的锁链，家长们则大多索要周娅的电话并询问她每个星期的讲解安排。家长和孩子都走了，她也依然没有空闲，一位女士很急切地询问，怎样才能做个博物馆里的志愿者。周娅一一耐心地回答，回答的空隙给身旁她所带的几个志愿者传授讲解的技巧和方法。

我想就此离去，但却意犹未尽，况且去向并没有想清楚。我已经准备了整整一天，用于闲逛。手机也关了，谁也找不到我：一个人要是有意隐藏自己，其实是很容易的事情。洗衣厂老板史蒂芬纳斯的隐藏也是彻底的，其妻子富缇娜塔在灾难降临的前夕连续派出了三拨奴隶满城寻找，终究无功而返。我现在重新回到展览馆的大屏幕前，再次观看BBC的纪录片关于洗衣厂老板的故事。女奴情人被轰然泻下的浮石深埋，史蒂芬纳斯扒开浮石，仅仅捉住了一只手，手臂上的刻有她的名字的金色戒指灼疼了他的眼睛：那是他刚刚给她戴上的。多年之后，这枚戒指泄露了她的身份，并给了想象者以想象的根据。接下来，纪录片详尽地描述了史蒂芬纳斯寻找出逃的路，回到洗衣厂并且殒命于洗衣厂附近的过程，中间饶有意味地加进去他发现了大袋金币的场景。这样的设计无可厚非，可我还是固执地相信：洗衣厂的老板并没有离开他的女奴情人。虽然我没有证据，完全是凭空臆测，近乎无理。

秋天的两个展览

一

我不知道是否秋天将尽的缘故，这些天我执着于对两个展览的期待。两个展览仿佛两枚钉子楔入我的日子和我的心上，欲罢已经不能。我有多少日子没有看过这个城市里几乎每天都在举行的各种各样的展览了呢？以前我可是追着晚报上的展览消息过日子，我的足迹踏遍了这个城市大大小小的展览馆。那时，我像个落魄而无畏的浪荡子，挎着我的黄布包，幸福而骄傲地从一个展览跑向另一个展览。我的黄布包里装满了宽宽窄窄红红绿绿的展览门票和长长短短厚厚薄薄的展览资料，我的观展笔记足足记了三大本。

今年晚秋的这两个展览成为我整个秋天的一件大事。秋天刚开始的时候，我就从晚报上看到关于举办两个展览的预告，因为具体时间具体地点没有确定，我在这个秋天不肯遗漏晚报的任何一个角落。有几天我出差去了外地，行前特意叮嘱父亲，回来之前晚报不要处理——卖给废品回收站。父亲卖报纸上了瘾，不只是报纸，还有瓶瓶罐罐，旧纸盒，甚至一段布头，一截纤维。父亲说，你办公室的报纸看完了带回家行不？我说不行。父亲常常眼红我们办公楼里隔天就要用平板车拖着满满一车报纸去废品回收站的小战士。

你能想象一周前我从晚报上看到两个展览终于确定了时间确定了地点的消息后，我的形于颜色的激动。两个展览在同一个展馆举行，一个早些天，一个晚些天，但有几天是重合的。我算准了日子——这颇费了些工夫，因为要在这重合的几天避开预先安排了事情的那些天。我谋划着路线：公交，地铁，还是先公交后地铁或者先地铁后公交。我现在不用看地图了，以前我看展览最头疼的就是路线，往往研究地图的时间要长于路上问车坐车换车的时间，路上问车坐车换车的时间要长于看展览的时间。现在我用百度地图搜索。我输入出发地和目的地，出来好几种“公车换乘路线”，我唯一要做的，就是在这几种中选择一种自认为时间最短的路线。

秋天仅剩下两天，晚报已经提醒即将到来的大风和降温。这么说，秋天真的就要过去了——好天气就要过去了。我必须抓住这两天，以观看两个展览的形式和秋天做个告别。好日子总是一去不返，如所有已经过去的，童年，少年，和那些落魄而无畏地追赶一个又一个展览的浪荡岁月。

二

妻子认为我是荒唐的。这荒唐甚至让她恼火。我从来不和她说起过去的岁月——那些为展览而疯狂的日子被我雪藏。我也从不在她面前表露我对晚报上所有展览消息的鹰隼一般的关注。谁会知道，那些或长或短的消息，有时甚至只是一个标题，常常长久地扯动我那些纤细脆弱的神经，仿佛无数琴弦被拨动，辽阔的回响震动我的胸腔。我总是需要足够坚强的意志阻止我体内的热血瞬间喷溅到我的脸上，我只好迅速地翻过那些印有展览消息的页面，轻描淡写地说起一次车祸，一个凶案。

妻子的恼火并非毫无根据。她在备考，这是这个秋天她唯一关心的大事。大风与她无关，降温与她无关，这之前整个秋天的好日子都与她无关。你不能多带孩子，让我多看几页书？我懒得和她多说，现在我已经放弃了先前一闪而过的念头：我们一起去看展览。事实上，我在说到两个展览的名字时，她的眼睛曾经闪过一丝猫眼般的光亮，但瞬间熄灭。

我一直拖延着没有出发，并非一觉醒来就改变了主意。他们都以为我会改变主意。父亲说，厕所的门是换还是修，你给维修队打个电话。母亲说，马桶又不出水了，让他们来看看？我都听见了，吃早餐的时候，我咬着馒头嚼着萝卜干，我都听见了。我什么都没说。我似乎应该说点什么，可是我没有想好怎么说，我想的是朋友们会不会给我打电话。说好了，昨天晚上打电话，我一个也没有接到。我觉得他们今早起床会打的，我的耳朵一直朝向电话的方向。我一直和朋友们说着这两个展览，他们也确实被我说动了，他们的言语和眼神都涨满了新鲜和热力，一致认为我的这个主意是整个秋天最好的主意。

我忍耐着没有给朋友们拨电话。我担心他们没有起床——毕竟是周末，我也担心妻子听到我打电话会更加恼火。我抱过女儿，让她亲我，我也亲她，她把鼻涕抹到袖子上，又把袖子抹到我的脸上。她有些发烧。我早上起来就发现了，她的手心和额头都有些发烫，但是不厉害。我问她，爸爸上班去，好不好？她说，不好，伸出小手儿抓住我的胳膊。这很奇怪，往常问她，她都说好的，说完好，她还会接着说，赚钱，买车车，然后扬起小手儿，和我拜拜。女儿今天早上的回答和举动让我很费解。但没法让我改变主意。

让我不安的仅仅只是油烟机的抽烟管道。管道穿过南阳台，横在阳台上父亲、母亲和女儿的寝床的上方。一只蚊子可以改变很多事情。今年整整一个夏天，母亲因为扑打蚊子，打坏了两个灯泡和一个挂钟，现在，秋天都要过去了，蚊子还是于深夜引导着母亲，惊醒，然后扑断了抽烟管道。母亲如此执着于和蚊子的较量，白色墙壁和天花板上暗红色的星星点点成为她常常炫耀的战功，其坚韧顽强和孤注一掷的斗争姿态也常常成为父亲和妻子的笑柄。我很难笑出声来，为了我的女儿她的孙女儿，母亲对于蚊子的痛恨强烈得让人吃惊。

这只深秋的蚊子，怕也是今年最后的一只吧，它的出现也是为了让我改变主意么？抽烟管道不修好，显见得无法生火。无法生火也不能让我改变主意，我把油烟机厂家的电话给了父亲。

我必须出发了。

我宁愿相信，朋友们忘记了昨天的约定。忘记，强于故意地忽略。

三

百度说，坐380，或者409，然后换地铁。站台上，两个男人，三个女人，加了我，三个男人，三个女人。这毫无意义，但我还是认真地数了数。我试着辨认出其中的小偷，这已成为我等待公交时的唯一工作。我知道他们有着独特的神情，独特的衣着，独特的动作，但我总是看走眼，一次次地白费力气。我从来没有遇见过小偷，我甚至怀疑晚报上那么多关于小偷的报道是否真实。这并不让我灰心，我总相信偌大一个城市总有一个小偷在下一辆公交车上等着我。我期待着和他的相遇，尽管我并不很清楚，我将怎样和他过招。也许，就在今天，这整个秋天最后的日子，就在这辆车上，这载我去往两个展览的车上。上车的时候，我故意把外衣撩起，露出腰间的半新不旧的手机。看上去，我闲散而粗心，事实上，我目光如炬，心细如发。如往常一样，我站在公交车里人群的中央，隐蔽而警惕地在人缝里搜寻，盼望着风吹草动牛羊现。我设想过很多次，他落入我的视线之后，我该如何动作？有很多种方案，一种也不能确定。这并不重要，重要的，是他的出现，他将以何种神情何种衣着何种动作，进入一个渴望他的人的视野？

这个城市里，到达异地的几种方式中，除了步行，我唯一信赖的是地铁。在我看来，地下的穿行，是灵魂最喜欢的运动。我常常幻想，什么也不做，哪站也不下，就在地铁里，最僻静的角落，整整一天，来来往往，会怎样？终究只是幻想，落脚于这个城市近十年的时间，我至今不能实现这一想法，今天或许是可以的，因为是今年最后的秋天，可我已经许诺了观看展览的仪式，我不能背叛了自己，毕竟，我真正做到对于自己完全信守的事情不是太多。站在站台黄线的边上，我总想越过去，然后，跳下去。这个念头何时开始纠缠着我，已无从知晓。这样一个念头总让我胸腔里心跳加速，血管里血流如注。这似乎与恐高无关，因为并不高，况且与恐高有区别，因为恐高是需要双腿发软的。现在，我站在站台上，两条腿并不软，只是想跳，甚至期望着有人从背后使劲，哪怕只是无意中的拥挤。没有人靠近我，没有人知道我所期望的。所有的地铁里的人都是如此小心翼翼，远远地避开黄线，只有我，一点一点地最大限度地接近黄线而不越过黄线。我记得前天的晚报上是有跳地铁的消息的，但我不记得他是否就在我此刻所处的站台。如果是，或许我正踩着他在这里留下的脚印，尽管看不见，但既然留下过，就永远不会彻底地消失。晚报上的消息里做过一些他为何跳下站台的猜测，我也跟着猜测过，但是现在，我觉得一切猜测也许都是荒唐——他仅仅只是想跳而已：突然起了一个念头——靠近黄线——踩上黄线——越过黄线——跳下。不能排除的是，拥挤的人群帮助了他。当然，我这也是一种猜测，或许更加荒唐。

四

展览被临时封闭，因为有贵宾。一天，或者两天，谁也说不准，端枪的武警也说不准。

我看见大群的人，挥着手臂，张开嘴，身子前倾着撞到了端枪的武警的身上。我看见我在公交站台上遇见过的两个男人一个女人，我看见地铁里坐我对面的三个男青年一个老太太。

大风终于起来了。晚报上的预报准确无误，这个秋天最后的日子里大风按照预定的行程准时抵达这个城市。

我裹紧了衣服，踩着满街的落叶，走往来时的方向。落叶有时翻转着扑到我的脸上和身上，我拿起它们，扔向风中。

值班室

每个月，总有一天或者两天，我会在值班室度过。常常是二十四个小时，也有的时候，少于二十四个小时，比如我接班的时候迟到了一些，或者多于二十四个小时，比如接我班的人迟到了一些。

虽然只有二十四个小时，一个白天，一个黑夜，我还是要准备一些东西。比如笔记本电脑。最开始的时候，我不带电脑。后来发现，带了电脑，二十四小时打发起来要容易许多。可以写字，可以上网。上网只能拨号。第一次上网的时候，我用的是值班电话。心里是战战的，我知道这样不好。就有些偷和摸的味道，偷的是值班的时间，摸的是值班的电话。因为电话总是很少，常常半天都不响，我胆子就越来越大，挂在网上的时间越来越长。有次头儿找我，其实不是找我，是找值班室，电话打不进来，就打了我手机。头儿说，电话怎么打不进去。我支吾着，说不清楚。头儿说，电话没挂好吧。哦，是的。我应道。电话线就从电脑上拔了，心里很不安，偷和摸的感觉更重了。机关的打字员后来告诉我，你可以用另一部电话的。哦，是的。桌上有三部电话，两部是对外的，还有一部，我现在知道，几乎从来不用，从来没有响过。偷和摸的感觉就淡了，我常常整天整天地挂在网上。

还要带几本书。其实常常没有打开。带着它们，只是觉得踏实。就像外出旅行，没有两本书压在箱子底下，会觉得心里空空，无从着陆。读，或者不读，并不重要，重要的是，身边总有书。挑选书的时候，总要费些时间，这也是我有时不能准点接班的原因。满架子的书，却难以找到可以带走的。有时急了，就随手挑上两本。比如，今天我就拿了王小波的《青铜时代》和新到的《人民文学》。都在阅读中，《青铜时代》里读过了《万寿寺》和《红拂夜奔》，《寻找无双》只读了两页。《人民文学》里的诗歌都读完了，夏榆的《在黑暗中升起黎明》读了两遍，小说还没有开始。或许可以把小说都看完。

洗漱用品是不能忘了的。其他都可以不带，剃须刀是不能少的。日夜茂盛着的胡子真是让人觉得麻烦。为此，我从来不敢在没有准备的时候夜不归宿，喝酒喝得再晚，和朋友聊得再痛快，我必要固执地回家。这常常让朋友们觉得不可理喻。真的就那么在乎一脸胡子茬的形象？也未必。本就是懒散之人，两个月可以不擦皮鞋的。只是习惯而已。就像从来没有定时擦皮鞋的习惯。不管怎样，胡子是长在脸上的，面对镜子，看着那些一夜之间蜂拥而出的胡子茬，仿佛看到一个陌生的，不忍目睹的自己，油然要生落荒而逃的心思。他人倒未必就觉得我满脸胡子茬的样子有多么难看，就像从来没有人指责我的皮鞋总是灰头土脸。习惯真是一个奇怪的东西。

值班其实是没有多少事的。有时候倒有些盼着值班的日子。

生活从常态突然被剥离。离开办公室，离开家，仿佛行走的船蓦地就被置于一个孤岛。只有我自己。整整一个白天一个黑夜都属于我自己。常常有个离家出走的念头。并非是恼怒，同事和家人都不曾给我制造出走的理由。他们都很好，温良恭俭让，我们从来没有红脸的事件和时机。很少有人干涉我的事情，他们做他们的事情，我做我的事情。空气温和而安静，阳光和雨滴不拐弯地落到我们各自的身上。却还是常常生出那个念头。只是一个想法而已。想法不能实现的时候，仅仅只是虚无，生活依旧是生活。每个月的值班却无意中契合了我那个总是不能被删除的念头。那些或远或近的值班的日子成全了我偶尔的逃离和放肆。

现在我可以说说我的值班室。两间房。外间有办公桌，桌上放了几部电话。玻璃板下压着“值班表”，“值班情况报告表”，“值班室处置突发事件工作程序”等表格和文字。值班日志。烟灰缸。茶杯。电脑。碎纸机。说到碎纸机的时候，我想起听到过的一个故事。其实是真实的，因为没有亲历，也因为年代久远，所以我觉得是故事。有位值班员，抽烟抽得厉害，估计比我还要凶。他有个绝技，烟抽完了，烟蒂“啪”地弹出，空中划过烟的痕迹，坠落的时候，烟头和未燃尽的烟叶自动分离。烟叶带着火星落到地上，烟头落到垃圾桶。分毫不差，屡试不爽。讲这个故事的人见过他的表演，说真是神了，他妈的真是神到家了。这个绝技害了他。终有一次，带着火星的烟叶违背了他的意志，改变了一直以来的方向。烟头落到垃圾桶。火星掉进了碎纸机。他并不知道。他以为不可能。他弹过那么多次，从来没有出过差错。

他的自信早已主宰了他的行为，至少在处理烟蒂这件事上。他头都不回，进了里间，蒙头大睡。火光起来的时候，浓烟铺天盖地，在整栋楼，整个院子的上空弥漫，摇曳，见证一个人的失败与无奈。讲这个故事的人也不知道那个值班员最后去了哪里，从事何种工作。一个人的消失，真是讲不清楚，有时候，仅仅只是一个烟头的事。如果没有那个烟头，他也许明天就来接我的班。

我坐在办公桌前，写字，或者上网。有时，也有电话进来。中餐或者晚餐之前的半小时，机关食堂的电话准时打过来。问我吃什么，给我报上几个菜。我总是记不住他报的那些菜名，每次都说，都来一点吧，多弄点米饭就行。食堂总是把饭弄得太少，三口两口就完了。这不能怪食堂，他们只是按照通常的标准。他们不可能知道今天是我值班，不可能知道我的胃口都比别人好。也有一些电话是“突发事件”。比如有一次，一个女人说，你们医院卖假药，管不管。我说不管，我这里是值班室，不是医院。她说，医院不是你们管着吗，你们要不管，我把材料发到网上去。这让我有些害怕。害怕的倒不是别的什么，怕的是这事查起来是我值班时没有处理好。我说那你说说到底怎么回事。她就讲了，讲了她的病，她的药，和医院的态度。我让她留下电话，向头儿作了汇报。头儿说，别理她，一个神经病，告了好多次了，早就给她处理过了，她总是不服气。我明白了，没有再给她回电话。也不知道她把材料到底发到网上没有，没有我的事，我也懒得操这个闲心。

每天下午四点到六点是电话的高峰。我害怕这个时间段。手忙脚乱，这部电话还没挂，那部电话又响了。都是下属单位的值班室报告一天的工作情况。三十个单位，每个都要报，报了要登记。“单位”，“值班员”，“报告时间”，“报告内容”，“备注”，“值班情况报告表”有五项。“单位”都是打印好了的，“备注”也可以不管，真正需要填的是“值班员”和“报告时间”，“报告内容”千篇一律：一切正常。这个过程中有时会有意外的惊喜。拿起电话，竟是一个熟悉的声音。很多年没有听过，还是熟悉。是同学，大学的同学。五湖四海，多年不见。只有声音还是那个声音。迄今为止，在我所有的值班日子里，接到过三个这样的电话。一个在新疆，一个在陕西，一个在河南。他们听到我的声音会愣住，我也愣住。然后大笑。觉得有趣。“一切正常”之后，我们会聊些别的，工作的，家庭的，互致问候和保重。不敢多说，留下各自的电话，欢迎到各自所在的城市去。

值班室的里间有床。很简易的单人床。支着蚊帐。夏天蚊子很多，墙上随处可见暗黑的斑点，被拍死的蚊子粘在上面，没有人清除，不值得清除。后来有了灭蚊器，晚上的日子好过了许多。没有了蚊子，还是睡不好。其实很安静。大楼里所有的人都走了，只有我一个。却还是睡不好。有一个晚上，我竟然梦到了鬼。不止一个鬼，是鬼的世界。其间有我的瞎子表哥，还有一个读书的女人，各种光怪陆离的鬼事潮水般淹没了我。梦醒之后，冷汗淋漓。不明白梦之所指，也不明白梦从何来。也许与值班室无关，只与心情有关。

有沙发，有电视。我只在吃饭的时候打开电视机。常常能撞上一些好的节目。比如今天，看了凤凰台的一个专访。曹景行主持的，访谈者叫朱汲。一个很陌生的名字。没有看到开头，后来我知道朱汲曾是胡宗南的心腹，做过胡的情报科长，专事暗杀，杀了很多人。现在很老了，老年斑布满整个脸，说话的时候手在空中抓着，他要抓住什么呢。主持人说，他面对摄像机说了八个半小时。他太想说了。他要说的太多了。他是一个时代的亲历者和见证者。他窥见并参与了那个时代许多的黑暗，阴谋。欲望，权力，血，曾经裹挟着他，步步为营。他说，他害怕讲起那些往事，开口的时候，他就看到窗外无数的影子在徘徊，在看着他。他说，那些影子都是被他杀掉的人。他说，他必须讲出来。他讲出来的，就是真的往事，真的历史吗？我看着，想着。我还想，我们所有人，在面对往事的时候，都会有如他那种害怕吗？

坐在值班室，或者睡在值班室，我总是这样胡思乱想，让自己逃离，让自己放肆。明天，八点之后，我将回家，或者回办公室，收拢自己的魂与灵，继续我的温和安静的生活。

生日混响曲

总该记下一点什么，一年到头就这么一天，过了今天，就是明天了，过了今年，就是明年了。

于是就有以下的文字。

第一个电话是蝌蚪打来的。我叫他蝌蚪，是因为我突然忘了他的真名。他把电话打到我的手机上，显示的只是“蝌蚪”。很多人的名字我都忘记了，毕业十二年了，不见面，电话也少，想记住一个人的名字真是一件困难的事情。蝌蚪是三年前从别的同学那里要到我的电话，他自称是“蝌蚪”，我就在手机上存了这个“蝌蚪”的电话，他没有说他的名字，我也没有问他的名字。三年里，我们断断续续地有过联系，他毕业做了坦克手，娶了妻，还没有孩子。仅此而已。他打来电话，祝贺我的生日。我有些吃惊。他说刚从坦克上下来，无意中翻了毕业时的留言本，上面有每个同学的名字，一些假大空的话，和生日。他就知道我的生日是今天。我们聊了 12 分 53 秒。这中间，我两次出现思维混乱。我用的是神州行，一分钟六毛。我想把手机挂了，换个座机。混乱的时候，他总是恰当地找到了我们共同感兴趣的话题。第一次，他问我现在多重了。我说 150。他说那你增了 30 多斤了，我说是的，高血脂都有了。他说他也是，158。他那样的身高这样的体重还是标准体重，我这样的，就显然不合格了。第二次，他问我现在酒量怎样，我说二三两吧，他说肯定不止，你在机关天天应酬，没有七八两如何混得开。我承认他说得有道理，因为我确实混不开。这两个话题大约占了一半的时间，其他的六分多钟里，我们聊到了工作和家庭。我说了妻子的工作情况和女儿的成长情况，他抱怨转业太难，问我能不能说上话。我支吾着问到了他的妻子。他在新疆，妻子在湖南。不转业就只能分居。我只能支吾，如果我有七八两的酒量，混得开一些，或许我能给他说上话。在我第三次快要出现思维混乱的时候，他说起了普通话。他的普通话和我一样，永远改不了那股子塑料味儿。他说，单位里有人找。我说，那就下次聊，再见。

第二个电话是妹妹打来的。妹妹打的是座机，这让我踏实。妹说，哥，生日快乐。我说，你倒是有点良心。妹说，谁没有良心。我说，除了我同学，你是第一个给哥祝贺生日的。也问女儿。我说感冒了，重感冒，出生以来最厉害的一次。她说那你赶紧带她上医院。我说，不用了，吃了药，有些好转。我说，上次小海问的那个事，我打听了，不行。小海是我妹夫。许多天以前，他问我能不能给我们的下属单位打个招呼，他们有些旧车要处理，有轿车，有卡车，听说几千块钱就能拿到，反正也是要报废的车。我一直没有给小海回话。我不知道怎么回。我没有这样打招呼的经验。六年小学，六年中学，四年大学，课本和老师都没有教过我。八年工作，领导和同事也没有教过我。我只好一天天地拖着，无所为无所不为。现在，妹妹打电话过来了，我不能再拖，尽管妹妹没有提。我只能说谎。我没有打听，却说打听了。我的理由无可辩驳。我说人家说了，这些都是部队的装备，列入编制的，不是谁想卖就卖，想买就买的。妹说，他也就那么一说，哥还当真了，他是做梦都想发财。我说你好好和小海解释一下，哥实在办不到。妹说，我知道，小海也知道，买生日蛋糕了吗。我说没有，没人吃，你要吃你给哥买一个。妹让母亲接电话，我就走了。

第三个电话，是大学同学打过来的。他不知道我今天过生日，他打电话来，还是前天和我说过的那件事。那天，他到我办公室，说要回家一趟。我说还是你母亲的事吗。他母亲得了癌，一直在做化疗，今年他请过好几次假了。他说，我哥和我嫂子被村里人打了，现在住在医院。我问他怎么回事。他说是别人挖土，挖到了他们家的墙根底下，他哥去制止，人家当时就不挖了。隔了一天，就有一伙儿人到了他家里，把他哥和嫂子都打了。我说伤得厉害吗。他说不知道，所以要回去，母亲化疗也没有人照顾。他言辞里有些闪烁，我知道他想说什么。他果然就说了。你有熟人吗，能不能说上话，否则恐怕医药费都讨不回来。我故作冥思状，想应该怎么回答这个问题。我说，我们不是有个同学的老丈人是你们地区军分区领导吗。你和他说说这个情况，看能不能帮上忙。他说，算了吧，我回去看看再说。我说，或者你找些媒体反映一下，媒体一介入，事情就会好办。他说，媒体我不熟的，你有路子吗。我说，只要媒体感兴趣，不需要路子的。那天不了了之。后来，我想起，应当问问他缺不缺钱，给他备上一点以做急用。今天他打来了电话。他说，还是只能通过媒体。执法部门一直在沉默，他说他们似乎打算不作为。他怀疑对方已经做了工作，比如塞了钱托了人之类的。他问我哪些媒体会关心这样的事情。我也是糊涂着的。我说，你先把家里人照顾好，把证据收集好，把材料整理好，回北京，我来给你想办法。能想出什么办法呢？我没底。末了，我问他，钱的方面是否紧张，如果需要就说话。我想，我暂时能做的，只有这些了。他说，暂时没问题的，回北京再说吧。挂了。

第四个，是短信。师妹发的。她也不知道我今天过生日。她和我住在一个院子里，却很少见到。她就常常给我发短信。在学校时我并不认识她。一个院子里住了好几年我也不认识她。后来，我们共同的一个在长沙的师兄介绍我们认识了。师兄说，你给她介绍一个男朋友吧。我们就一起吃了饭，饭桌上什么也没说。该说的师兄都和我说过了。我介绍了一个朋友，他们认识了，似乎也恋爱了。他们两个人偶尔来过我家里，坐坐就走了。还是散了。她没有和我说，朋友也没和我说。散了就散了。她见了面却还叫我师兄。她总是称我师兄。这个世界上，只有她一个人叫我师兄。女儿出生时，她拎着一大包东西来了我家。说着，笑着，亲着我的女儿。后来就没见过，只是常有短信，每个节日都有，我知道的节日，和我不知道的节日，她都有短信。比如今天这个节日。感恩节。美国人的节日。孤陋如我，从来不知道还有这样的节日。11月，第四个，星期四，和我生日一点关系都没有。这样看来，每个感恩节并非都是同一个日子，只有11月，第四个，星期四是不变的。我的生日也是这样，只有按农历的那个日子是不变的，如果按公历，或者按星期计的话，那就乱了套了。两个充满了变数的日子在今年重合了。以前有没有重合，我不知道，没有人告诉我还有一个感恩节，以后会不会重合，我也不知道，但我会注意的，比如，那天有没有收到师妹的短信。

妻向单位请了一个小时的假。我在地铁口接到她时，看看表，六点，往日的这个时候，她还在办公室。车很多，比平日都多，因为时间的缘故。妻说，今天还早，我们走回家吧。我说，好啊，天冷，要不我们跑步吧。我推着车和妻子一起跑。跑不动了，我们就走，说她单位里的事，说我单位里的事，说我们的女儿。妻说，趁着还没有转正，我辞了算了。我说也好，等我晋级命令下来，就可以办随军了，另找一个单位。妻说，你们天天等我一起吃饭，饿着肚子等我，其实没有必要。我说，爹和娘都要等你回来一起吃。妻说，还是换个单位吧，钱虽少些，可以多些时间照顾女儿。我说，你拿定主意就行。身边走过一些捧着鲜花的人，妻说，我该给你礼物的。我说，算了吧，早些回来就是给我最好的礼物了。说完，自己也觉得酸，就又跑起来。

爹备了酒，二两装的，二锅头。娘说，你爹非要去买，在外边三天两头地醉，还嫌你喝得不够。爹坐在沙发上，按着遥控器，不说话。爹有几天没有说话了。爹心里不痛快就不说话。爹的不痛快我们已经习惯了。来到城市的那天起，爹的不痛快就不可避免。这次的事情来得有些突然。院子里管环卫的老头找到爹，说五百块一个月，每天四个小时，清扫大院里的垃圾。爹满口答应。回来一说，我第一个反对。妻第二个反对。娘第三个反对。我和妻的理由是一样的，不缺这个钱。娘的理由是，她一个人带孙女照应不过来。爹说，早上两个小时，下午两个小时，什么也不耽误。后来，我和妻同意了。我和妻觉得这样爹的不痛快会少些。妹和弟打来电话，却还是反对，任凭爹如何说，千个万个的反对。弟说，五百块，我随便就省下来了。爹说，你省得下来吗，你省得下来我也不能总是白吃白喝。妹说，爹你都六十多了，早上三四点就起来，你那身子受得了吗。爹说，反正我也醒得早，睡不着。娘还是不同意，说孩子太闹太淘，两个人带都费劲。爹就再不说话了。

我给爹倒了酒。自己也倒了。娘说，我也来点。我说不行，你有高血压和心脏病。娘说，昨天测了，血压正常了，心脏也好了，你们看我今年犯过吗。我说，那就一杯。我端起杯子，爹也端起杯子。妻说，你们碰一个。爹不碰，爹把酒杯径直端到了嘴边，一饮而尽。我也干了，娘抿了一口。我说，下午我们单位开会，关于房子的事。都抬起头来，看着我。妻说，这次有戏吧。我说，不一定，办完随军才能申请。妻说，那不快了吗。我说，说不好，没有房子的太多了，还得打分，排队。妻说，我们这样子，五个人住一间半，还不能照顾一下。我说，还有合住的呢，不过，下午领导提到了我的问题，情况他都了解。那就等着吧，娘说。

是啊，等着吧，都会好起来的。

零点了。女儿睡熟了。妻也睡熟了。夜，如此寂静。

新的一天终于到来，明年的生日我会写些什么呢。

端午

说好了要去看龙舟。早就说好了。端午还有三天就说好了。和妻子说好了。和妹妹说好了。和父亲说好了。和母亲说好了。和湘子也说了。湘子说，好，看龙舟好。湘子并不知道端午有龙舟，甚至并不知道有个日子叫端午。可是湘子知道看龙舟是好的。

天气也是好的。早上起来就觉得端午的天气是好的。酷热只是昨天，也许还有明天，但今天是好的，太阳在云层里，让天气阴着。风从四面起来，风从山的背面水的上面起来，风从楼的缝隙树的缝隙起来，风无处不在。风吹在人的脸上人的身上人的心上，风告诉我们，端午的天气是好的。

母亲的心脏也是好的。母亲说都好了，一切都好了，不胸闷了，不气喘了，酷热的早上打半小时的羽毛球也不累了。父亲不相信母亲都好了，父亲说我怎么没好，我的肩还照样痛，我的腿还照样痛，我怎么哪里都没好。早上的散步在房山的林子里进行，林子里的树和鸟一直听着母亲的好和父亲的没好，树和鸟都默不作声，树和鸟没有发言权，它们只知道天气是好的，风也是好的，看起来一切都是好的，它们默默地享受好的一切，不想聒噪，只想珍惜：说不准，明天一切都不好了。

我也没有发言权。妹妹也没有发言权。但我们还是要发言。母亲说都好了，是希望我们发言。父亲说哪里都没好，也是希望我们发言。如果我们仿佛树和鸟一直静默，那么一切都会变得不好，都好了的母亲也会马上变得不好。私下里，我和妹妹已经交换了彼此的发言，我们要说的基本一致：这是一个骗局。我们的发言基于大量的网上资料以及对于骗术从形式到内容的基本了解。

现在，我们不能像私下里那样发言。路过那个铺面的时候，母亲指着他说，七点半开始，现在不到六点，他就排队了。他坐在铺面前的水泥台阶上，白着头，苦着脸，右手提着蓝布的兜。等上一个半小时后，推销的人会热情地打开门，热情地引导他躺到睡椅上，热情地接上电场治疗仪，热情地让他治疗半小时。半小时之后，他会起来，他会觉得好些，也可能觉得哪里都没好。母亲每天就是这样的，母亲每天都会觉得好些，父亲有几天也是这样的，父亲觉得哪里都没好。很多人每天都是这样的，走在路上，母亲会和很多人打招呼，很多人都和母亲一样，天天都在坚持，坚持排队，坚持治疗。也有一些人类似于父亲，几天以后就不去了，不去排队，不去治疗。

我开始发言。妹妹也开始发言。我们的发言轻飘飘的，没有力量。母亲说，其他我什么都可以不要。九千八，电场治疗仪，母亲要定了。端午的早上，很好的一个早上，母亲下定了决心。

妻子并不觉得好。我们都去林子里散步，她一直躺在床上。我们散步回来，她还坐在床上，发呆，眼睛望着窗外，窗外的树，和窗外的风。她早就知道今天是端午，她早就知道今天要去看龙舟，她应该好好地睡。都在好好地睡，树在好好地睡，鸟在好好地睡，划龙舟的人也在好好地睡。她却一个晚上没有好好地睡。

岳母一定也没有好好地睡。岳父一定也没有好好地睡。在广州的岳父把怒气通过电话传给在湖南的岳母。岳父说那是他买棺材的钱，岳父说都是孩子们牙缝里省出来的钱，岳父一定说了许多粗话，与棺材无关的时候岳父能说粗话，与棺材有关了岳父一定会说出更粗的话。

妻子不能说粗话。妻子想说，但没有说。妻子想说那个淘金的人的粗话，但没有说。岳母说，人家打了收条，说好两个月连本带息还钱。妻子电话里没有说，和我说就说了粗话。一万块。妻子忍不住要说粗话。那个人听不到我们的话，听不到岳父的粗话，听不到妻子的粗话。按照岳母的推理，他现在已经到了新疆，他正在新疆的某个山沟里淘洗金子。端午的时候，他或许已经抓住了黄灿灿的金子，金子映着端午明晃晃的阳光，灼疼了他的眼睛。这只是岳母的推理，岳母说，他发了誓，一定会带回金子来，两个月他手里的钱全都会变成金子。岳母很痛快地把一万块交给了他，一万块里有岳父寄回去买棺材的钱，有妻子寄回去让岳母买些鱼吃买些肉吃买些蛋吃的钱，有妻子的三个姐姐和一个弟弟寄回去让岳母添些衣服置点日用品的钱。岳母说，他一定会还钱的，他淘到金子就会还钱的。

粽子也是好的。鲜绿的粽子呈花儿开放的姿势躺在两个银白的瓷盘里。剪开棉线，剥开粽叶，白色的糯米显露出来。真相也显露出来。真相被粽叶包裹，被棉线捆绑。单看表面，真相是未知的，豆沙粽，猪肉粽，绿豆鸭蛋粽，陈皮牛肉粽，百果粽，咸香鸡肉粽，谁能猜得准？我和妻子吃到猪肉粽，父亲和妹妹吃到咸香鸡肉粽，母亲吃到百果粽，湘子也抓了一个，是豆沙粽。

聂三毛不知道吃到了什么粽。聂三毛也许并没有吃到粽子。聂三毛甚至也没有睡好。端午的天气是好的，她考得也应当是好的。她回回都拿班上的第一，她怎能考不好。她却没有睡好，她用被子捂着头，泪水流了整整一晚，从五月初四，一直流到端午。妻子电话里责怪大姐，为何要那么着急告诉她，为何不能等她结束了中考？大姐说聂三毛的奶奶先和聂三毛说完再和大姐说的，大姐说聂三毛的奶奶已经替她们娘俩拿定了主意，大姐说聂三毛的奶奶看她们娘俩太可怜。妻子电话里对大姐很不客气，妻子很少这样不客气地和家里人说话，今年的端午不知妻子火气为何那么大。

妻子质问大姐，聂三毛的父亲那笔两万块的抚恤费为什么不要回来，聂三毛的奶奶有什么权力扣着那笔抚恤费不给聂三毛交学费。大姐答不上来，我听见大姐电话里的啜泣声。聂三毛的奶奶一定没有听见自己儿媳妇的啜泣，也一定没有看见自己孙女儿一个晚上的泪水。端午的前夜，她已经下定了决心，要送聂三毛去广东顺德的一个慈善学校。聂三毛的奶奶说，整个学校就两个名额，我找了校长，要了一个，那里上学不花钱。大姐给妻子打电话，是想查查那个学校。妻子在网上查了，然后才对大姐不客气。妻子说，那是个骗局。

聂三毛八点进考场，十点就考完了。龙舟赛十点开始。北京这里有龙舟，湖南那里应当也有龙舟。不知道聂三毛会不会去看龙舟。不知道聂三毛站在河边，会不会想起她的父亲。她的父亲，三年前的端午，喝醉了酒，游泳的时候脑袋撞到了河里的轮船上。大姐说，捞起来的时候，脸大如盆，七窍流血。聂三毛如果也去看龙舟，一定会看见小而轻的龙舟在河上急驶如飞，黑色的她的父亲的影子在河底迅速铺开，铺满整个河底。

阿贝尔已经不哭泣了。前天，他还在哭泣。他觉得“我与那些孩子无关，但那些孩子与我有关。”他说的那些孩子，是山西黑砖窑里的那些孩子，大多十几岁，最小的八岁，来自河南，河北，安徽等地。我也看到了那些孩子，遍体的伤，被打傻，被打残，或者被打死。端午节的前夕，他们一部分被解救，将回到家里，也许能吃上粽子，或者，还能看到龙舟。没有被找到的，也许吃不上粽子，看不到龙舟了。死了的，永远也吃不上粽子，永远也看不到龙舟了。阿贝尔那时哭得多么伤心，仿佛要在端午的前夕流尽所有的泪水：“写过纯文学，我开始哭泣。不是为了什么什么而哭泣。是没有办法克制的哭泣。是悲伤，悲哀，悲戚，悲凉，悲痛，悲愤！我的心被黑暗充塞，比黑砖窑还黑，需要泪水冲刷。”他也要求“十三亿人一起悲哀，一起哭泣，一起忏悔！”

现在，阿贝尔已经不哭泣了。他也不看龙舟。他在端午写了一首诗：

我取出内脏
然后，装上菖蒲、艾
兰芷、薜荔、蘼芜
我不要雄黄酒
二千二百八十五年过去了
谁还见得兰芷、薜荔、蘼芜之流
你只是菖蒲
只是艾
你的古香熏醉了我的骨髓
你的叶芒割痛了我的神经
我不要栀子花
我只要菖蒲
只要艾
至于兰芷、薜荔和蘼芜
至于兰芷、薜荔和蘼芜
就是去《离骚》里也采不到了

十点钟的时候，我们看到了龙舟。我看到了龙舟。妻子看到了龙舟。妹妹看到了龙舟。父亲看到了龙舟。母亲看到了龙舟。湘子也看到了龙舟。湘子指着那些红黄相间，龙首龙尾的舟子，大声地叫唤："龙舟！龙舟！"划龙舟的人一定睡好了，也吃到了好的粽子，他们赤着的胳膊闪耀着古铜的光，桨起桨落，龙舟破水前行，驶进端午的深处。

落日时分

在街道的拐角处，我们总会遇到一匹马。棕红色，或者灰色。马是这个城市里不多见的动物，平整光亮的柏油路更能接受的是汽车。略微让人奇怪的是，这两年，马似乎多了起来。走着走着，就会在街道的拐角处遇见它们。尤其是在落日时分。女儿湘子看到马就会兴奋，很远就伸出手来，指着马，说“马，马，马!”她说的时候，把脸转过来，急切地看我，唯恐我没有看到。我朝着她手指的方向，说“马，马，马!”她就笑起来，眼睛眯成缝，然后迅速把脸转回去，手却还指着马的方向。落日时分，马站在那里，安静而优雅，等待我们经过，等待湘子急切而兴奋地叫唤“马，马，马!”我推着湘子走近的时候，妻总是提醒我，不要靠得太近，担心马会一时失蹄。湘子却总是从推车上立起，身子最大限度地前倾，向着马的方向。

我确信此时的马是温柔无限的。它的眼睛明白无误地告诉我，它是安静的。一切都是安静的。太阳也是安静的。我抱着湘子，她的小小的手放在马的鼻翼上方，马的嘴轻轻翕动，呼出热热的气息。湘子仰头看我，笑意盈盈，说“马，马，马!”有时候，马会微微抖动，甩一甩尾巴，和湘子的叫唤作着回应。我想，我是不懂这城市街道拐角处的马。我觉得它可怜而无奈，它身后拖着载满西瓜或者苹果的平板车，平板车上坐着它的衣衫褴褛的主人。它几乎就是拖着一个家庭的重荷。湘子也许是懂它的，它不急不躁，眼眶里蓄满一腔柔情。

马也并非就是我们在落日时分里可见的唯一风景。街边喝啤酒的老太太也常让我们驻足。那实在是一个零乱而不卫生的小摊。汽车扬尘而过，苍蝇在盛满龙虾、毛豆、花生、鸡爪、鸭脖的铁盘子上方飞来飞去。我们常常是掩了鼻子，急速地从桌椅的缝隙间穿过。常见的都是赤膊红脸的男人，吐着烟，大口地喝扎啤。那个老太太让我们有些发呆。她一个人占个桌子，面前摆了一碟毛豆，一碟花生，和一扎啤酒。她的穿着不贵气，但也不落魄，她的神情不孤寂，但也不欢喜。她慢悠悠地剥毛豆，剥花生，时时呷一口啤酒。她不看任何人，不说一句话。我和妻看着她，湘子也看着她。她终于注意到了我们，注意到了湘子。她给湘子一个温和慈爱的笑。湘子也笑，指着她，奶奶，奶奶地叫着。我和妻都沉默了好一阵子，走远了，还是沉默着，沉默着回头去看她。湘子也把头挣到推车外边，扭着脖子，去看她。

湘子也常常扭着脖子去看那个拉二胡的瞎子。他每天都在那里拉，拉二泉映月。没有泉，也没有月，只有来来往往的车和来来往往的人，只有落日的光浅浅铺开。我丢下两枚硬币，湘子也丢下两枚硬币。瞎子抬起头来，道了谢谢。湘子就两手合什，上下动作。不知是谁教的她，她的“谢谢”就是这样子。有一天，我们看见一个小男孩坐在瞎子的身边，睁着眼，看着街道的远处。我猜男孩是他的儿子，脸型是有几分相像的。湘子看见那男孩，就叫“哥哥”，“哥哥”没有回应，但也笑了，很腼腆地笑，把脸藏到瞎子的身后。瞎子没有说话，但隐约也可见他的笑，把二胡更带劲地拉着。

还有一次，我们走远了，我回头，看见瞎子停下来，弯了腰，在身前的铁罐里摸索着，摸出两张一块的纸币，摸出来，在落日的光里，又仔细地摸了摸，然后放到口袋里。我想他那时也是笑了的吧。

几乎每天，我们都会遇上她们俩。年轻的搀着年老的，走得不快也不慢。我常常诧异于年轻者的年轻和年老者的年老。那几乎就是人生最极致的两个点，一个在最绚烂的高处，一个在最无奈的低处。年轻者着吊带，短裤，皮肤洁白而闪耀着青春的亮光，双腿修长而弹力饱满，似乎随时都可以起跑。年老者脸上皱纹遍布，佝背缩胸，似乎一不小心就要仆倒在地。湘子看到她们俩，不待我们提醒，就叫“阿姨”“奶奶”，“阿姨”会伸出手来，摸湘子的脸，有时会给湘子一块巧克力。“奶奶”只是笑，张着没有牙的嘴，呵呵地笑。看着她们相扶相携着走远，渐渐没入落日的光里，我总是诧异，诧异于这年轻者的年轻和年老者的年老，诧异于那个年轻至于年老的不短也不长的过程。

落日快要沉入高楼之后的时刻，福丽特家居前面的广场已经热闹起来。音乐响起，人皆起舞。大部分都是年老的“奶奶”，也有年老的“爷爷”。湘子在“奶奶”和“爷爷”的腿缝里跑来跑去，看看这个，看看那个，也有时，她停止了跑动，和“哥哥”“姐姐”们一起，在舞者的身后，抬腿伸手，做着鬼脸，大笑大闹，或者蹲下来，撒泡尿，然后跑开。没有谁去责怪她。她什么也不懂，她的小小的心，还是完全地空着，她还可以无所顾忌地撒野。

公共汽车载着满满一车的人，向着落日的方向急驶，车窗玻璃映着他们的脸，些许疲惫，些许松弛。从大大小小高高低低的写字楼里走出来，坐上车，打个盹，想着另一辆车上的爱人，或者想着家里的老人孩子，想着晚餐，想着家里将要亮起的灯。天亮即起，匆匆赶路，电话、传真、材料、文件，谈判、交易、算计、阴谋……一个白天，就像一场战争。或者倒下，或者胜利。生活的战场其实没有赢者，你以为的胜利早已让你损兵折将，心智俱伤。值得再三品味和珍惜的生活，是放下一切的时候。从落日时分开始。

"譬如祭坛石门中的落日，寂静的光辉平铺的一刻，地上的每一个坎坷都被映照得灿烂。"史铁生如是说。我真是喜欢这落日时分。这一天之中白和黑的交界。这去除了骄阳之猛烈和黑暗之冷酷的熔金时光。有时候也想：是否已经老了？又一想，老了就老了吧，如果老了真就是这般沉静，这般安宁。

你是我的敌人

一

整整一天了，父亲一句话都没有。

父亲最后一句话是对我说的。父亲说，你给我钱，我自己去买火车票。我没有理父亲，拿起公文包，阴着脸，摔门而出。原本我是要在家睡个午觉再去办公室的，可是，我没法睡下去了。在我大吼着说完那句话以后，我知道，我不可能再像往常一样享受一个完整的午觉了。

事件，是在昨天中午突然爆发的。

怄了一肚子的气，我坐在办公室，一支接一支地抽烟。我不知道自己要干什么，只好抽烟。有几句话，窝在心里，波浪一样冲来撞去。我拿起茶杯，很想砸到地上。我把茶杯放下了，又点上一支烟。

我想说的第一句话是，吵吧，总要死个人，你们就不吵了。

我想说的第二句话是，吃饱了撑的，没事找事。

我想说的第三句话是，你们究竟要怎样。

我一句话都说不出来，因为，那是我的父亲和母亲。于是，我只有在本该睡午觉的时间躲到办公室里抽烟。

事件的来临一点征兆都没有。我试图寻找蛛丝马迹，触摸到事件的源头，可我想破了头，也想不出来。我仔细地回忆，从我进门的那一刻开始回忆。

我进门，把皮鞋脱了，换上睡鞋。然后，我把外衣也脱了，并且把它小心地挂到门后的衣架上。父亲在客厅里看电视，戏曲频道。父亲一个人的时候，电视总是停在戏曲频道，长袖飞舞，莲步轻移，咿咿唔唔，哼哼叽叽。父亲看电视，总是让人发笑。父亲其实大半时间在打瞌睡，父亲在瞌睡里守候电视。父亲总以为电视里会有花鼓戏。来北京之前，父亲到老家的镇上买了上百个光盘，三块钱一张的，全是花鼓戏。来北京，父亲的蛇皮袋里，除了衣服，就是这花花绿绿的劣质光盘。光盘几天就看完了，父亲就守着戏曲频道。在父亲看来，不是戏曲频道吗，花鼓戏不是戏曲吗，总有一天会有的。父亲在这件事上，表现出了顽强和执着。他的耐心在这一点上让我们无话可说。

我穿过客厅，直接进了卧室。每天都是这样，下班回家，我先要和我的儿子打个招呼。当然，也许是女儿。之所以说是儿子，是因为我的骨子里还是希望妻子的肚子里有一个带把的玩意儿。很多有经验的人，都说是儿子，说瞧那肚子，尖尖的，瞧你老婆，除了肚子大，一点不显肥，肯定是儿子。人家这么说的时候，我心里偷着乐，嘴上却说，女儿好，女儿好，女儿有福。妻子就总骂我虚伪，想要儿子吧，嘴上还硬，我偏要生个女儿，气死你们。我知道，妻子这么说，是赌气。父亲母亲话里话外都想要孙子，妻子就有些想不通。儿子好，儿子好，这是我一个人的事吗。妻子当然不敢当着父亲母亲的面这样说，因为整体来说，她是一个很孝顺的儿媳妇。孝顺的儿媳妇当然不会和老人斤斤计较，况且，谁不想自己的长子生个带把的呢。那是脸面啊。老家人说起来，谁谁谁，抱了个大孙子呢，他们张家有后了啊。听听，多来劲，那才叫脸上有光呢。

回家后，我的第一句话总是说给我儿子（女儿）听的。我蹲在妻子身前，对着妻子的肚子，轻轻地，温柔地，一遍遍地唤着他（她）的乳名，我告诉他（她），我下班了，我告诉他（她），我想他（她）了，有时候，我还给他（她）唱歌，给他（她）讲故事。我这么做，是有道理的。所有关于怀孕的书上都这么说，说六个月就有听力了，六个月，准爸爸就可以和孩子交流了。妻子也这么说，说小家伙一听到我的声音，就在肚子里动，说一句，他（她）动一下。妻子把我的手放到她的肚子上，还真是的，他（她）在动，动得厉害呢。

从卧室里出来的时候，菜就上了桌了。菜上了桌，事件就来了。我从头至尾搜索每一个细节，我真不知道是哪个地方出了岔子。

二

我在办公室抽到第十五支烟的时候，电话响了。

妻子打来的。妻子急吼吼的，你快回吧，妈不行了。我的心一下就扯紧了。我最害怕的事终于还是来了。我总以为它不会来，总是心存侥幸，其实它每天都在，它隐藏在我看不见的地方，伺机而动。

母亲因为高血压，心脏已经难以负重。春天那次，已经到了生死边缘，只是我没有亲见，没有亲见，就总觉得不是真的，总觉得父亲在夸大其词。母亲那次发病，是在和父亲去公园晨练的路上。天还没有亮透，路上行人稀少。父亲说，你娘走着走着，就往地上倒，倒在那里，就晕过去了，心脏狂跳，真是狂跳，衣服都被撑得老高老高。我们都说，你打电话呀。父亲说，哪去打呢，想借个手机，一个人都见不着。我们说，你拦辆车也行啊。父亲说，没有，一辆车也没有。我们都不信，我想父亲肯定也被吓住，早已六神无主了。父亲说，我就使劲掐，狠狠地掐，掐她的人中。后来，我们发现，母亲的人中那一块，果然青紫青紫的，都肿起来了。父亲说，掐着掐着，她就醒了，醒了没事了，继续走，绕着公园走了三圈呢。

我早该带母亲去医院的。每次一说去医院，母亲就摇头，说糟蹋钱，老毛病了，就那一会儿，过了就没事了。我就信了母亲。我信母亲，是因为我的决心并不是很坚定，我要是下定了决心，就不会听母亲的了。我总是动摇的原因，是我害怕去医院。一到医院，我就烦躁，烦得要命，躁得要死，火气从每个毛细孔里滋滋地往外冒。我烦医院里的一切，晃来晃去的白大褂，扑鼻而来的药水味，候诊室乱哄哄的人群。我是医院天生的对立者。

我总以为，母亲的心脏没那么脆弱，能挺住一切。苦日子不是都熬过来了吗，还有什么过不去的呢？

我回到家，母亲躺在床上，脸浮肿着，眼睛睁得老大，呼吸又重又粗。

妻子说，刚才吓死人了，跟爸上次说的一样，心脏蹦得老高老高的，我生怕会……妻子说不下去了。

这会儿好多了。妻子说。

我说，上医院吧。

母亲还是不去。母亲说，没事了，每次都是这样，过了就好了。

我说，是不是真没事了，难受的话，现在就去医院。

真好了，不用去医院。母亲说着，掀开被子，从床上起来了。母亲的脸色果然比刚才要好多了，我略略放心了一些。我想，也好，等母亲缓过劲来，再去医院吧，明天去医院，全面检查。这次，谁也动摇不了我，尽管我害怕医院，可我更害怕母亲的心脏会在一个意想不到的时刻要了母亲的命。

这时，我注意到了父亲的存在。父亲背对我们，坐在阳台上。看不见父亲的脸，我无从揣摩父亲的心理。有一件事明摆着，母亲突然犯病，完全是因为中午的突发事件。虽说母亲的病一直潜伏着，隐藏着，迟早都要出来，可如果没有那个突发事件作引线，它不会轻易就爆发。它其实是很有耐心的，它和母亲比的就是耐心，母亲输了，母亲输在那个突发事件的手里，母亲输在制造那个突发事件的父亲的手里。

母亲的敌人是心脏，父亲的敌人是母亲，因此，父亲帮着母亲的心脏在这个下午打败了母亲。

三

父亲的日子里是不能没有敌人的。

在乡村，他的敌人是土地，稻子，棉花，油菜。他从来不怕它们，一个个地收拾得服服帖帖，指东它们不敢往西，指上它们不敢往下。他的土地，从来都是乌黑，肥得往外冒油。他的稻子从来都是籽胀粒实，产量高得让人咋舌。他的棉花从来都是又白又亮，最让贩子们眼热。他的油菜榨出来的油，黄澄澄，金灿灿，香气撩人。他的智慧，他的才华，对付这样一些敌人，得心应手，绰绰有余。

他的敌人偶尔也会是他的邻人，甚至他的妻子，他的子女，那是在他和土地、稻子、棉花、油菜们作战的间隙，在他的战绩遭到轻视的时候。他不能容忍任何人不把他的战绩放在眼里。谁不以他为荣光，谁就是他的敌人。谁和他叫板，那只是自讨没趣。在他的世界里，他高高在上，君临天下，他是他自己的国王。他只愿意承认一种结局：他的敌人丢盔弃甲，缴械投降，俯首称臣。他从来不曾设想还有另外一种结局：他的敌人凌驾在他的头上，哪怕是言语间有丁点儿的冒犯。

他来到了城市。他失去了那些最让他骄傲的敌人，那些让他战功赫赫，战果辉煌的敌人。土地不再是他的土地，他再也不能挥舞锄、耙、锹，那些他曾经百般纯熟的兵器，他的十八般武艺，被闲置，被荒废。他不能播种稻子。他不能种植棉花。他不能栽植油菜。城市里的土地宁愿种上草，也不愿辟出一块，让他种上稻子、棉花或者油菜。他常常盯着那些青青的草地发呆，他想，这些地要是给我，那有多好，我什么也不要，我收了稻子、棉花、油菜，我全给公家，全给公家还不行吗。

他要在城市里寻找敌人。

四

昨天下午的突发事件，是从母亲的一句话开始的。

母亲的那句话如果只说一遍，就没有后来的事件了。母亲说了两遍。一句同样的话，重复了一遍，它的后果竟然是一个事件，这是谁也想不到的。

那句话第一次从母亲嘴里蹦出来时，我已经坐到了桌子边，拿起了筷子，妻子还在卫生间。那句话，我听到了，我笑了笑。我看了一眼父亲。父亲没有表情，夹着菜，把饭送到嘴里。

妻子也坐了过来。那句话第二次从母亲嘴里蹦了出来。

妻子笑了，我也第二次笑了。

父亲就在这一刻爆发。

我想，父亲的爆发恐怕不仅仅只是因为母亲的那句话。我和妻子不约而同的笑，应该起到了推波助澜的作用。

父亲先是把饭碗极其响亮地墩在桌子上，筷子也“啪”地拍在桌子上。然后，父亲起身，离开了饭桌。离开时，父亲说了一句骂人的话，父亲说的是方言，我没法表述，大致意思是说母亲讲的是混话，是不中听的话。那句话，用方言讲出来，是很伤人的。母亲愣了一会儿，我和妻子也没有反应过来。父亲扔了碗筷，已经到了阳台上，背对着我们，一动不动。

母亲回过神来，就有些不甘。母亲说，一句玩笑话就成了这样，你也太那个了吧。

母亲的这句话把事件引向深入。

父亲转过身来，怒气冲冲。父亲几乎是扯着嗓子在喊了。

父亲说，你那是玩笑啊，是玩笑，你会三番五次地讲，你是找茬，故意找茬，我知道，他们喜欢你，不喜欢我，讨厌我，我什么也不干，就吃现成的，你也嘲笑我，三番五次地嘲笑我，我走，我今天就走，总行了吧，你总称心了吧。

父亲把一个个字吐出来，像吐出一颗颗子弹。这些子弹漫天四射，有的射到了墙壁上和地板上，有的射到了我和妻子的身上，大部分的子弹，直击母亲，射进了母亲的胸膛。

母亲负伤了。母亲负伤的后果是哭出了声。

很多年，我没有听母亲哭过。那次弟弟和人赌钱，我把他拖到母亲的身前，让他跪下，向母亲认错，母亲是哭了的。这么多年过去了，我又一次听到母亲的哭声。那一刻，我忍无可忍。我对着阳台上父亲的背影大声吼叫，别吵了。然后，我拿起公文包，阴着脸，摔门而出。出门之前，父亲说，你给我钱，我自己去买火车票。我没有理父亲。我去了办公室，一支接一支地抽烟。

五

来到城市的父亲张大了他的眼睛和耳朵，甚至每根汗毛都扩张着，搜集着所有对他构成威胁的情报。每一句话，每一个动作，只要稍稍露出一点对他不利的迹象，他就要分析、研究，在脑子里想了又想，过了又过，不敢有半点马虎。他是一个经验丰富的战士，他清楚地知道，战场上哪怕是头发丝那么小的疏忽都会造成难以挽回的损失，有时甚至会前功尽弃，一败涂地。

父亲的敌人一开始包括了我和妻子。几次较量之后，父亲发现，我和妻子根本就不是他的对手，不配做他的敌人。因为我和妻子总是不接招，他再厉害的招式递过来，我们都躲开了。他说我们的不是，我们就嬉皮笑脸，顾左右而言他。他板着脸，半天不说一句话，我们就拖他打扑克，引着他说话。他觉得，我们俩根本就不敢和他当面锣对面鼓地干上一仗，算不上真正的战士。

这样，父亲的敌人就非母亲莫属了。

来到城市的父亲只有一个敌人了，他所有的智慧、才华、胆识，全部留给这唯一的敌人，我的母亲。

因此，在那个下午，母亲仅仅只是用玩笑的口吻把一句话说了两遍，那个事件就发生了。

母亲说，今天的米饭丢到地上能蹦起来。

说第一遍时，父亲没有表情，只是夹菜，扒饭。

母亲说，今天的米饭丢到地上能蹦起来。

说第二遍时，父亲扔了饭碗和筷子，离开了饭桌。

当然，有一个背景必须交代，那天中午的米饭是父亲淘洗后放到电饭煲里的，水放少了，有些硬。

在一个很平常的中午，父亲和他的敌人就这样交火了。父亲胜了，大获全胜，因为他的敌人流着眼泪倒在了生死边缘。作为战士，这是一个足以让人骄傲的结局，他完全可以一边整理他的武器，一边享受他的战绩，在他的战史上愉悦无比地记下重重一笔。

只是，这胜利，似乎来得太过容易。几乎是兵不血刃。战场刚摆开，战鼓还没有擂响，战争就停了。敌人出现了，苦苦寻觅的敌人终于出现了。却只是出现，出现就倒下，一点还击的迹象都没有。刺出去的剑停在了空气中，抡起来的拳头出了一半就僵硬了。作为一个战士，尤其是一个寻觅了许久，等待了许久的战士，这样的结局让人心情很不好，有些失望，有些恼火，有些郁闷而且尴尬。他没有想到敌人如此脆弱，如此不堪一击。

他只好一整天，背对着他的敌人，坐在阳台上，一动不动。

第二辑

内心的秩序

坚硬的影子

她转身，漂亮地转身，不作丝毫犹豫地转身。影子可以作证。影子从她两只脚的脚尖开始生长，倾斜着铺在地上，瘦长而具有骨感，沉默着，漆黑地沉默着。转身之后，影子迅速地移动，仿佛小跑，紧追着她的两只脚。尘土被影子一一碾压，空气有些轻微地战栗。她并不想跑，她只是疾走，但她的影子看上去是在奔跑。她的左手用力抓住挎在左肩上的包，黑色的真皮的包。包的影子附在她的影子上，在腰部形成一个尖锐的突出。她的右手摆动得很快，似乎不如此，她就要摔倒在她的影子上。

她无暇注意自己的影子。她也无暇注意日光，上午九点的亮晃晃的日光。但是，她在转身的瞬间一定注意到了什么。她看到了他吗?

影子与影子纠缠，亮晃晃的日光里，两个影子靠拢，分开，再靠拢，再分开。靠拢的时候，影子重合在一起，却生长出两个脑袋，两个脑袋左右摆动，让人眼花。分开的时候，两个影子前后移动，一个往前，一个就后退，后退的往前，往前的又退后。刀的影子突然出现。它早就藏在一个影子的内部，只是等待时机。它原本是不必出现的。它目睹了它所依附的那个影子无数的成功：伸手，夺包，然后逃离，在一个胡同的拐角处或者在荒郊在厕所，分赃，窃笑。它等待了很久，它以为自己永不会出现，永不会在日光底下亮出它的寒冷的影子。现在，它该出现了。它的出现基于另一个影子的出现。另一个影子挡住了即将逃离的影子。它的出现意味着另一个影子形成了障碍，它的隐藏就是等待障碍，它的出现就是解决障碍。

刀的影子，在两个影子之间，上下左右地跳跃，呈现，闪着冷冽的光，然后隐没，光芒被深埋。没有声音，只有移动，影子在移动。

越来越多的影子，从各个方向陆续加入，踮起脚，挣着脖子，侧身，钻，挤。更多的影子是静止的，不往前，也不往后，不往左，也不往右。街道被一遍一遍地涂黑。多一个影子，寂静就增加一分。我怀疑我的影子也在其中。

我坐在车里。车窗紧闭，世界安静。车被堵死了。从西往东的车与从东往西的车之间，有一段二十米的空地。一个人，躺在地上，躺在他的影子上。他的双手紧抱住他的头，如果他是站着，他的影子就会呈现一种怪异的姿势，仿佛没有手，头颅特别大。现在，他躺着，你就看不到他的影子。他在地上滚来滚去，在一些脚之间滚来滚去，在一些舞动的影子上滚来滚去。我看见了那些影子，七个，或者八个，拥挤不堪，常常是一个影子覆盖了另一个影子，或者两个影子有一半重合，仿佛连体人，肥厚臃肿。铁棍的影子细长而坚硬，从空中落下，落到他的头上和背上，脚从地面抬起，各种颜色的皮鞋，黑色的，棕色的，白色的，如纷落的雪，因为没有声音，看上去轻而且干脆，踏在他的脸上，腿上，和胸上。血从他的身上流下来，流到跳来跳去的影子上，黑色的影子被染红。我觉得了窒息，但我无力动弹。我把身子缩得更紧些。事实上，没有谁会注意我。我没有影子，我的影子深埋在车的影子里。就像周围所有的影子，单个的影子一律被淹没，被深埋。

和她一样，我也在第二天的报纸上读到了昨天发生的事情。晚报上说，双方用铁棍和砖头互砸，足足打了近十分钟。冲突中不断有人倒地，警察赶到后他们才住手，好几个人满头是血地躺在地上爬不起来了。

她从第二天的晚报上看到了关于那件事的报道。她想起了那个瞬间。她依稀记起了他。那时，她不知道他的名字。那时，她骑在车上，小心翼翼地躲闪着迎面走来的行人。她还想着一些事情，想着一些人。她看着铺在地上的她和自行车摞在一起的影子，心里有些焦躁。她有些恨那个皮笑肉不笑的经理，她每次迟到，他都在门口堵着她，笑嘻嘻地盯着她。她有些恨自己的丈夫，他从来不管孩子，起床之后就坐在沙发上看电视。她有些恨自己的孩子，总是赖在床上不起来，她得把他拖起来，给他穿衣，洗漱，准备早餐，收拾书包。她恨着这些人的时候，就听到了他的声音。那个声音有些大，大到她猛然收起了所有的恨，所有的焦躁。她抬头，就看见了他。可是，她现在一点也记不起他的样子。

晚报上没有他的照片，只有他的血的照片，大片的血，殷红的血，还有一只拖鞋，拖鞋上也沾满了血。那应该就是他的拖鞋。血的上边曾经躺着他，穿拖鞋的他，还有他的影子。一个人只有躺下了，人和影子才合二为一。

晚报上说，他现在躺在医院的外科病房里，神志清醒，能慢慢说话，但是右脸肿得厉害。据此，她猜想，那把刀曾经刺进了他的右脸。事实正是这样，晚报介绍的情况很详细：他的右脸、左右前臂各被刺了一刀，其中右脸伤势最重，刀口有五六厘米长，险些伤到骨头，由于面部神经受损，有面瘫的可能；左右前臂多条肌腱损伤，手指虽然能动但向手背方向抬起有障碍，需要固定石膏慢慢恢复，即便恢复后手指的活动能力也会和以前不一样。

她坐在真皮沙发上继续看晚报。晚饭已经做好了。丈夫和孩子还没有回来。她知道他们马上就会回来。她放下报纸，拿起水果刀，削苹果。

她读到的晚报上的那则消息，我也读到了。晚报上对于她的描述只有聊胜于无的几句话：被偷的妇女不知何时离开了，只记得她30多岁，身材偏瘦，个子不高。我据此猜测她的影子，转身的瞬间，那个瘦长而具有骨感的影子，那个坚硬而沉默的影子。我不知道她在晚报上读到那些话时是否会站起来，看着灯光下自己的影子，或者对着镜子，看看自己是否真是给人这样的印象。

我想她在读到这则消息时，至少会想起自己转身的那个瞬间。或者她也想起了她当时对一些人的恨。比如经理，比如丈夫，比如孩子。她记不起来他的样子，但是她一定记得他的声音。她想要去追那个仓皇逃离的影子时，他告诉她，提包，在汽车下面。她走过去，捡起了提包。她很想对他说声谢谢，但是来不及了。他的影子已经和那个逃离的影子纠缠在一起。她也许是犹豫了的。直到她看见刀的影子。直到她看见周围越来越多的影子，沉默而坚硬的影子，齐齐地后退。她终于转身，漂亮地转身，果断地转身。

她也许并不记得她在街道上留下的那个影子，就像现在，在明亮的日光灯底下，她根本看不见她自己的影子。我设想她在削苹果，她慢腾腾地削着苹果，耐心地等着她的丈夫和孩子。水果刀闪着锐利的光，无声地进入苹果的身体，也许在她偶尔发愣的时候，水果刀突然戳破了她的手指。

晚报的照片上看不出来周围的影子，但影子一定是存在的。影子离那片血应当有些距离，不会有人把自己的影子留在镜头里，留在镜头里的血迹上。有些影子或许已经移开了，向南，向北，向西，向东，揣着一些说不清的想法，去往该去的地方。对这些影子来说，这是一天之中偶尔出现的一个插曲。这只是和其他日子没有什么差别的普通一天，太阳是一样的，遇到的人是一样的，躲过的车是一样的，心里的恨和焦躁也是一样的。

他们之中，一定也有人在第二天的晚报上读到了这则消息，或者也读到了我撞见的另一事件的消息。他们会比平时读到类似的消息时更加有兴趣，他们花在这则消息上的时间会比当天报纸上的其他消息更多一些。他们甚至会有些兴奋地指着这则消息，以亲历者的身份向家人讲述比报纸上更多的细节和更生动的场景。就像我一样。我那天回家以后，带些夸张地向家人描绘着我在车里看到的一切，那个滚来滚去的双手抱头的身体，那些铁棍，那些踢来踢去的脚，那些染红了街道的红色的血。就像我不曾看到自己隐在车里的那个影子，他们也一定，想不起来自己留在那片血迹周围的影子，那些漆黑的或长或短或胖或瘦的影子，那些坚硬，沉默，静止的影子。所有的影子都是坚硬而沉默的，柔弱的，是肉体和肉体里的心脏。

只有她，或许将经常陷入发愣的状态，水果刀总是不小心地戳破了她的手指。当然，这只是我的猜测，或者她和我们一样，晚报扔了以后，什么也想不起来了。

关于一则留言的虚构

他在深夜开始行动。确切地说，应是凌晨。凌晨比深夜更加可靠。我试过，午夜，十一点三十分，我站在那里，看他的留言，我一字一字地看下去，想把它们刻进脑子里，就像当时的他，一笔一画，把它们刻在铁栏杆上。我的记忆有些迟钝，常常记了前面的忘了后面的，记了后面的忘了前面的，因此我停在那里的时间就显得长了些，况且我停留的姿势也显得怪异：有谁会在深夜一动不动，只是盯着，死死地盯着，盯着一个居民社区的铁栏杆？我觉到了危险：我的行为至少招来了五个人的目光。

三个人在那里喝啤酒，两个光着膀子，我从街道的那头走到这头时，已经看见了他们。啤酒瓶杂乱地竖在地上，三个已经空了，还有三个，瓶盖开了，满着。三个人都把脑袋侧向我的方向，六只眼睛在昏黄的路灯的光里射出六道尖锐的直线。我打了个寒噤，身体有些紧缩。另外两个人离得稍远些，一个躺在铺在地上的凉席上，我刚才经过的时候，看见他侧着身，眼睛闭上，我以为他睡了。现在，他醒着，双手压在胸下，脑袋微微抬起，目光如那六道目光，有些凶狠，有些尖锐，还有一个坐在马路牙子上，五个人中只有他让我放心，虽也看着我，却是慵懒的不屑的，只是偶尔偏一下脑袋，更多的时候，他看着他的前方，看前方黑暗的远处。

我后退，转身，装作漫不经心地四处环顾。脑子却没有停止。我在心底默默念诵他的留言。糟糕的是，还是记得不完整，那些目光干扰了我。我走到街道的尽头，又折了回来。这次我停留的时间很短，我只需在脑子里重新刻下那些没有记完整的字或者符号。

他是在凌晨三点左右开始行动的。他在留言里告诉了我："二〇〇六年四月二十七号三点零二"，这个三点零二我不知是他开始行动的时间还是结束行动的时间，不管是哪种，三点左右总是没错。二〇〇六年，四月，二十七号。我想不起来那是个怎样的日子，于我来说，一年当中能够记得起来的日子屈指可数，记得起来的往往是有大欢喜（比如得了大成功），或者大悲伤（比如有了大失败），也或者是有了大意外（意外的得或者意外的失），记得起来的日子是因为这个日子填充了刺激性的事件，没有事件的日子仅仅只是三个数字。我想不起来这个日子，至少说明我的那个日子平淡无奇，如绝大多数淡而无味的日子。三点零二，我一定是睡了，我很相信医生的话，医生说，晚上十二点到三点是深度睡眠的时间，这个时间没有睡好，睡得再多也补不回来，身体就很容易坏掉。我是很怕身体坏掉的，因此我总是在十二点之前躺到床上，睡不着也得躺着，躺着总比站着或者坐着更不容易坏掉。

他一定记得他的那个日子，二〇〇六年，四月，二十七号。他在那个日子的凌晨三点零二分无法进入深度睡眠。他不怕身体坏掉，或者说，他顾不上担心他的身体会坏掉。很多东西都坏掉了，身体的坏掉就成了无所谓的事情。或许，他已经在这之前的许多日子，整个四月，整个三月，整个二月，整个一月，甚至整个二〇〇五年，整个二〇〇四年，在北京，在许多居民社区的铁栏杆上，做着同样的事情：刻下自己的留言。或许，他还将在整个五月，整个六月，整个二〇〇六年，继续他的刻写。我只看到了他这一个留言，二〇〇六年四月二十七号三点零二分在德胜大街上北广社区的铁栏杆上刻下的这一个。我却无端地认定他不止在一个时间一个地方刻下了他的留言。

我总觉得他会出现。自从在六月的某一天看到这个留言后，我就常常在这里徘徊，我想他留了言一定就会在这里等候。有时候，我觉得他就在那三个常常坐在那里喝啤酒的男人中间，他是哪一个我却无从判断，看起来三个都差不多的年纪差不多的个头。他是邀了两个同伴夜夜在这里守候？他认定了他所寻找的人就在这个小区？这样猜想让我有些安慰，至少他不用在其他时间其他小区遍地撒网，大海捞针。有的时候，我觉得他是那个躺在地上的人，他睡着了，却那么警醒，我在铁栏杆前稍作停留，他就瞬间打开了眼睛，那么锐利的眼睛。况且，他在留言里说，他就睡在这里了。还有的时候，我觉得他是那个坐在马路牙子上的人。他的目光虽然慵懒而不屑，仿佛无所关注，那一定是假象，他的漫不经心其实掩盖了他真正的内心，他虚空地望着前方的黑夜，其实时时刻刻都在望着这个铁栏杆，望着他留言的位置。观察了几个夜晚之后，相比其他的人，我越来越确信他才是那个留言的人。他总是坐在那里，发呆，不像其他人，喝酒，说话，或者睡觉，源于心底的绝望与悲伤大多时候并非表现在目光里的凶狠，只有发呆，灵魂掏得一无所有地发呆，仿佛一切，都已与自身无关。

他是一个有着艺术天赋的人。或者，他就是一个艺术家。我每次看到这个留言，都要惊叹：他画了一个多么美的女人。披肩碎发，脸儿圆润，双目清纯，身材窈窕。她微微低头，眼神有些羞涩，有些不安，神情是让人爱怜的神情。她背着包，背包看不出来质地，他只用了两笔勾画出背包的轮廓，勾出来的背包横在身前，她的右手随意地搭在背包的带子上，左手安静地放在背包上，背包与她的身体自然融合。我想他为何要如此刻意地暗示这个背包呢？虽然用笔简省，背包却成为这个女子最突出的特征。看惯了忸怩作态的女子，这样的女子走在街道上会给人满目的欣喜。她，就是他要寻找的人了。他用刀子，寒光闪闪的刀子，在坚硬的铁栏杆上深深刻下她的容颜。他曾亲近过这个容颜吧，那脸，那发，那身体，早已带着似水柔情浸洇在他灵魂的底片上，他只是还原，柔情似水地还原她的容颜。听得见铁与铁摩擦的钝响，铁进入铁总是艰难的，他有的是耐心，他也无所畏惧，凌晨三点，街道空无一人，都睡了，保安也睡了，只有路灯的光温暖地笼罩着他的身子。铁屑一点一点落下，容颜一点一点浮现，他的女人让他只想痛哭一晚。

我从街道的那头走到这头的时候，总会走走停停，把目光扫进那些店铺。我在心底搜寻：哪个店铺的女人突然消失？因为常在这里走过，这些店铺我是熟悉的。哪个店铺有女人，哪个店铺有孩子，我清楚得很。这些店铺都是从社区的砖墙里钻进去的，打个洞，做个门，往深处延伸，都是五六平方米的样子。看起来，店铺里的人就好像都是住在洞里边。洞里边无一例外，一张床，有的是铁架子床，有的是砖头垒在下边，上边搁块木板；一个简易的锈蚀了的煤气灶；两三个塑料的矮凳。有些差别的是，“诚信家装塑钢部”满地都是长长短短的塑钢材料，“家电维修”的墙角摆着三两台灰尘遍布的电视机，或者洗衣机，冰箱，“华祥名烟名酒经营”的木柜子里整齐地码放着各种牌子的香烟和白酒。

我走进去，“诚信家装塑钢部”，他坐在煤气灶边的矮凳上，吃饭，他抬起头，看我。我环视一圈，没有说话。我退出来，我没有看见他的女人。我记得他是有女人的，虽然我不记得那个女人的样子。我站在门口愣神的时候，他的女人从街道那头过来了，手里拎个塑料袋，袋里装了面条。女人看我，我只好走了。“家电维修”，我一眼就见了那个女人，那个女人抱着孩子在喂奶。男人却没在。女人问我，修什么。哦，电视遥控器坏了，不知能不能修。我说。我上个星期在这里修过遥控器，她的男人三下两下就弄好了，收了我两块钱。带来了吗。没有，我明天拿过来。我说完，就走了。“华祥名烟名酒”，男人和女人都在。我买了一包烟。我常常在这里买烟，很多人都说这种小店大多是假烟，我却不信，我没觉出来是假烟。偶尔我会看到有人在这里叫骂，让他们退钱，要砸他们的店。店子却还是没被砸掉，天天有人在这里进进出出。男人给我烟，给我找了钱，转过身和女人一起看电视。女人说，家里又发大水了。男人没有接腔，脸色阴沉着。还有几家，我进不去。“小卖部”，关着门。“黛丽丝”烫染专业店，关着门，且贴着“招租启事”，说价格面议，留了手机。我在“黛丽丝”里理过发，里面有几个女子，也有几个男子，现在都不见了。我努力地想，试图记起几个女子的模样，却什么也想不起来。

我恐怕是找不到他的，那个叫余（于）小怪的人。我知道他的名字，是因为他在留言里告诉了我。他在留言的最后，画了一条鱼，硕大的鱼头，鱼头下边吊着鱼骨，鱼骨两侧伸出枝枝杈杈的鱼翅。没有鱼肉，只有骨头和翅，也许鱼肉是不好画的，骨头和翅画起来却要省事得多。鱼的画像下边写着“小怪”，我据此推断，他叫余小怪或者于小怪。

余小怪，或者于小怪，在德胜街道北广社区的铁栏杆上说着这样的话：“（女人像）妻子：我哭了好伤心（这六个字上边被重重地划掉，依稀可辨）好伤心没有眼泪了（疼）（疼）（疼）我困困睢睢（我怀疑‘睢’应为‘睡’）在这里了我永远是你的——（鱼像）小怪二〇〇六年四月二十七号三点零二”。

潮湿，或者迁移

0

年初的时候，我回了一趟南方。算一下，有七年时间，我没有回过南方了，出差不算，那些结果总是暧昧不明的为了公务的旅行，那些热闹地温情着与虚假地妩媚着的位于南方的城市，譬如杭州，譬如武汉，譬如成都，事实上从来没有把“南方”作为一个词语的形象在我的心底重新激活。我的南方，仿佛我的初恋，潮湿而感伤，有着细腻的忧愁与深沉的温暖。我的南方，只在我的故乡。

七年之前，我回南方只是办了一件事：以合法的名义拥有一个女人。我和我的女人在北方的出租屋里消耗了所有的激情和爱之后，匆匆奔赴南方，仿佛赶赴一场期待已久而且早就备好的花朵和酒的盛宴。那次南方之行，残留的印象所剩无几，也许因为过于匆忙，也许因为对于一张纸的过度焦虑（乡镇府计生办的胖女人一再地强调，我的单位开出来的证明缺少一个公章），我们根本无心关注南方的风景，更没有闲暇透过风景回溯美好的童年和少年。那些风景，那些时光，已被静静地收藏，仿佛尘封的书页，多年之后，我们连快速翻阅的耐心也没有，更不可能让指尖轻轻地、缓慢地落下，在每一个露水颤抖的清晨，在每一个花朵绽放的黄昏。在一个奔跑着纷纷迁移的年代，回忆和追溯成为最奢侈最庄严的事情。

说起来，七年之前的南方之行仅仅是这次迁移的前奏。无论北方的干燥怎样双重销蚀着我们身体里和内心里越来越少的水分，无论北方的沙尘怎样有力地试图磨损掉我们所剩无几的对于未来的向往，迁移，是一定要发生的事情。很小的时候，我们就梦想迁移，仿佛身体里早早地就有无限长的触须伸向无限远的远方。梦见成群结队的牛和羊，梦见转动不息的高大的车轮，车轮承载着一车子的鲜活的希望和跳跃的情感。尽管我们在梦中并不知道将要迁向何方，可是看见了迁移本身，也足够让我们彻夜无眠。父亲们和母亲们也越来越频繁地给我们讲述迁移的美好，许诺我们迁移之后黄金般的草甸和玫瑰遍地的花园。

算起来，我和我的女人在北方已经待了整整十年。我们当初走得多么匆忙，喘息的时候也在奔跑，生怕南方的露水沾湿了我们的衣襟。有人在远处望着我们急慌慌的背影，长叹连连：仿佛在私奔。私奔是允许的，父亲们和母亲们已经预知了这种结果，甚至这正是他们想要的，正是他们构想了大半生的一个棋局。贫穷，疾病，劳苦，掠夺，争吵，斗殴，阴谋，罪恶，这就是此地。富有，健康，安逸，同情，微笑，友好，善良，感恩，这就是彼岸。从此地，到彼岸，迁移是我们的宿命，也是父亲们和母亲们一辈子的阴谋。

1

十年，我们已经大体上习惯了北方。至少，鼻血已经没有了。恐慌也没有了。刚到北方，迁移的兴奋之后紧随而来的就是恐慌，没日没夜，无边无际。出租屋的外边，安徽籍的韩老师的女人从天黑哭到天明。韩老师的小儿子，缺了门牙尘土满面的“韩兔子”跟着母亲不间断地哼哼。谁也不知道韩老师去了何方。同行的人回来说，城管在大钟寺菜市场截住了韩老师的平板车。韩老师说暂住证忘了带，没有人听他解释，他被带上了执法车，平板车也装到了大卡上。房东老板站在出租屋的门前大声训斥韩老师的女人：叫你们去办暂住证，你们偏不去，现在好，到沙河筛沙子去了。韩老师的女人哭得更厉害，传说中，沙河筛沙子一天要筛十八个小时，三个馒头管一天。韩老师的女人哭得很大，惊动了所有的出租屋。大家都从屋里走到屋外，看见满天的星星明明灭灭，看见月亮在洁白的云朵里穿来穿去。大家都是迁移来的人，河南，安徽，湖南，甘肃，陕西，有的五年，有的三年，有男人，有女人，有大人，有孩子。

我在回南方的这趟直达列车上，一个软卧包厢里，听见车轮滚动，汽笛鸣叫，想起了数年前的安徽籍的韩老师。在西八里庄的那片出租屋，我们共同生活了一年，从秋天到秋天。

第一个秋天，北方的街道上，遍地皆是金黄色的银杏叶子，两只脚踩在地上，金黄色的秋的气息被导入身体，丰盈而有质感。银杏叶子消失的地方，我看到了韩兔子，确切地说，我先叫他兔子，几天之后，我认识了韩老师，才改叫他韩兔子。韩兔子两只泥乎乎的小手竖在耳朵上边，单腿着地，绕着圈地蹦跳着，阳光从两排出租屋的空隙间伸进来，打在他的身上，细碎而柔软。我们和房东老板谈好了房价，跨进霉味浓重的房间，韩兔子也跟了进来。

第二个秋天，我们搬离了出租屋，走的时候，韩老师依然没有回来。韩老师的女人已经停止了哭泣，新买了一辆平板车，凌晨即起，到大钟寺的菜市场去拉菜。韩兔子也重新开始，在细碎而柔软的阳光下面，单腿着地，绕着圈地蹦跳。临走的那天，韩老师的女人一定要用平板车给我们拉东西，其实没什么好拉的，一床棉被，一个皮箱，一个折叠衣柜，燃气灶，碗筷（桌子、椅子我们留给了韩老师的女人），我和我的女人，抱起来就走了。我给韩老师的女人留了家里的电话，告诉她，韩老师回来了，给我打电话，我请他喝酒。她答应了，可是直到现在，也没有她的电话，也许她打过，我们没有接到，后来又搬了四次家，从城市的西边一路东进，最终在黄寺大街扎下，电话，也变了四次了。她只怕，永远都找不着我们了。

2

迁移变得越来越快捷，越来越舒适。不必赶着牛和羊，不必颠簸在两个轮子的马车里，数千公里的迁移，也只是一个天黑到天明的距离，还比如飞机，打个盹的工夫，从南方到北方，从东方到西方，甚至来不及伸个懒腰。飞机，和火车，已经把迁移对于迁移者肉体和心智的双重磨损降到了最小值。

比如这次，我所乘坐的Z17次直达列车，在速度和舒适的程度上已经远远超过了十年前和七年前的普通列车（恕我已经忘记了车次，唯一记得的是两次都在硬座上昏睡不醒，因为临行前的饯行酒麻醉了肉体和心灵），相比于T1次快速列车，其优越性也显而易见，因为途中不再停靠任何站点，关于迁移的叙述省略了顿号和逗号，看上去如此直接而干净。据说，安徽籍的韩老师筛了一个月的沙子之后，被强行遣返，我推测，他乘坐的该是普通列车的硬座，类似于我多年前的迁移。深夜或者黄昏，韩老师挤在同时被遣返的人群中，憔悴而落寞，望着有月亮也有星星的夜空，或者望着天边那片失落的红，遥想他的女人，还有韩兔子，忍不住想要大哭。但他没有来得及，他被人流推上了绿皮的火车，开始一次意外的迁移，意外的程度，相当于花园里分岔的小径，相当于大合唱时突然的跑调，相当于魔术师堪称完美的表演中让人痛惜的失手，他本来是要变出一只鸽子，伸开手，却空空如也。

软卧包厢里有电视，开关和调台就在头顶，耳机也挂在头顶，伸出手就够到。我搜索一遍，都是电影，有的看过，就叫得上名字，比如《东京大审判》，《霍元甲》，有的没看过，就叫不上名字。我没有在任何一部电影停留超过三分钟。我带上耳机，频繁地换台，仅仅只是体验这一火车上的新鲜事物，迁移的途中，不太可能静下心来完整地看完一部电影。突然出现在脑海里的安徽籍的韩老师已经扰乱了我的心神，对面卧铺上的胡老师也适时地开口说话。四个铺位的包间里只有我和胡老师，我们几乎可以密谋任何事情。

3

胡老师看到了我的书才和我说话的。和往常不一样，这次我只带了一本书，进了包厢就从旅行包里抽出来，放在了托板上。在任何陌生的地方，特别是在迁移的途中，你别指望我会首先开口和素不相识者说出第一句话。我宁愿读书，发呆，或者戴上耳机，频繁地调换电视的频道。我确信，肖邦也是这样。

“1831 年 9 月，最后一个星期二下午的晚些时候，弗里德里克·弗朗索瓦·肖邦，六个月前刚刚过完他的 21 岁生日，进入了伟大的巴黎城，决心征服它——并准备远在老年降临之前安宁地死去。两个预言都将应验。（另起）随同其他 15 名旅伴，肖邦乘着拥挤不堪的公共马车，从斯特拉斯堡抵达，结束了两个星期筋疲力尽的旅行。在此之前，他先到了德国的斯图加特，他是第一次造访那里，他以‘活尸’的字样描绘了旅程中的窒息感。”我对肖邦，这位“19 世纪最伟大、最具革新精神的钢琴家”，一无所知，这缘于我对音乐的天生愚钝。肖邦音乐的魅力，并非是我购买这本书的理由。唯一打动我的，是肖邦的迁移。

我所摘录的上述文字作为《肖邦在巴黎——浪漫作曲家的生

活与时代》一书的开篇，闪电一般照亮了我混沌成疾的内心。我可以不懂得他的音乐，但我懂得他的迁移，和他迁移背后“征服”的决心，而他在迁移途中“活尸”一般的窒息感受，无疑高度契合了我的内心，大概也类似于安徽籍的韩老师那次意外迁移的感受。迁移者和迁移者，不管是决心征服，还是被迫遣返，精神的底部都有一个大小相似内容相似的诡秘而幽深的黑洞。这将成为迁移者打开心扉开口交谈的理由，和肖邦，我们在纸上交谈，和胡老师，我们面对面地，彻夜长谈。也可以这样说，在公元 2007 年元月 9 日的 Z17 次某个软卧包厢里，肖邦，我，胡老师，三个迁移者，相谈甚欢，无论魏晋。

我也可以叫他胡院长，事实上，我看了他递过来的名片后，第一个称呼就是胡院长。他制止了我。我于是改叫胡老师。胡老师是湖南某大学金融学院的副院长，安徽安庆人。说到安庆，我们说起了安庆的一些人，比如陈独秀，比如海子。胡老师对诗人所知不多，但对海子卧轨一事略有耳闻。逝去的两个安庆人，都在北京，迁移的方向基本一致，其内心，想必也都如肖邦，最初的时候都有着征服一座大城市的决心，这决心有时甚至大到征服一个国度，一个世界。逝去者，时间已经在历史的空白处盖上鲜红的印，他们迁移的足迹和迁移后留在大城市里四处散落的痕迹，被一一收藏，有的镌刻在历史书页最显著的位置，有的永远被深埋，逐渐地将不为人所知。甚至迁移者本身，难免也将被忘记，想一想，安徽安庆会有多少人曾经迁入这座大城市？

陈独秀和海子，因其征服城市的决心及其颇具悲剧性的人生大戏而在观者的心中画了一个又粗又重的叹号，其他人呢，比如韩老师（我直觉他可能就是安庆人），一个小学教师，因为超生一个无法上户口的儿子而选择迁移，他何曾起过征服的念头，他只想要一个儿子（他在生了两个女儿之后，终于如愿）。他只想找一个远离安庆的角落，为“黑户”韩兔子觅一个安静些的地方，让其鬼祟地长大。大隐隐于市，他这样想着。虽然也有一些插曲，比如突然地被遣返，但这并不能改变他的初衷，迁移者的韧性和顽强有时真是让人吃惊，甚至这样的事情丝毫没有干扰这一家人的正常运转。至少韩老师的女人在哭过一晚之后，在西八里庄的出租屋里，毅然接过了平板车的扶手，把满满一车的负荷放到了自已的肩上。

4

站在南方，我出生和成长的那块地方，那么小又那么大的一块地方，我突然手足无措。熟悉的人一个也见不到，红墙青瓦的里面，空空荡荡。在北方，我并没有给这里任何人南行的消息，尽管这里还有我那么多的亲人。我担心迁移将会出现障碍，我的有限的在南方的时间将不得不用来清除那些障碍。南行之前，我预想过所有要走的程序，并在脑子里一遍遍地演练。当然，我是有备而来。以至于，在火车上的软卧包厢里，胡老师看到我行李箱里的茅台酒和中华烟时，浮现满脸的困惑和惊奇。我想，如果我现在能找到他留给我的名片，告诉他，那满满一箱，从北方到南方的酒和烟都已经物有所属，他只怕会更加困惑，更加惊奇。事实上，到处都是暗礁，到处都是水草，如果不识水性，要么被撞击，血流如注，要么被缠绕，呼吸艰难。还好，我从南方到北方，十年时间，足够学习水性，甚至游刃有余。即使遇到最大的障碍，在人事局，几乎是铁板一块，陪同我的同学已经灰心丧气，我也并不懊恼。我把信封悄悄塞进他的皮夹克，鳄鱼牌的皮夹克，他并没有推挡，他让他的鳄鱼偷偷地饱餐一顿。我知道，我已经成功了。我差点吹起了口哨。我唯一有些沮丧的是：南方早已不是我迁移之前的南方，我，也早已不是迁移之前的我。南方在竭尽所能地算计一个迁移者，迁移者则用在北方学就的百般手艺和南方周旋，力图取得一个双赢的美好结局。

该办的事情，那些只与形式和程序有关的迁移的手续，在市里和镇上，都已经办完。我站在这里，短暂地迷茫之后，开始轻松地打量这块在我的心里那么重那么重的南方。一切依然如故，多年过去，只有这里，依然如故。菜地，菜地里的橘子树，水沟，篱笆，禾坪，和红墙青瓦的房子。那些刨食的公鸡和母鸡，也仿佛从来没有长大，依然是母亲喂养的那些鸡。青菜的香在空气里摇摆，潮湿，缓慢，而且柔软。心也开始潮湿，心也开始缓慢，心也开始柔软。心其实早已背叛了潮湿，心其实早已背叛了缓慢，心其实早已背叛了柔软。心，如同身体，北方十年，已经干燥，已经加速，已经坚硬。

5

女人从远处向这里飞跑。她看见了车，看见了我。现在，这幢红墙青瓦的房子属于她，和她的丈夫——我的堂兄。父亲和母亲北上的时候，打电话问我，房子还要不要。我说不要了，不可能再回去。堂兄要给钱，父亲没要，父亲说，我们回来还要住的。父亲一直认为他终将回到南方，并且死在南方，我却知道，这仅仅只是父亲的一厢情愿，未来的日子里，谁还会轻易生出迁移的心思？我常常嘲笑父亲，既然想要死在南方，为何在我们年幼的心里种下迁移的种子，并许诺迁移之后黄金般的草甸和玫瑰遍地的花园。回迁，仅止于嘴上，谁会真正地回去？“我认为我离开是为了永远地忘记故乡；我认为我离开是为了死去——死在别处，而不是死在一个人生活过的地方，那该有多么令人不快。”肖邦在离开故乡华沙前往巴黎的前两个月，这样写信给他最亲密的朋友。如果不是以此掩饰内心对于迁移后的未来莫可名状的恐慌，那就必定是对于迁移前的岁月怀了莫可名状的忧伤。父亲不会产生这种恐慌和这种忧伤，因为他并没有肖邦那种“征服”巴黎的决心，他要的，只是和孩子们在一起，等待老去，而南方，才是最适合老去的地方。我很难说服父亲，只好无为而治，不再接父亲的这个话题，用玩笑来打岔。时间，会给一切作出决定。

女人叫我别走，因为天色将晚，可以吃饭，也可以住宿。女人看起来有些慌乱，煮鸡蛋的时候不小心把锅铲碰到了地上。我写过这个女人，在《他们的村庄》里，但这是我第一次见她。她和我文字中的那个女人不一样。也许，是迁移改变了她。从华容迁移到这里，同样是南方，可是毕竟不一样，因为一个男人，她背叛了她的父亲、母亲，和所有的亲人（听母亲说，家里人都和她断绝了关系），华容的南方，是她未来岁月里永远的心痛，这里的南方，能给她抚慰的补偿吗？堂兄长年在更南的南方，东莞的一个油漆厂里干着油漆的活，年终的时候才能回来，回来的时候总是佝着胸，整日整夜地咳嗽。他干得太久，油漆的毒已经侵入他的身体深处。他的女人常常在除夕的夜里抱着他的身子，痛哭一晚，而外边起伏的鞭炮，听上去和葬礼上的爆竹声没有两样。我的伯母，也给她制造了太多的麻烦。相较于她的嫂子，我另一个堂兄的女人，她显得笨拙，因为她在华容的时候并没有干过农活，她也显得“不懂世事”，因为她缺少笼络人心的本领，她的心事都藏在心的最底层，沉默地度着日月。我的伯母，如此嫌恶她，以至每天总要站在禾坪上指桑骂槐，有时甚至不惜用最恶毒的语言。甚至也轻待她的孩子，不准他上门。吵得最厉害的时候，堂兄从东垸连夜赶回，回来也无济于事，一个是自己的女人，一个是自己的母亲，他又能怎样。

6

女人煮鸡蛋的时候，我在房子里闲逛。堂屋还是老样子，墙壁白了些，原来贴的那些画都没有了，记忆中都是大张的连环画，有《神雕侠侣》、《萍踪侠影》、《狸猫换太子》一类的，现在贴的，左边是十大元帅（只贴了九个），右边是毛、周、朱三个，看上去，整个堂屋比先前长了许多精神。神龛上的油灯依然亮着，“天地国亲师”五个大字还是我的手笔，只是墨迹淡了许多。卧房没敢进去，在门口看了看，瓷砖地板，擦得很亮，照得见人影，大彩电，大衣柜，弹簧床。先前，这是父亲和母亲的卧房，先前的影子一点也没有了，那些六十年代的绛红色的衣柜，书桌，木箱，和床。旧物的影像一件一件地闪现，甚至书桌上的杂乱而琐碎的物事也一一记得，记得母亲的那只木梳子，掉了三个齿，长年平摊在上边的《薛刚反唐》书页尽卷，封面破损不堪。我和弟弟的那间房基本没动，女人过来，说，这一间随时给你留着的。我的心的深处，仿佛要融化，化成水，在那张旧式的床上漫流，流向无限远的美好的童年和少年。然而，在一瞬间，融化的水就冻结了，恍惚中默诵着鲁迅先生八十多年前说过的那几句：“觉得北方固不是我的旧乡，但南来又只能算一个客子，无论那边的干雪怎样纷飞，这里的柔雪又怎样的依恋，于我都没有什么关系了。”其时，先生从北地向东南旅行，绕道访了家乡，到了S城，这几句正是在S城的酒楼上，空空地说出，仿佛空空的叹息。我懂了这叹息，因为此时我也这样空空地叹息了。

吃鸡蛋吧。女人把碗端到我的面前。红枣、荔枝煮的鸡蛋，这是这块地方招待客人的最高规格。门外，站了好些人。他们来得悄无声息。伯父叫着我的乳名，所有的人都开始笑，开始说话。伯父老得不成样子了，他只比父亲大三岁，看上去却是风烛残年。在北方的时候，有几天，关于他病危的消息一个接一个，说他已经哑了，说他呼吸没有了，说他血压没有了，说他的肺彻底地烂了，说白孝做好了道场请好了。他却活过来了。活过来了，三个儿子再次分赴深圳，东莞，和长沙，进塑料厂，油漆厂，或者做焊工。我很想见到伯母，伯父说没在家。其他人，我一一问好，给他们递烟。

曹顺利和石笑真也老了，他们的儿子在东莞一个皮鞋厂里做皮鞋，女儿在广州一家酒店里做服务员。宋罗生和刘友真也老了，他们的儿子在长沙修摩托。李焕武和曹干青也老了，他们的三个儿子在惠州一个彩电厂里装彩电。我有多少年没有见过那些时常在梦里出现的伙伴们了呢，那些样子我都记得，只是不知，比南方更南的那些城市是否已经篡改了他们的容颜，就像篡改面前这个端给我鸡蛋的女人。就像北方篡改了我的容颜，他们还能认得出我吗。我一个一个地问起他们的儿子和女儿，那些伴我度过童年和少年的伙伴，问他们在城市里的生活。这些老人们，或者微笑，或者摇头，他们并不真正清楚自己的孩子在城市里如何谋生，那些苦，那些痛，那些落寞，那些孤单，那些暗夜里的哭泣，没有人会告诉他们。就像安徽籍的韩老师，他的父亲和母亲也许并不知道他被迫遣返的故事，我甚至怀疑韩老师并没有回家，尽管他想回，可他还是强忍着，在站台上转个身，又上了北上的火车。

老人们一个一个地问着我的父亲和母亲，我也替父亲和母亲问候他们。这些人，这么快就都老了，下次回来的时候，也许他们中的一个，或者两个，或者全部，就都没有了。他们不曾想过迁移，他们到过的最远的地方，也许就是镇上。他们这辈子，哪儿也不去了，他们一定这样想：一把骨头，哪里不能扔呢。就在这里吧，就在这片潮湿之地，就在这片柔软之地。这里，也许真的才是埋下骨头的好地方，因为灵魂会妥帖而安稳。

或许，我应该好好想想父亲的那个愿望。

7

写到这里，我突然想给胡老师打个电话，问问他迁移是否成功。当时，我们有个约定，等他入住北京，我们要好好地聚一下，他和他的一家，我和我的一家。我们甚至搞清楚了对方的酒量，许诺将要一醉方休。他说过，如果湖南那所大学同意放人，也就是半年时间。半年快要过去了，我很想知道他是否已经从南方——潮湿得仿佛万物都在霉变的南方，迁移到了北方——干燥得仿佛身体里时刻都在燃烧的北方？他上次的北上正是为以后永久的迁移做准备：和北京的大学面谈，大学要考察他的教学能力和学术水平，他则要和大学就工资、住房、妻子的工作安排以及孩子的入学安排等诸多切身利益展开谈判。据他自己说，一切都还顺利，唯一的障碍，只在南方：南方如果不放人，所有的都是空谈。南方的障碍如此巨大，以致他说起来有些心神不宁：他是那所大学里最年轻的教授、博导，最有前途的学院领导。我本想问一句，为什么非要北上？但我终于忍住了，没有一个迁移者能真正回答这样的问题，包括我自己。

我问过自己许多次，也曾无数次做过回迁南方的决定，至少要近一些，再近一些，但最终我依然坚守在这个我并非迷恋有时甚至牢骚满腹的北方城市，并且在此次南方之行中，把与自己息息相关的一切，包括我的女人的户口，我的孩子的户口，全部迁移到了北方。在这之前，我年老的父亲和母亲，也早已搀扶着一路北上，将要长期寄居在一个对于他们充满了新奇与迷茫的北方城市，坐等岁月流逝，坐等容颜一日日地干枯，直到身体也化作烟尘，融入北方的空气。我的迁移，看上去预谋已久，自从年幼的时候看见那个迁移的梦，便稳扎稳打，步步为营，此次南行，近似于攻坚，连根拔除，痛快淋漓，仿佛迫不及待地要斩断与那个潮湿之地的所有联系。

胡老师也会如我这样痛快吗？我基本上已经无从知道，因为我找不到他的名片了。所有该找的地方都找过，许多失去了意义的名片都在，就是没有他的名片。这真是奇怪，当时说得那么坚定，半年不到，就从此音讯隔断，即使咫尺，也是天涯。也许，有一天，我们会遇上，他在西三环，我在北三环，我从北走到西，他从西走到北，我们会遇上。遇上也是擦身而过，仿佛风遇上风。那个时候，我们一定早就忘记了对方的面容，事实上，现在我已经忘记了，甚至也忘记了他的名字，只能叫他胡老师。只有在一些暗自神伤的夜晚，当北方的月光落在我们床头，而世界沙漠一般空阔寂静的时候，我们可能会互相记起，在同一个城市里，有一个来自同样潮湿的南方的迁移者，有着同样的落寞，和同样的孤单。还有韩老师，这几天我一直有个念头，到西八里庄去走走，或许就能碰上他，他推着平板车，平板车上坐着他的女人和韩兔子。他把菜都卖完了，正好可以和我喝酒，欠了近十年的一顿酒，恐怕我们都会喝高了。

失语的柚子

青冷的刀锋进入柚子。听得见声响，潮湿而细碎。从上至下，黄色的果皮拉开一道口子。最先的口子总在最中间。然后是左边，或者右边，全凭操刀手的习惯，或者心情。看不到汁液，有经验的操刀手把力量用得精准。刀锋恰到好处地停在皮与肉的缝隙。果皮向四周绽放，如盛开的花，果肉温润，蒙一层薄膜，弹指即破。

我承认，我不是一个好的操刀手。杀柚子不是我的强项。最先，我以杀西瓜的方式杀柚子，遭到许多人的嘲笑。一刀下去，柚子劈成两半。果肉裸露，汁液溢流。他们说，你在糟践柚子。后来，我不再糟践柚子，可是我掌握不好火候，要么深了，要么浅了，直接后果是，皮不是皮，肉不是肉，藕断丝连，狼藉不堪。你还是在糟践柚子。他们说。

柚子就在我的脚下。在写字台的下边。

在我脚下的其实只是一部分，三分之一吧。更多地在阳台上。阳台上除了柚子还有许多东西。比如灰色的铁皮柜。说出这个铁皮柜，我觉得有些不好意思。它是公共财产。我据为己有。几年前单位清出一批这样的铁皮柜，处长说，你搬一个回去吧。我就搬了。我那时很需要它。单身宿舍里摆上它，杂七杂八的东西就有了去处。后来有了房子，我本应当还给单位了。可是单位都换了新的统一制式的飞云铁柜。没有谁还记得这样一个品牌都叫不上的灰色铁皮柜。搬家公司问我，这个要不要。我犹豫了一下，说，要。他们就搬到我的新家。我知道他们希望我说不要。这样一个铁疙瘩，搬起来很费劲，我看到有个人的大拇指被锐利的角勾出了口子，血滴到了铁柜上。他把手藏到身后，去抬另一件家具。我还是看到了，我问他要不要创可贴，他摇摇头，用嘴吸了一下流血的口子，继续抬家具。所以，我不好意思说到这个铁皮柜。但它就立在那里。我不得不说它。在它里面，存放的，其实都是常年不用的东西。废弃了的皮鞋，看过或者没看过反正不可能再看的书和杂志，没有坏但是不想再用的收录机，影碟机，热水器。顶上有装女儿玩具的纸盒，新买影碟机的纸箱。很多次我都想扔掉这个铁皮柜，但我从来没有扔掉它。现在我想，如果扔掉它，柚子们就都可以放下了，不用分出三分之一来放到我的脚下，写字台的下边，这让我写字的时候老是不痛快。

有时候，我觉得我就是柚子。比如，酒喝得有些高的时候。按我的酒量，今天喝得并不多。但是头疼，疼得针扎样。我就觉得自己是一只柚子。我想，可能是酒的问题。平时，我都喝极品二锅头。只要我能说了算，我都要这种酒。今天，说是极品没有了，有珍品。我脑子有些热，就要了珍品。珍品要贵些，但我想贵些应当更好喝。女同学先到的。我点菜的时候，她就坐在我身边。我点菜的时候，她老和我说话，这让我心不在焉。我点到酒的时候，她问我现在过得好么。我就要了珍品二锅头。其实我过得挺好的，但我不想告诉她。我认为的好和她认为的好不一定是一个好，我和她多年不见，她问我这个问题，我觉得藏了深意。也许我是多心，反正心里冒出一股子不寻常的味道。珍品到底不如极品。极品喝得再多，不上头，会吐，胃里翻江倒海，脑子照样清醒。珍品不是，天地乾坤，人间日月，都在疼痛中。

我最近总是失败。这与柚子无关。妻子的工作问题悬而未决。所有的消息都是负面的。联系过的单位说，你们等着，有空缺就通知你们。等待，只有等待。柚子其实也是在等待。柚子树就开始等待。新上任的县委书记说，柚子好，种柚子发财。就都种柚子。松树砍了，茶树砍了，满山满坡，都种柚子树。柚子树就在山上等。生长，开花，结果。风不怕，雨不怕，就怕等。

我喝得不多。但他们都说我喝多了。他们真是不了解我的酒量。也不怪他们，毕业十多年，没有见过了。他们不知道，我现在真是能喝。我懒得和他们说，说了他们也不信。我端杯子，他们都抢我的杯子，这让我很恼火。他们都抢我的杯子，把我按到椅子上。我认识他们。都是同学，男的，女的，都是同学。他们不该抢我的杯子。他们不能因为我说我是一只柚子就抢我的杯子。他们其实知道我的意思，但是他们就是觉得我喝多了。

现在，我可以好好地看看这些柚子。一个，两个，三个，四个。数到四个，我就数不下去了。头疼得真是厉害。我在想这些柚子怎么就来了北京。我看到它们的时候，它们已经到了我的家门口。

他们昨天到的京城。深夜，他们打我的手机，说到了。就着门缝里的光，我先看到柚子。他们的身子藏在柚子底下。放哪里。柚子下面传来熟悉的乡音。我扯亮走道里的电灯，看到了他们。两个人，每人右肩膀上扛着两袋。脑袋都朝一个方向偏着，看上去有些滑稽，仿佛不是长在脖子上，而是平放在左肩膀上。就放这里吧。我说。那不行，得放到屋里，柚子怕冻。我说，没事，一会儿我搬进去。你不行，搬不动，我们来吧。我只好开门，看着他们把柚子扛到阳台上。

我在喝酒的时候，一直想着这些柚子。我开始走神。同学们觥筹交错，谈笑风生。他们说到了自己。三个在北京，两个来自湖南。都买了房。北京的都是按揭，十五年，或者二十年，最小的两居室，七十平方米，最大的三室两厅，一百二十平方米。湖南的都是大房子，复式，一百七十平方米。他们家里如果也放上这么多柚子，不会太拥挤。阳台上，或者储藏室，只占到一个小小的角落。他们也说到了我们共同的老师。化学老师当了一中的校长，家里花瓶底下挖出五十万现金，有的说判了无期，有的说判了死缓，有个同学说好像是十五年。政治老师当了一中的副校长，心肌梗塞，去年死了。数学老师调到长沙，每个周末找长沙的同学打麻将，扎金花。还说到一个同学，工作不好，天天打牌，每年总要赢个两三万。

我很少说话，只是频频举杯。我一举杯，就有同学响应。有时候一个，有时候两个，有时候全体。说到化学老师的时候，我喝了两杯。女同学说，他那时对你挺好的。我说，是的，他是学校团委书记，我是团支书。他那时总给我饭票和菜票。有年冬天，他送我一件棉袄。他真好。女同学说。他儿子怎么办。是啊，他儿子怎么办。他儿子是个傻子。

我最近总是想回去。不是探亲，是永远。如果真是一只柚子，就好了。柚子想回去就回去。比如两个老乡拉到北京来的三十吨柚子。我是在北京最大的农产品批发市场，新发地，见到三十吨柚子的。

昨天上午，我在南四环的新发地花了很多时间寻找他们。他们告诉我是东门，果品批发区的东门。我找不到东门，但我进入了新发地。看到了果品二字，走近，却是台湾果品。打其中一个的手机，还是说东门，果品批发区的东门。问了人，指给我一个方向。我一直走。瘦硬的风从四方吹来，瞬间合围，瞬间逃散，但我一直走。卡车布满路的两侧，驾驶室里有的坐着人，有的没有。车上有的盖着帆布，有的敞开着。帆布下面我不知道藏着什么，敞开着的有各种各样，我依次看到的有活鱼，猪肉，牛肉，橘子，苹果，香蕉。看到橘子后，我想柚子也快了。

他们蹲在那里。我真正看清了他们的样子。一个穿着黑色的皮夹克，一个穿着蓝底红条纹的羽绒服。皮夹克头发短，浅浅一层卷曲着趴在脑袋上，羽绒服头发长，蓬松着仿佛经年的鸟窠。他们的身前，是磅秤，很威武的那种，秤砣，和秤身，稳扎在地上。他们的身后，是柚子。十几袋柚子挤在一起，挤成一座小山。他们本就瘦小，却仿佛要和我的视觉作对，还要把身子缩在磅秤和柚子之间的夹缝里。我从他们的身后看过去，恍惚间觉得他们被挤得憋闷。

更多的柚子在不远处的卡车上。帆布掀开一个角，无数的柚子撞入我的眼睛。我从来没有见过这么多柚子。昨天，他们告诉我，三十吨。我对三十吨没有概念。换算了一下，六万斤。六万斤也没有概念。他们搬到我家里阳台上的八袋柚子，我觉得已经很多了。我不知道每袋是多少斤，只知道占了半个阳台的空间。杀了三个之后，仿佛柚子一点都没少。三十吨，六万斤，拿走了八袋，地上还有十几袋，卡车上才仅仅空出小小的一个角落。

三十吨柚子，一袋一袋地分装着。袋子都是黄色的尼龙网兜，口子用蓝色纤维扎住。看过去，就是一片混沌的黄，零星点缀着不协调的蓝。皮夹克看见了我，站起来。我递给他一根烟，自己也含了一颗。给他点火的时候，他转过身去，招呼羽绒服。再转身的时候，烟已经夹到了耳朵上。我看着他耳朵上的烟，觉得新鲜，却也亲切。城市里少有人把烟夹到耳朵上。羽绒服不抽烟，看着我摆手。我只好点了自己的烟。

我说过，我不会杀柚子。但是他们会。皮夹克和羽绒服都会。杀柚子是一种本事，只有天天亲近柚子的人才有这种本事。三十吨柚子，除了留在我家里的那些，都要和他们一起回去了。他们会把这些柚子都杀了吗？我怀疑他们没有那种耐心，他们或许也会和我一样，放弃自己的本事，把柚子一个一个地，切西瓜一样地杀了。北京没有人看上他们的柚子。北京人不喜欢沙田柚。北京人更喜欢福建的蜜柚。蜜柚是贵族，沙田柚是奴仆。蜜柚是公主，沙田柚是丫环。沙田柚被蜜柚打败了。

最后的柚子。全部的柚子。明年就没有了。原来的县委书记调到了另一个县，新上来的县委书记说，柚子没有市场了，种烟叶，和红薯。皮夹克说，村里摘下这三十吨柚子，就把柚子树都砍了。

我的脚踢到了写字台下边柚子们的身上。它们回不去了。它们的同伴已经返乡。现在应当到了保定了。它们会一个一个地被我杀掉，尽管我不是一个好的操刀手。我很想把同学们都请到我的家里，尝尝老家的柚子。那样，他们就不会认为我喝多了。出了饭店，我却什么也没说，什么也不想说。我看着他们，男同学和女同学，上了出租车，回家，或者回宾馆。女同学最后上的车，她说，你这样喝酒不行，身体会喝坏的。我看着她担忧的眼睛，说，没事，这点酒小意思。她说，北京真冷啊，你快回去吧。我说，你也上车吧，回了湖南，多打电话。

我想，这些柚子应该另找一个地方。我写字的时候，老是踢到它们，这让我很不痛快。我起身，走到阳台上。阳台上落脚的地方都没有。我想，明天把铁皮柜清空一些，把皮鞋，收录机，影碟机，热水器，书和杂志，都扔到楼底下，把柚子放进去。想要杀柚子的时候，打开铁皮柜就行了。

皮夹克发动货车的时候说，再给你留一些吧。湖南人还是喜欢吃沙田柚的。我说，不用了，这些够我吃上半年的。

皮夹克说到了湖南给我打电话。我等着他的电话。

不是不想看见你

你来了。

你在电话里说，你在潘家园旧货市场门口等我。我把正在写着的材料收起来，科长让我上午拿出初稿，我本来是可以拿出来的，可是，你来了。你来了，在大街上等我，我不能再写材料。我想说，你在旧货市场里再转一转，我中午过去接你到家里吃中饭。我没有说，我知道等一个人的滋味不是很好受，再说，想着你在那里，我的心已经乱了，一个字也写不出来。我只好对不住科长了。

我说，老家来了一个亲戚，在潘家园等我，我中午加班，一定赶在下午上班前把初稿拿出来。科长说，你去吧。科长并没有责怪我，我想科长是理解我的。

如果你知道昨天发生的事，你也许不会给我打电话了。可是，你不可能知道，没有人会告诉你。你按照你的计划，买了火车票，直赴京城。昨天晚上，我想给你打电话，问你的车次和到站的时间，我想应该到车站去接你。你是第一次来北京，北京那么大，你要找到我这里，真是很难为你。我没有和你联系，就是因为昨天的事。

父亲说，你表哥打电话了，明天来北京。我说，哪个表哥。

老家的表哥有三十一个，我不知道父亲说的是谁。父亲说，是大姨家的，满表哥。哦，原来就是你。

我记得你的样子，你满脸络腮胡子，还是上初中时见过你最后一面的。那时，你上高中，记得你，是因为你找我父亲借钱。你一个人去的，你坐在我家灶房里，看我母亲做饭。你低着头，不说话。父亲问，你来借钱，你爹知道吗。你摇摇头。父亲看了母亲一眼，说，你要借多少。你说，一百块。父亲又看了母亲一眼。母亲不接父亲的目光，弯着腰把柴火往灶膛里塞。父亲说，你借钱做什么呢。你蚊子哼哼一样，说，要高考了，交报名费。母亲抬起头，看着父亲。父亲有一会儿不说话。后来，父亲进了房间，打开衣柜。父亲把两百块递到你手里，说，要考试了，在食堂里打点肉菜吃。记住，别告诉你爹和你娘。你把钱接过去，不再说话。我在旁边看着，看着你手里的两百块。我有些恨你，也恨父亲。前天，我找父亲要钱买三角板，父亲没给我，父亲说，同学不都有吗，借着用就行了。没有三角板，我做几何题总是比同学们慢很多，老师批评我好几回了。我看了你很久，你并不知道，你的眼睛只盯着你手里的两百块。

你要来了，我的满表哥。妻子说，怎么住呢。我说，去万紫千红开个房间吧。父亲说，一晚上多少钱。我说，二百六，现在打八折，二百零八。父亲说，那怎么行，一个晚上两百多，你一个月的工资才够住一个星期的。我说，那没办法，附近就这个宾馆最便宜，总不能住家里吧。父亲说，为什么不行，这不是有个沙发吗，睡沙发就行了，要不，让他睡我们那里，我和你妈睡沙发。我没有表态，看着妻子。妻子的肚子已经很大了，我们的孩子即将出生。妻了见我看着她，不说话，眼睛转向电视机。你来了你就会知道，我们筒子楼的一室一厅显得多么拥挤，落脚的地方都没有。如果没有那个阳台，我们是过不下去的。我在阳台上支了一张床，父亲和母亲就睡在那里。冬天太冷，我买了电暖器，夏天太热，我买了电风扇。一开始，我并不同意这样做，我觉得睡在客厅的沙发上总比睡在阳台好，母亲说，她觉得太热，客厅里不透风，晚上没法睡。母亲有很严重的高血压，怕热，冬天都怕，我只好听了父亲的建议，买个窄一些的床放在阳台上。

父亲继续说，不要去开房间，太不划算了。我心里的火一下就冒出来了。我总是控制不住自己，心一乱就要发火。我吼了一嗓子，我说，又不要你们掏钱。我吼完就后悔了，我怎么对着父亲吼呢，这没有道理。我吼了那一嗓子，才知道后果的严重性。所有人都沉默了，父亲，母亲，和妻子。电视里演着京剧，黑脸包公搬出了狗头铡，陈世美被押上来了。我觉得不能再坐下去了，就起身，出门。我在黄寺大街上走来走去。

这就是昨天发生的事。

没有给你打电话，我是一直想着你的。我想，你快到站的时候会和我联系。你没有，你去了潘家园旧货市场。你是被黑车骗到那里去了，还是到那里去办事呢？我在路上，一直想着这个事。

潘家园我没有来过，我不知道有几个门，更不知道你在哪个门。我想，就在正门吧。我在正门下了车，站在太阳底下，环顾四周。没有看见你。我想，可能搞错了。你喊我了。你喊的是我的乳名。你在电话里也是叫着我的乳名。整个北京城，除了家里人，没有人知道我的乳名。我转过身，循着声音的方向。

我看见你了。看见你的胡子，我就认出你了。我其实早就看见你了，两个人，蹲在门口的墙根下。我没想到，那就是你，扫了一眼，我就把目光移到别处了。

你站起来。你们两个人都站起来。

你说，挺快的嘛。我说，你们等了好一会儿了吧，这里离我那里好远的。你说没有，刚从里面出来，就看见你了。

还是老样子，呵呵。你叫着我的乳名，胡子在脸上随着笑容颤抖。你指着身边那个人说，这是我的同事，姓吴，我们一块来的。我伸出手，握住他的手，说，你好。我左手提了你的帆布包，右手提了吴同事的帆布包，放到出租车上。坐到车里，你递给我一块槟榔。你说，北京人不吃这东西吧。我说是的，到北京就没有吃过槟榔了。我把槟榔塞到嘴里，递给你一支烟，也给吴同事一支烟。我嚼着槟榔，你们抽着烟，不再说话。我其实有很多话想问你，你也一定有很多话想问我。可是，我们都没有开口，眼睛盯着车窗外飞快闪过的高楼和汽车。

不知道你注意没有，到了家里，我父亲不理睬我，看都不看我一眼。昨天我真的不应该对父亲那样说话。我并不想那样，可是有时候我真的控制不了自己。

吃饭的时候，我打开一瓶白酒。你喜欢喝酒，我听父亲说过。你的酒量也大，八两半斤的不在话下。我陪你和吴同事喝了三杯，就放了杯子，你和吴同事继续喝。你一边喝酒，一边讲你这些年的生活。路上想问你的许多问题就都有了结果。你说，你中专毕业后分到镇上的血防医院，给血吸虫病人看病，打针，晚期的，就劝他们回去。后来，你做了院长，天天打牌，有赢有输，赢得多输得少。父亲插了一句，说你有次和镇长打牌输了两万多，是不是真的，全镇的人都在传。你说是真的，就是你要提院长那阵子。你笑着说，不输行吗，不输院长就不是我的了。两万多，我一年的工资还没有这个数，我有些吃惊，但没有表现出来。你说现在不做院长了，现在是小吴做院长。我看了一下吴院长，他端着酒杯看着你呵呵地笑，说，我那个院长还不是你给的。父亲问你现在做什么，你说退休了，调到市里水利部门干了一年多，就退休了。我有些不信，你比我大不了十岁，就算四十吧，怎么就退休了呢。父亲也不信。你说，都是那样子，在下面干得差不多了，上面又没有位置，就退休，工资照拿，奖金一分不少。

我说，我去上班了。你说，去吧，好好干，干好了，表哥在老家有面子。

我继续写材料，必须赶在下午上班前把初稿交给科长。我要对得起科长对我的理解。你也是理解我的，你到北京，肯定想去许多地方转一转，天安门，故宫，长城，都是好地方。可是，我不能陪你，我要好好干。

黑夜来临，我必须做出决定。从办公室到家里，不超过五百米，我走了十五分钟，离家越近，我走得越慢。可是，我必须回家，除了回家，我别无选择。

你和吴院长坐在沙发上，看电视，抽烟。你递给我一支，精品白沙。我说，不抽了。你把烟装到烟盒里。父亲在厨房里，杀鱼。卧室的门关着。你说，这么晚才下班啊。我说是的，这几天事比较多。我在客厅里站了一会儿，就进了卧室。妻子在床上躺着，看了我一眼。我说，怎么啦，孩子又在里面踢啊。妻子不说话。我觉得无趣，重新回到客厅。我在办公室一天能抽一包烟，可是客厅里的烟味我还是受不了，熏得眼睛生疼。我坐下，也看电视。父亲从厨房里出来，还是不看我，说，晚上你们睡阳台吧，你们两个人睡沙发太挤了。你说，没事，挤一挤，你们睡惯了，还是我们睡沙发吧。我无话可说，我不能再像昨天那样对父亲吼来吼去了。无须我作决定，父亲的决定就是我的决定。

睡觉的时候，妻子终于说话了。妻子说，让他们别抽了，你得为你孩子想想吧。我说，好的，明天再说吧，现在说不太好的。妻子背过身去，不再说话。我起来，把卧室的门关紧些。我没有睡好，妻子也没有睡好。我们俩在床上翻过来翻过去。你看不见，你睡在沙发上，看电视，抽烟。吃饭的时候，你说，晚上有欧洲杯，前面的一场没落，今天晚上三点是最精彩的一场。你把声音调到最小。声音没有，可是光亮穿过门上的玻璃落在我们的床头，一直到凌晨五点。你是一个文明的球迷，没有跺脚，没有摔酒瓶，你默默地享受足球给你带来的快乐。我起床的时候，你正打着呼噜，我刷牙，洗脸，都没有吵醒你。妻子也起来了，坐在床头，摸着肚子，妻子一摸肚子，我就知道，我们的孩子又在踢她了。我看着眼圈红肿的妻子，看着妻子的肚子，收拾好昨天晚上没有修改完的材料，去了办公室。

你和吴院长，还有我的父亲，去了长城。坐火车去的，西直门火车站有火车直达八达岭。昨天晚上，我把路线告诉你们了，我想你们应当知道怎么走了。中午回家的时候，只有母亲和妻子在家里，我们吃着饭，母亲说，你父亲已经给他们说过了，不能在家里抽烟，实在要抽就到外面去。妻子说，不知道他们会不会不高兴。我想，你不会的，你会理解我们的。

可是，晚上你们还是在家里抽烟了。你们没在客厅里抽，在厕所里抽的。我半夜起来的时候，闻出了很浓的烟味，烟头扔在马桶里。我担心妻子会看见，冲了几次，都没有冲下去。只好用铁丝绞一下，把烟头夹出来，扔到垃圾桶里。可是，妻子还是发现了。厕所没有装排气扇，也没有通风口，烟味在窄小的空间里翻腾，无处可逃。妻子上完厕所出来，脸上阴云密布。还好，你没有再通宵开着电视了，我想你们登长城的时候，我父亲也和你说了吧，或者你昨天晚上没有睡好，又在长城折腾了一天，不想看电视了。

有件事，一直没有和你说，现在可以告诉你了。你们去长城的那天，我们动了你的帆布包。妻子说，你表哥来北京看来是有事情的，他包里全是坛坛罐罐。母亲领我到阳台，把帆布包的拉链拉开，我就看见了你的那些东西。现在，我知道为什么你下了火车不和我联系，而是直奔潘家园了。妻子说，他要是倒卖文物，你可要倒霉了。我打开看了看，有坛坛罐罐，也有一卷一卷的旧字画。我把它们整理好，恢复到先前的样子。我对妻子笑笑，说，不会的，表哥可能是买些旧东西回去送礼吧。说是那么说，心里是没底的，我不懂文物，不知道你是真要淘些旧货回去，还是带了这些东西到北京来碰运气。你会不会上当呢？你从来没和我们说过这些事，我们都只是猜想。这件事，你们走了以后，一直压在我的心头，不敢打电话问你，但愿你不要见怪。我们只是好奇而已。

你们没去天安门，也没去故宫。第三天，父亲陪你们到附近的公园转了一上午，回来说，下午就走了，火车票已经买了。我想说，再住两天吧，再转一转。可是我没说。我觉得，那样的话说出来没有意义，并不是我真正想说的。更何况，你们的车票都买了，你们已经决定了。

后来，父亲告诉我们，你们去公园的路上，看到了那个售票点。去公园，是不要经过那里的，父亲一定是带你们绕了远路。妻子问父亲，你是故意的吧。父亲不说话，只是笑，说，他们自己看见的，我根本没注意，我们走马路的西边，卖票的在马路东边。他们说，这里还有卖火车票的啊，去看看。就把车票买了。

我请了假，送你们去了火车站。下车的时候，我想给你道歉，没有说出来。你说，回去吧。我看着你，一脸络腮胡子的你，转过身，挤到人堆里，一眨眼就不见了。

其实，还想和你说说话，还想听你讲你当院长的故事。

可是，我已经看不见你了。

春天的N种心情

高处的老鼠看着低处的我

我在桌子前埋首读书。老鼠在离我三尺的高处探出半个身子。它看着我，黑而亮的眼睛胆怯而好奇。它的胆怯只是最初的几秒而已。老鼠遇到人总要胆怯一下子。就像人遇到比人庞大的动物也要胆怯。人的胆怯比老鼠更宏大更持久。比如，几秒之后，老鼠更多的是好奇。它看见我桌子上摊开的书，看见白晃晃的灯，看见我一动不动只是看着它的眼睛，一定觉出了它的安全。它知道，我不会用木棍捅它的身体，不会给它下药，不会给它设置铁夹之类的陷阱。它如果知道，我曾经写过《做一只城市的老鼠》，它的安全感会来得更加踏实。

我看着它。它称得上漂亮。身材很标准，不胖也不瘦。毛发干净，也整洁。脑袋尖尖，但不显猥琐。小嘴嘟嘟，胡须翘翘。我更喜欢它黑而亮的眼睛，像黑夜一样黑，像宝石一样亮，纯净，无邪，安静，温暖。所有的人都睡了，黑夜辽阔无垠。只有高处的这只老鼠和我一起醒着，聆听时间流过的声音。

我想它是如何找到了我的。在这个房间里住了三年了，一千多个白天和黑夜，我读书，写字，和妻子温存，从来没有老鼠造访过。院子里到处布下了陷阱，前行的路上危机四伏。它从哪条路过来？它来了，而且在高处，在墙壁上离我三尺高的空调机里。空调机是墙壁上的孤岛，没有路指向它。它如何找到那看不见的路途，置身这孤岛之上？

我收回目光，继续读书。书页翻过的声音在安静的夜里显得很大，打断了妻均匀的呼吸。妻翻了一下身，睁开眼看了我一眼。睡吧，妻说。我说，一会儿就睡。我没有告诉妻，一只老鼠进了我们的房间。妻害怕老鼠，我告诉她，她一定很难继续她的睡眠。她会起床，让我赶走这个让她不安的动物。我不想赶走它，它愿意待着就让它待着吧，它愿意看着我就让它看着吧。它经历了多少惊恐和不安，今夜，就让它安宁。

我的担忧来得很快。再次抬头的时候，我看见了它的慌张。它想下来。它半个身子悬在空中，脑袋转来转去，眼睛环顾四处。它一定觉到了危险。孤岛毕竟是孤岛，没有粮食，没有水，没有同伴。长此以往，它将饿死，渴死，寂寞而死。它为明天而恐慌，它为未来而恐慌。它想回到地上。大地才是安身之所，虽然有无数险境将要经历。可是，空调机那么高，硬邦邦的地板让它犹豫不决。它看着我，尴尬而惊慌。我不知应该怎样帮它。墙壁那么光滑，它无法顺墙而下。唯一的路，只有跳下，四肢紧缩，毛发紧缩，勇敢地跳下。

可是，它不敢。它认为高处太高，地板太硬。它把身子缩回去，缩进空调机里。等待，尴尬而慌张地等待。我以为它会安宁，我以为我不惊扰它，它就不会尴尬不会慌张。它的不安却从它自身开始滋长，对于未来的恐惧让它不知所措。就像我，我的生活，安宁总是短暂而不可靠，只有尴尬和慌张，持久而尖锐。

我和我的写字的朋友

我们经常结伴出席一些宴会。我是这样看待这些宴会的：与生活和解的一种方式。我们共同的一位朋友总是拒绝这些宴会。他的理由无可辩驳：不要把你们的生活方式强加到我的头上。我们无权指责他，就像我们无权总是埋怨生活。我们试过不止一次，他总是拒绝，他把那句话说出来之后，我们终于放弃了。但是你知道，这不影响我们的友情。我们是我们，他是他，友情总是友情。他说出那句话时青筋暴涨的样子仅仅增加了我们内心的疼痛。

有时候，我们坐在一起，椅子挨着椅子，身体挨着身体。有时候，我们隔得很远，他在桌子的南边，我在桌子的北边。我们都很少说话，只看着桌子上另外的人，看他们喝酒，听他们说话。他们说的，大多与我们无关。每个人都有每个人的事，每个人都有每个人对于一件事的看法。我们不说话，是因为我们心里的事与他们无关，我们的看法和他们不一样。我们只是偶尔四目相对，轻轻一笑。我们更像是宴会上的两个偷窥者，把灵魂深藏，只呈现身体。我们的内心只在面对文字的时候才具有勇气。那时候，我们让灵魂奔跑，不觉得自己的笨拙和可笑。是的，在宴会上，我们总是显得笨拙而可笑。我们讲不出黄段子，我们缺少调节宴会气氛的手段。我们的思维甚至很难跟上别人的节奏，大多时候脑子空白而荒凉。我们最缺少的，其实是勇气。宴会上，酒气弥漫的时候，话语无所顾忌。可以攻击，那些忽视我们的人，领导或者别的；可以谩骂，那些为我们个人生活制造阻碍的人或者体制；可以调笑，那些曾经在暧昧场合里刺激我们身体的女人或者姑娘。我们说不出来，只好无言，无言地赔笑，无言地喝酒。我们害怕什么呢？或者，我们是在逃避，可是我们逃避什么呢？

他们的话题总在酒意正浓的时候集中到我们那位共同的朋友身上。这时候，我和我的写字的朋友不约而同地战栗，仿佛带着倒勾的铁丝攫住了我们的心脏。他们说，他有心理疾病。他们说，他封闭自己。他们说，他愚顽而偏激。他们说，他生活太失败。他们说，他忘恩负义。他们说，他是一个有问题的人。我和我的写字的朋友无力为他辩解。他们说的似乎都是对的。他在楼道里对着领导吼叫，他在一个领导的面前说着另一个领导的不公与自私，他打老婆，他老婆即将和他离婚。他还拒绝参加各种宴会，他甚至把所有邀请他的人都当作他的敌人，凶狠地扔出石头一般锐利而坚硬的言辞。他的行为给了别人那些看法。

我和我的写字的朋友，心里确信，事情不是这样的，或者说不是这样简单。可是，我们仍然说不出来。

我和我的写字的朋友常常就是这样，在宴会上像两只呆头鹅一样地坐着，抽烟，喝酒。我们从来不拒绝，且以此为乐。我们的灵魂却常常从宴会上逃离，想起我们写过的或者将要写的那些字，偶尔也会想起我们那位共同的朋友。

看得到他的忧愁

我认识他，他认识我，但我们不常见面。只在周末，且天气晴好适宜外出的时候，我们会碰上。他抱着他的孩子，我抱着我的孩子。碰上了，我对他说，出来了，或者他对我说，出来了。被问的人点点头，或者笑一笑。再没有更多的话。更多的话是说给孩子的。比如我对我的孩子说，和弟弟握个手。比如他对他的孩子说，和姐姐握个手。孩子很少听我们的，常常是一个或两个，把身子扭过去，眼睛瞧着远处的树，车，或者抬头看天空飞过的鸟。我们有时就不约而同地把孩子的身体正过来，用我们的手拿着孩子的手，去握另外一个的手。这时，孩子会敷衍似的互相搭拉一下，也有时，其中一个更凶狠地转身，并且大哭。于是，我们就会分开。他往院子南边走，我往院子北边走。

我们都是不多话的人，但我自认为是了解他的，也许他也自认为是了解我的。我看到了他的忧愁，不知他看到了我的什么。我们各自的女人，和老人，会把对方的情况点点滴滴地送到我们的耳朵里。她们几乎每天都在一起，带着各自的儿子，女儿，或者孙儿，孙女，或者外孙，外孙女。他的信息，给我传达着他的忧愁，不知我的信息，给他传达着我的什么。看到他的忧愁后，我有时会长久地盯着他渐渐远去的背影，发呆。他抱着他的儿子，走得很慢，很慢，仿佛时间本来就是那么慢。他投在地上的影子那么轻那么静地移动，仿佛怕踩疼阳光的身体。

我看到他的忧愁，是因为爹和娘的话。爹说，他岳母清早就回了郊区的家。原因是他的妻子加班去了。妻子不在，岳母就待不下去。他和岳母不说话，互相给冷脸已经许久了。娘说，他岳母心如何这样的狠，竟让一个男人独自带着孩子熬过一整天。娘用了一个熬，我想是准确的。因为娘接着问我，要是让我一个人带一天孩子，会如何。我想，那真的只能是熬，我不敢想象那一种滋味。我记得起来的是，娘犯心脏病的那两天，我和妻子一天吵三顿，恨起来的时候就发狠心说狠话，要把孩子给扔了。他怎么办？

我想是他的岳母制造了他的忧愁。这是我的猜想，同为男人，同为刚做了父亲的男人，我无法不这样猜想。也许我是错的，他的忧愁宽广而深远，远不是一个人的事。我所依据的，只是我所听到的。娘说，春节前，他自己的在农村老家的父母过来了，帮他带孩子，他的岳母不高兴，却不说，把丈夫，即他的岳父从家里叫过来。一居室的房子，就老老小小挤了七口人。他只好把自己的父母送到车站。娘说，他从车站回来就不再和岳父岳母说话。岳父终于无趣，回了家。岳母留下了，然逢他的妻子不在，也是回家。

我抱着孩子，爹，娘，还有妻，跟在我的身后。我们一起往家走的时候，他没有回去的意思。从南走到北，从北走到南，仿佛要把整整一天都走完。

娘说，他越来越瘦，脸越来越白。爹说，他这样下去，要出问题的。我不知道爹是说他本人出问题，还是他孩子出问题，或者他的家庭出问题。我只知道，我看到了他的忧愁。

照片翻出来的时候，人就没了

娘要去拍那种照片。爹不愿去，我不愿去，妻也不愿去。可是娘说了很多次了，每次散步都要说。这和那天去医院有关系。在安贞医院，白发女医生看着娘的检查结果，说，你怎么现在才来，你这样子除非做支架，否则随时有危险。娘问她做支架需要多少钱。医生说，至少六万吧。娘就说不做。医生说，其实做了也不敢保证就一定会好。娘说不做不做，我平时挺好的，只是偶尔不舒服，吃点药就过去了。医生就给娘开了药，降压〇号，速效救心丸，血脂康。

娘说，早点拍要好，李满娭就是死了以后才发现没有照片，只好照个死人，煞白的脸，看着都害怕。爹说，拍什么拍，我不拍。后来，娘说得多了，爹就同意了，我和妻也同意了。

娘让爹给她剪了头发。记忆中，娘从来没有上过理发店，爹是娘的专职理发师。爹只用剪子，两个月一次，给娘把那些支出来的头发修剪齐整。爹给娘剪发的时候，我和妻在旁边看着。娘的头发那么稀少，头顶上露出一块一块的头皮。爹很熟练，不亚于真正的理发师。哪里该剪多一些，哪里该留长一点，了然于胸。爹剪得很快，我们看着，觉得娘似乎年轻了许多。娘对着镜子，把碎发拾掇干净，用木梳把头发梳过。娘在那一刻，脸上有些不易觉察的笑。

娘要换衣服，让爹也换衣服。爹说，有什么好换的，就这样。娘说，你穿这件西装吧。那是我因为身子发胖淘汰下来的。爹说不换，要穿他从老家带来的中山装。娘坚持要爹换上，还找出来一件米黄色的衬衣。我给爹找出我的领带。爹把衬衣和西装穿上，却不肯要我的领带。爹站在镜子前，前面抻抻，后面扯扯，就催娘快一点。娘也换了衣服，还是从老家带来的那一套。我有些心痛，爹和娘到了北京，我很少给他们买衣服。说过几次，娘总说够穿，说买了也没地方放，就一直没有买。

我和照相师吵起来。照相师总说娘笑得不够，拍了三次，还要重来。我说就这样，不要拍了。照相师的脸红了，看了我一眼，说，行，你说这样就这样。妻瞪了我一眼。我走了出去。我的火来得莫名其妙。我想和照相师说，对不起。可是我什么也没说。我把自己扔到春天的阳光底下，任那些强烈的光刺疼我的眼睛。

再进去的时候，我说，照张合影吧。照相师问我用什么背景。刚才用的是蓝色。我问，有红色吧。照相师说，有。那就换红的。爹和娘肩挨着肩，坐在大红背景前。照相师说，近一点，再近一点，好，OK。爹笑着，娘还是没笑。照相师这次没说娘笑得不够。闪光灯“啪”地亮了一下。照完了。

娘把照片拿在手里，看得很仔细。十六寸的大照片，真是很大，大得无边无际。娘脸上的纹清晰如刀刻。娘说，照得挺像的。娘其实还是笑了，只是很难看出来，我能看出来，照相师看不出来。娘把三张照片放到衣柜里，压在衣服的下边。爹一张，娘一张，合影一张。

我知道，这些照片很长时间都不会翻出来。翻出来的时候，一个人，或者两个人，就没了。

送一位老人回到深山

凌晨四点半，我们出发。五点半，我们到达殡仪馆。天已经亮了，车子陆续抵达。大多都是我们不认识的人。只是因为一位老人，我们碰到了一起。我们见了面，点点头，不说话，个个脸上写着或深或浅的哀伤。这是一个哀伤的早晨，尽管春天已经来到，柳树已经发芽，桃花已经开得妖娆。

老人我们也仅仅见过两次，说的话不超过三句。本不是相干的人，只是因为我们和另一个人是相干的，那个人又和老人是相干的。我想，在这个早晨，从各处匆匆赶来的人，大多和我们一样吧，因为另一些与我们相干的人，为这位本与我们不相干的老人送上最后一程。

遗体已于昨日火化。我们在殡仪馆等待老人的儿子们取出骨灰盒。等的时间有些长，儿子们把老人的衣物都取了来，烧完那些衣物才能上路。我们看到了那些衣物，堆在一块，火光冲天而起。相干的人告诉我们，去取这些衣物的时候，对老人的老伴隐瞒了真相。老伴有很严重的高血压和心脏病，病卧在床已经多年。老人住在医院的时候，她会常让保姆推了轮椅去看他。有些日子没去了，老伴对着收拾衣物的儿子说，你爹好些了没有，我想去看看。儿子说，好些了，你不要去，你不是老说要让爹去城里的大医院吗，昨天已经转过去了。老伴说，哦。待了一会儿，看着儿子，说，怎么衣服都要拿过去。儿子告诉娘，这次时间要长些，彻底治好了再回来，多带些衣服过去省得到时来回跑。娘就再不说话。与我们相干的人说，她一定感觉到了。我想是的，那么多年相携相守，一个走了，另一个如何会没有感知呢？儿子们瞒着她，她瞒着儿子们。只有火化了的老人，再也无法感知。

进山的路，远，且难走。春虽来了，山却还没有绿，只有一株株桃花，孤独地开放。其实有公墓，儿子们却一定要送老人到几十公里之外的深山。老人临终前说过，要回山里。从山里出来，还是回到山里吧。儿子们几天前已经请了风水先生仔细看过，为老人挑了一块地。很开阔的地，站在那里，能看到大片的山，山上的树，山腰的房子，和山下的路，走出去的路，走回来的路。

大儿子捧着骨灰盒，二儿子捧着相片，三儿子相帮着平整墓坑，把石棺放到墓坑里，儿媳们燃起一打打的冥币，风吹过的时候，黑色的纸屑旋转着飞向空中。其他人围成一圈，静静地看着，静静地等着。等着风水先生定好的那个时间。录放机里重复地播放着音乐，低沉而哀婉，在山里来来回回地响着。

风水先生做了手势。骨灰盒朝着风水先生手中罗盘指示的方向放进石棺。填土。一锹一锹的山里的土，覆盖了石棺，覆盖了骨灰盒，覆盖了一位老人。儿子们把二锅头打开，瓶装的，杯装的，都打开。酒液洒落，融入泥土。老人好酒，糖尿病许多年了，酒从来都不少。儿子们说，生前总不让你喝，再也不拦你了，想喝多少就喝多少。

下山的时候，儿子们频频回头。我也回头。我不可能再来。但我知道，这里有片大山，山里有一位老人，安静地躺着，安静地喝酒。

私　语

一直在等你

整个冬天都在等你。不，夏天就开始了。

我已经收拾好了我的心情。收起那些狂乱，不安和焦灼。安静地等你，谦卑地等你。因为你是安静的，谦卑的。

这么多年了，你总是在远方。你说，远方才是你的归宿。远方到底有多远，我至今不知道。可是我常常想起你。白天想你，黑夜想你。上班的时候想你，回家的时候想你。读书的时候想你，写字的时候想你。梦中也会想你。

你从不曾给我片言只语。我总是怀着热望，以为会有你的消息从远方捎来，以为会有你的声音从远方传来，意外而惊喜地叩响我的灵魂。我把每个日子都整理得更像日子。我把每个脚步都整理得更像脚步。我希望你来到的那天，天空纯净，世界安宁，所有的潮水都在三千英里以外。

你一直觉得我是懂你的。我一直觉得你是懂我的。很多次，我琢磨你的身材，猜想你的面容，揣测你的声音。你不应当是高大的，高大的人怎会那么让人亲近。你瘦小，立在大地上，仿佛一株草，感知风的颤栗。你的面容也说不上姣好，人群之中，甚至很难轻易地把你辨认，立在细雨中，仿佛一朵花，不是玫瑰，只是丁香，独自芬芳。或许你是不说话的，静默是你的品质，仿佛一朵云，只与天空低语。

我总是担心你。你在远方可有心灵的依靠。尘世太杂，世事太扰，你能否一直安静。你的谦卑能否给你永生的力量。你从来不说，你不说，并非意味着该存在的就不存在了。我常常想象你走在远方的样子，街道上，那个独行的影子，把路灯点亮。你一路走过去，从不抬头，从不四顾。许多人从你身旁走过，许多车覆盖你的足迹。你毫不理会，只盯着脚下的路。柏油，或者青石板，偶尔一颗石子，或者可乐瓶，塑料袋，触着你的脚尖。你抬起脚，轻轻跨过去，走到胡同的拐弯，走进小巷的深处。

你总在担心我。想到你，就看到你眼睛里的忧伤。你一直都在看着我。看着我的日子，看着我的脚步。我知道你的忧伤来自何方。我总是和你絮叨那些日子。墨水瓶打翻了，钢笔掉在地上，一片羽毛在心底坠落。书页翻过去，天黑了，天亮了。水龙头关不紧，一直在滴水。暖气片热了，又凉了。日光灯总在闪烁，不是彻底的灭，也非彻底的亮。电脑开了，又关了，病毒在作祟。窗外有时死寂，有时大风。老鼠在深处打洞，蟑螂在看不见的地方填饱肚子，然后嬉戏。

我越来越想见到你。我所有的日子都用来等待你。总觉得你已经上路了，从远方出发。你裹紧大衣，因为你预感到我这里的冷。你把墨镜戴上，防止路上遇到熟人。你不想解释，尽管没有人会关心你的去处。你把背包放到肩上。背包有些沉，勒得双肩生疼。你想拿出一些东西，想了想，都是必须的。你从屋里走出来，走到阳光下。阳光有些刺眼，一粒一粒地落到你的墨镜上。

你真的出发了吗?

夏天过去了，秋天过去了，冬天也将过去。冬天终于过去的时候，我想我会见到你。尽管见到你的时候，我们都将无语。

到处都不是发愣的地方

又一次，我陷入发愣的状态。周遭静寂，所有的事物都藏在世界深处。镜子很大，映着我的脸，清洁的光照亮了时间。眼窝的底部，一些神秘的事物开始显现，开始隐匿。你看不到的，我看到了。比如细碎的光芒，从遥远处抵达，缓慢而优雅，带着谷物和棉花的色泽。比如潮湿的箭矢，从地底射出，热烈而冷静，在暗夜留下不可复制的痕迹。你听不到的，我听到了。比如水的声音，在海边低回，亲昵而温软，缠绵在渔翁的蓑衣。比如山的声音，在谷地冲刺，凶狠而狰狞，裹挟着树木的身影。

书本从手中跌落。“突然，隐身的作祟者伸出一只手/在夜和我的睡眠的褶皱间摇动我/我惊醒/在无人看管的深夜里看清了/它没有脸而且一动不动”（费尔南多·佩索阿《突然，一只手》）玄想瞬间结束。

我很想就这样发愣，一直到时光的尽头。看不见的手却总是阻断我的路途。我相信我会看到更多，听到更多，更多神秘之物将在远处和深处凸现，照亮我被涂黑的身体和内心。

很早就被涂黑了。稚童守着一堆谷子，坐在明晃晃的太阳里，一动不动。母亲说，莫非这是一个傻子。母亲也理解不了她的儿子。他在日光里发愣的时候，看到的不仅是谷子。他最大限度地朝着那些神秘之物，靠近。

涂黑我的，我无法说出。巨大而琐碎，暧昧而清晰，在远处，在近处。并非浓墨重彩，只是一点点，一滴滴，浸蚀，或者渗透。从脸部开始，墨粒仿佛种子，植入皮肤的深处。泼到脸上的水珠，非但没有动摇它们生长的力量，反而成为培育它们的养分。有时候，我把整个脸没入水里，看见那些黑色的须根根直立，快要刺破我的皮肤。哔剥的声响搅乱了一盆清水。抬起头来，水珠滚落，幸灾乐祸。

只有发愣能偶尔照亮那些被涂黑的部位。底色其实是纯净的，黄铜一般柔软。青草也能生长。花朵也能开放。谷物和棉花本应是这里的特产。可是你知道，那些涂黑我的，力量有多大。时间与它们狼狈为奸，阳光也助纣为虐，甚至空气，也入了它们的伙。童话，也被染黑了。仙女们，一律盛装出场，明媚的笑是最毒的药。

到处都不是发愣的地方。它们的势力统治了整个世界。你被禁锢了。手和脚都被迫戴上了镣铐。喉管被紧扼着。周身的汗毛也被覆盖黑色的漆。最隐秘的部位也失去了语言和思想。

我仅仅只是要求发愣。发愣多么微不足道，不会带来一丁点的损害。只是照亮自己而已。只是想看到神秘之物而已。我从来不想追问究竟是什么涂黑了我，我无意把一切都送上审判台。因为我知道，那是徒劳。偶尔冒泡似的起了那个心思，我也强迫自己把它吞下去，哽住我的喉咙也在所不惜。

可是，涂黑我的，那些隐身的作祟者，还将继续涂黑我。它们说，除非你放弃你的身体。

下一场真正的雪吧

总是这样，还没有开始就结束了。

雪的影子悬浮在空中。天气乍阴乍晴。阳光讳莫如深，大雪遥不可及。要么猛烈，要么寂静，我厌倦的，其实就是暧昧。我所恨着的，是一切都成了被玩弄的，权力无处不在，甚至一场真正的雪。

一直在渴望一场真正的雪。我所置身的地方，气体里有着太多损害我的事物。它们隐伏着，随时准备出击。总有一天，它们将以摧毁的姿势赢得它们的胜利。其实已经开始了，至少我有了厌倦。从心底开始，弥漫周身。以我之力，只有束手。没有一种药，可以治愈我的厌倦。

你是知道的，冬天开始的时候，我就收缩了我的灵魂。放逐属于另外的季节。我已经饱尝了放逐的快乐。我在春天牧羊，我在夏天游泳，我在秋天歌唱。牧羊的时候，卓玛的皮鞭轻轻掠过我的面庞。游泳的时候，美人鱼偎依在我的身边。歌唱的时候，神灵也为我伴奏。那时候，你总是惊叹我跳跃的身姿，古铜色的皮肤，和我清越的嗓音。你说，我是不一样的。我知道我是不一样的。

现在，我是一样的了。当我不再放逐的时候，你已分辨不出我的模样。我坐在地上，不想动弹，脂肪肥重，双腿酸软。我裹在厚厚的棉衣里，你看不见我皮肤的色泽。开口的时候，混浊得让你吃惊。天知道，是什么改变了我。

你胆怯地避开我的目光，时时的躲闪，让我悲伤。你小心地和我说话，轻声细语，让我心疼。从前你也不是这样的。你裸露着你的一切，大胆而热烈。你迎着我的目光，抚摸我的皮肤，和我交谈，和我游戏。你知道，那时候，我喜欢这样。我会回应你，调动我的一切，智慧和热情。可是现在，你唯恐不小心就引发我的愤怒。一个眼神，一句话，都将成为你我之间的蒺藜，成为我们互相伤害的理由。你知道，那与你无关，其实也与我无关。你知道，每到冬天，我就积攒了许多莫名其妙的情绪。它们藏在我身体的最深处，时时在生长。

但我还是内疚。你流泪的样子，让我看到时光的可耻。是的，时光导演了一切。剧本早就写好了。可是我们不知道。我和你，都以为时光就是春天的样子，夏天的样子，秋天的样子。我们忽略了冬天，轻视了冬天。可是，冬天从来都是存在的。只是，时光在给我们最大欢乐的时候，忘记提醒我们。或许，它根本就无意提醒。它只按照剧本设计的，一天一天地进行着既定的情节。我们都在这些情节里，受控于它的意志，它的权力。命中注定，我们有时放逐，有时收缩。命中注定，我们过完了春天，夏天和秋天，还有冬天。

请原谅我给你的所有伤害，我确信，雪是可以改变一切的。须是真正的雪。那时，我将是我，你将是你。

游　戏

我明明知道就是她。显示的区号确凿无疑，远在南方的那个城市不会有第二个人给我打电话。响至第三声的时候，我有些动摇。手中的书，《一个法国人的一生》，合上了，即将放下。放下之前，我猜测她会和我说什么。房子，业务，丈夫，和天气，最后，是对如烟往事的怀念与追忆。是的，最后的话题，总要拐到那些青涩的时光，是我，有意地强制性地要把她拉上这条道，跑得再远我也不放弃。

所有的游戏都是一个迷宫，两个人，或者一群人，深陷于此，互为对象——互为朋友或者互为敌人，依恋，争斗，寻找那个光明的出口。徒劳的时候总是居多，不如回到源头，回到开始，就像我所做的，我们两个人的游戏始于多年前的青果一般的日子。回头是否就是游戏唯一正确的结局，谁也无法裁定，但至少，回头的路上，因为走过，留下了气味和呼吸，风物依旧，路牌还在，红灯和绿灯仍在了然于胸的路口明明灭灭。

响至第五声的时候，我已经伸出了手，她的耐心粉碎了我的犹豫。任何游戏都需要耐心，这个只属于我们两个人的游戏同样如此。我的耐心在游戏最开始时应当说还不错。那时候，我十六岁，现实和梦想都闪着青草的光，我已经梦幻般地体验过身体在暗夜里瞬间爆炸的眩晕——在我梦到上学路上村口拐弯处的那个白衣少女时。如果往前追溯，我对五年级的刘姓同学和六年级的李姓同学已经怀有过海水一般让人哭泣的情感，你无法相信，二十年过去了，我依然清晰地记着她们姣好的脸，和她们走路时与别人不一样的样子。你无法想象，我上了大学后，在回乡的路上，看到李姓同学坐在公路边的板凳上掀起衣襟给孩子喂奶时，我从自行车上下来，走到她的跟前，看着她，看着她的孩子，胸腔里海浪一般波涛汹涌，她仅仅只是抬起头，漠然地和我对视，问我，要冰棍吗。说这些，或许与游戏无关，但任何游戏总有它生成的背景，甚至某些看似无关的背景才是游戏真正的源起。

我所说的最初的耐心，事实上是基于一种自以为是的表演，是对于事物假象的自甘沉沦。这样看来，我曾经不愧为一个游戏高手：任何游戏，都是假象的集合，所有的游戏规则，都耻于晾晒在白晃晃的阳光底下。我给她写诗，我给她起绰号。事实上，我喜欢的，是她的同座。她的同座，俨然和我曾经怀有过海水一般情感的刘姓同学和李姓同学有着相似的让我哭泣的样子。我和她所有的节目，都是为另一个在表演，至少最初是这样。也许，最初的游戏都是表演。她的同座，浑然不觉，她有属于她的游戏，她有她的游戏规则。我强撑着自己的表演，试图通过耐心，也只能通过耐心，把她的同座从一个游戏中唤醒并立刻投入另一个游戏。有时候，耐心也并非无所不能，我的失败不可挽回。不可预知性和恐怖性正是在此：表演并不总是表演，习惯了腥甜而让人微醉的假象之后，演员真正进入了角色，游戏正式开始。我的诗越写越多，诗里甚至出现了她的名字，我们的课本在课桌下边隐秘无限又张扬无限地传来传去，空白处写满了我们暧昧不明却又热流涌动的话语。我甚至开始梦到她——她在我梦里出现的频率远远高于村口拐弯处的白衣少女。

电话归于安静。我想应该拨过去，但我想了一些时间，没有动。相较于说话，此刻我更愿意读书，读《一个法国人的一生》。

她总是固定了日子来电话，间隔一个月，逢上有纪念意义的事会突然插进来一个，比如结婚，买房，换工作，或者办公司，也有时，没来由地插进来好几个，什么事都不说，只是说天气，说北方的冷南方的热，说北方有暖气南方有太阳。她很少打我手机，只给我发短信。我的手机上没存她的号，但我仅凭着模糊的直觉瞬间就能认出她的信息。我以前存过她的号，妻子看过她发来的信息，仅是一般的问候或者转发别人的好笑的段子，妻子的不满还是显而易见。不存号，但是有着模糊的直觉，这是我在整个游戏中唯一创造性的发挥。对于粗心的仅仅通过翻查姓名来寻找线索的妻子来说，这不失为一种有效的暂时的（显然不能持久）躲避危险的办法。很久以来，我得意于我的这个发挥，这让生活看起来多么宁静，没有人真正热爱混乱，除非那混乱有利可图。出色的游戏玩家之所以出色，往往都是凭着天才的即兴发挥，平庸者总是很难窥其奥妙。庸者对于天才的绝望，实质就是按部就班循规蹈矩对于横空出世电光石火的绝望。我非天才，只能偶尔搞些这类不为天才所齿的小把戏，维持游戏的正常进行。

整体而言，我是一个拙劣的游戏玩家。略带天才色彩的即兴发挥无法抵消我先天的孱弱。比如现在，很快，我就失去了耐心：电话不再显现那个区号。《一个法国人的一生》，无数次地打开，无数次地合上，眼前总是出现的，只有这两句，“没有什么还和从前相同”，“我对这个世界完全不懂了。我觉得什么人已修改了游戏规则，却没有通知我们。”就是这两句，早上看见，中午看见，晚上看见。只是看见而已，不具丝毫隐喻的意味，和看见任何其他的句子，比如“我有一个女儿。我骄傲极了。一个女儿。生活能够给予一个男人最美好的礼物”，没有一点差别。都是那个叫让－保尔·杜波瓦的法国家伙写的，而他，写了整整一本书，二十万零八千个字，成千上万的句子。

我的拙劣还在于，她听出了我的敷衍：你总是心不在焉，草草了事。这是那个未接电话过去两天之后，我拨过去，说完了业务、天气，接近那次谈话时间三分之一的时候，她突然蹦出来的话。我仿佛对着聋子在说话，她还说。我试图否认，证明事实并非如此，这只是更加证明了我的拙劣。她什么都知道。她甚至知道，我已经厌倦了这个游戏。这样的发现让我吃惊：我并没有觉得自己的厌倦。我甚至有些渴望，我不接电话，只是那个片刻想读书不想说话而已。她凭什么说我厌倦呢？我的敷衍也仅仅在于，我并非只是关注房子，业务，天气，和最后，对如烟往事的怀念与追忆，还有其间关于她做公司的丈夫的是是非非。

她说到她的离婚时，我没有足够的心理准备，我还在为我的敷衍和厌倦做着徒劳的辩解和掩饰。这么说，游戏出现了意外。意外几乎是一定的，任何游戏都以意外对游戏者进行引诱和刺激。天才的和平庸的游戏设计者的唯一标志是意外出现的强度和频率。在我和她的游戏中，她的同座的出现是个意外，我对她的同座的喜欢之甚于她是个意外，我们没有被同一所高中录取是个意外，我在大学认识我的妻子是个意外，她在大学认识她的丈夫是个意外。意外够多的了，多到我们不以为奇，多来年各自的灵魂沉睡不醒，相安无事地做着聊胜于无的游戏，因而敷衍，因而厌倦。

她说到她的离婚，仿佛只是脱下一件衣服般轻松和随意，让我有些瞬间的茫然。我还在回味并探寻另一个与我无关与她有关的游戏的过程和结局，她已经开起了玩笑：你可以放心地到我这里来了。不得不承认，许多游戏是相似的，只是一个文本的数次复制，只是一个故事的诸多版本，只是一本书的重复印刷。这之前，一次小范围的同学聚会上，我得知了她的同座的游戏：两个人同在湘北某市一家医院，男人外科主刀，女人药房配药，男人被护士纠缠（这只是男人自己的说法），女人跟踪侦探，捉奸在床之后，两人摊牌，离婚。她的游戏大同小异：她供职于一家大型企业做营销业务，他在一家公司做会计，后两人举债十数万自己办公司，她依旧上班做业务，他则独自经营公司，他被公司雇员纠缠（这是她的说法），她查看手机之后拨了一个电话，两人摊牌，离婚。结局稍有差别：她的同座的男人无法娶到护士，意欲回心转意；她的丈夫已经做好重新踏上红地毯的准备。

我不知道，是否这个意外的出现真的提升了我的游戏状态。我妙语如珠，机趣横生。比如接过她那个玩笑，我许诺明年春天就过去。我甚至建议她去探寻一个不曾婚娶的男同学的意向：是否愿意放弃中学老师的职位到一个财富遍地的城市经营公司。我认为，她可以给她的同座打电话，多年不见，说说，说说会很有意思的，我的语气有些急切，她在电话的那头窃窃地笑。说的时候，我一点点地重新发现了自己，我把这归功于游戏，一个好的游戏具有重塑游戏者的功能。我开始喜欢这个游戏，并对成为一个优秀的超级游戏玩家首次充满信心。作为总结，或者开始，我们再一次回到了往事，议论起“倒流的时光”这个命题，一如从前的每一个电话。只是这一次，因为游戏高潮的瞬间出现，因为我突如其来的专注和投入，往日时光更加清晰，往日风物更加生动。

游戏终将继续，直到我再次敷衍，重新厌倦，也许那时，新的意外又将出现。

此　时

墙

一本书被打开，总是翻不完。

“他说有人正在卧室的墙后面说话。费默尔太太觉得这太怪了。他还看什么都有幻觉——他看见一棵蕨树的中间有一个老太婆的脑袋。然而只要他愿意，他也能很快乐。”他是谁？谁是费默尔太太？如果不是有意地忘掉，我应该知道他们的身份。91页，我翻到89页，新的一章从这里开始：“这太可怕了，他大叫道：‘可怕！太可怕了！’”他害怕什么？我无端地懊恼：他让我这个早上再读不下去一个字。

找不到新的剃须刀片。我记得就在电视柜的抽屉里。可是没有。一堆光碟：评剧《秦香莲》，二人转《傻子上学》《傻子散心》《傻子献艺》，王杰《享受孤独》，肯尼吉《信念》，琵琶《十面埋伏》，《功夫》《防弹武僧》《天下无贼》《天地英雄》，《异度空间》《四根羽毛》《杀死比尔》《魂断蓝桥》《人鬼情未了》，《向左走向右走》《永不遗忘的美丽》；正红花油；达克宁；润舒滴眼液；胶带；起子；钳子；剪刀；硬币，一分，两分，五分。

就是没有我的剃须刀片。就是放在这里。吉利，五片，46块钱。我一直都用这个。银灰色的刀架总也不坏，仅仅长出一些铁色的锈。还有刮胡泡，吉利牌，普通香型，特惠装，加送20%。我总是在买胡须泡的时候，顺便就买了新的剃须刀片，不管上次买的还有没有用完。这样做的结果是，让我踏实。总有新的刀片等着我。无须忍受钝刀割须的疼痛。

可是，这个早上，我找不着它，或者它们，吉利，五片，46块钱。写字台的抽屉也没有。阳台上的铁皮柜里没有。卫生间的塑料篮子里没有。我必须找到它。我早已不能忍受那种痛。尽管胡须泡涂得很厚很厚。蔓延的痛。无休无止的痛。肌肉内部发生的痛。昨天我能忍受。前天我能忍受。只有今天，此时，我不能忍受。

饮水机不出水。新买的，沁园牌。售货员告诉我，无热胆，速热，省电，国家专利。产品特点17条，我没有看完，就买了。我相信售货员，就像进医院，我相信医生。昨天送过来的，今天不出水了。昨天我要退货。她说，晚上八点半一定送到，送不到，无条件退货。七点钟，李先生打来电话，到了东直门。八点二十九分，李先生敲门，到了。李先生骑人力车，车上还有一件，和我的一样。我想李先生大约知道我曾经要退货，他说，他本是负责城南，这趟活是临时加的，管城北的师傅发了高烧，四十一度。北师大怎么走？我告诉了李先生。我站在屋外，看李先生把身体放到人力车上，看他和他的人力车在地上铺一层黑色，摇晃着出了院门，铺到院外的黄寺大街上。

此时，它不出水。电源开关“ON”。高温开关“ON”。定时开关拧来拧去，不出水。我找使用说明书。我想，退货退货退货。我想，只好把旧的再从纸箱里搬出来。幸好没卖掉。父亲说，垃圾站只出十块钱。父亲说，扔了也不给他。父亲没扔，把它装进新机器的包装箱里。其实还能用，除了漏水，十天半月就要整一下，我下狠心，买新的。都不阻拦我。知道拦不住。都知道，我的脾气一天一天地，逐渐变坏。

找不到使用说明书。就像找不到新的剃须刀片。就像我记得剃须刀片是放在电视柜的抽屉里，我记得饮水机的说明书放在饮水机的消毒柜里。消毒柜，两层，上面，送一个多功能杯，横躺着，下面，一次性纸杯，和银色的小酒杯，四个。没有说明书。床头柜的抽屉也没有。那么多的使用说明书，四个手机的，两个空调的，电视机的，冰箱的，加湿器的，DVD 的，电话机的，油烟机的，燃气灶的。偏偏没有饮水机的。

卫生间。灯绳断了。

咽喉开始疼痛。扁桃体在新的一年发动了它的攻势。我知道总有这一天。唯一吃惊的是，它坚持到了今天。很多人都建议把它割了。我没有实施。他们总说，它是无用的。有用无用，我都要留着它。发炎，红肿，化脓，迅速地高烧。我承认我害怕过，就像他，“他又在自言自语了——可怕，太可怕了!”(94 页)

如今，此时，我不再害怕。高烧真正到达的时候，“他躺得非常高，在世界的脊背上。大地在他的身下颤动，红花穿过他的肉体开放；它们挺立的叶子在他头旁嚓嚓作响。”(94 页)

此时，我该回到床上。重新拿起那本书，随便找一页，读下去，比如“他说：他什么都晓得，他了解世界的意义。”（91页）。更正确的方法是，从第一页开始，这样，我会知道，“他”究竟是谁。

屏 风

酒精，终于开始发难。如我们种下的诸般苦果，疼痛并非立刻发生，比如罂粟，比如谎言。反而是迷醉与晕眩最先攫住了我们的舌尖。就像隔着一道屏风。就像他，“他面前有一道屏风，上面有黑乎乎的宽叶香蒲和蓝幽幽的燕子。在他曾看到过山脉的地方，看到过人的面孔的地方，看到过美的地方，此时只有一道屏风。”（195页）

完整地读完一本书，成为越来越艰难的事情。从哪里开始，在哪里结束。就像现在，195页，打开了，也就合上了。与酒精无关。

那么多的酒，一颗一颗，圆润、晶莹，固执而流畅地进入身体，融入血液，狼奔豕突，然后潜伏，等待暗算的时机。无法阻挡，无力阻挡，无心阻挡。大睡不醒，大梦不觉。妻子在暗夜披衣而起，独自一人，被鼾声围剿，苦等天明。女儿从床上跌落地上，大哭之后，继续安睡。妻子揉着红肿的眼，把门甩在身后。

一声巨响，终于酒醒。

“只有他独自和餐具柜及香蕉在一起。他独自一人，暴露在这荒凉的高地，身体伸展开——但不是在山顶上，不是在悬崖上，而是在费默尔太太的客厅的沙发上。”（195页）就像我，独自一人，坐在办公室。身体却无法伸展。黑色的DELL电脑，红色的步步高电话机，灰色的hp laserjet 3030打印机—传真—扫描仪—复印机，木色的笔筒，毛笔，白板笔，签字笔，胶棒，打火机，订书机，剪刀，计算器，一得阁墨汁，机关电话号码表，政治部干部电话号码表，2005年值班安排表，二〇〇六年值班安排表，稿费单，二〇〇六年五月份个人工资单，2006年同等学力人员申请硕士学位学科综合水平全国统一考试准考证（报名编号：1101000427，考场号：030，座位号：15）……

什么也不想干。什么也干不了。酒精统治了这个上午，它们穿过屏风，穿过黑乎乎的宽叶香蒲和蓝幽幽的燕子，穿过美的地方，穿过迷醉，穿过晕眩，恶狠狠地，无所顾忌地，控制了我的身体和灵魂。头在疼痛，胃在疼痛，虚汗在周身蜂拥。我想我接近了死亡。“‘伊文思！’他大喊。没有回答。一只老鼠吱吱地叫，也许是窗帘的沙沙声。这些是死者的声音。只有那屏风、煤桶、餐具柜剩下来和他一起。”（195页）

酒精却控制不了电话，红色的步步高电话机和黑色的摩托罗拉手机。建雄控制了摩托罗拉，两分半钟。建雄的朋友需要开一张医院的诊断证明。怀湘控制了步步高，一分钟。怀湘要办赴美的签证，需要咨询妻子，需要共进晚餐。王干事继续控制步步高，一分十五秒。周干事得了儿子，老规矩，大家聊表庆贺，就像去年的此时，大家为我的女儿聊表庆贺。你把钱收一下，备个红包吧。王干事说。

电话那头的人，不会知道电话这头的人昨夜酒醉，今晨酒醒。酒醒时分，却什么也不想干，什么也干不了。“来了一封信。每个人的计划都变了。”（195 页）就像来了一些电话，每个人的计划都变了。都是朋友的事，都是要办的事。

就像喝酒。很多酒，都是必须要喝的。就像说话。很多话，都是必须要说的。我送朋友回家，朋友送我回家，两个家之间，我们走来走去，说了那么多必须要说的话。我说他在浪费才情，他说我是冥顽不化。走完最后一趟的时候，我们和解了。我们说，合起来出个集子，自己掏钱，他做小说，我做散文，书名待定。我们都笑了。酒话而已。必须要说的话，酒后才会说。“这就是在米兰已注定了的命运，当他走进那间屋子看到她们在剪硬麻布帽型的时候，就注定了他的命运：永远孤独。”（195 页）

酒精的进攻越来越弱，已显技穷之象。疼痛减轻了许多，虚汗不再涌现。“他很累了，他很快乐。他要睡了。他闭上了眼睛。但他一合上眼，游戏的声音就变得越来越轻、越来越怪了，听起来像人们找不到东西时的喊叫声，而且越离越远。”（195 页）过了中午，大睡之后，我想，酒精们将完全缴械。那时，我将重新控制自己，忘掉所有应该忘掉的，所有的迷醉，所有的晕眩，和所有的疼痛，甚至那些来来回回的路，那些说过的酒话。我要做完所有的事情，就像她那样，“每天都是这样的，做了一件事后再做一件事。她就这样按部就班，做了一件事后再做一件事。”（194 页）比如，找我认识的医生，给建雄的朋友开出诊断证明；

比如，叫上妻子和怀湘共进晚餐；比如，为周干事儿子的出生聊表庆贺；比如，阅读总是打开的这本书，或者先阅读公务员刚刚送来的报纸：河南郏县矿难隐瞒死伤人数　黑心矿主私下处理藏匿尸体……

窗　户

她向窗户走去。“她曾许多次地，在包儿屯当人们都在聊天的时候，去仰望天空；或在吃晚饭时从人们肩膀间的空隙里看天空；在伦敦，她无法睡眠时就去看天空。她向窗户走去。”（250页）

通往麦地的路，从山顶到山脚，有两条。其实不止两条。哪里都是路。就像她向窗户走去，无数的方向，无数的路。我希望是我选择的那条。父亲却选择了另外一条。就像她向窗户走去，原以为她会从摇椅的后边，绕过痰盂，经过装了大镜子的衣柜，她却从摇椅的前边，从摇椅和插满干花的花瓶之间，穿过。她的白色的丝质睡衣，轻拂过摇椅和干花。

我想，我不能生气。我说，我想看看麦地。我从市区带着一家人，在高速路上堵了整整一个上午，来到这里。这里有麦地。我在车上一直在说，我在三月和四月一直在说，我想看看麦地。我和他们不一样。“而他们在她的晚宴上谈论这件事情——布拉肖德夫妇，谈论死亡。他自杀了——但怎么死的呢？”（248页）

父亲走在最前面。身后依次是：我（抱着孩子），妻子，母亲，妹妹。父亲搬着女儿的“好孩子”推车。推车里：碎花小棉被；2006 年 5 月 1 日《北京晚报》之“婚庆时分”——《音乐婚礼：从头唱到尾》《果园婚礼：幸福像果子摘也摘不完》《折中婚礼：皆大欢喜》《会馆婚礼：凤冠霞帔》《婚礼策划：回味一生》；奶瓶；水瓶；“强生”护肤婴儿柔湿巾；“心相印”面巾纸（120 抽）；妈咪爱——［适应症］适用于消化不良、食欲不振、营养不良，肠道菌群紊乱引起的腹泻、便秘、腹胀、肠道内异常发酵、肠炎，使用抗生素引起的肠粘膜损伤等症；保婴丹——［主要成分］防风、天竺黄、钩藤、全蝎、薄荷、蝉蜕、川贝、牛黄、珍珠、郁金、天麻等，［功能主治］疏风清热、化痰定惊。用于小儿感冒，因风寒袭表，食滞化热所致发热恶寒，喷嚏流涕，咳嗽有痰及不思饮食，夜啼易惊等症；

路，很不好走。不如我想要选择的路。我想，我不能生气。我看着搬推车的父亲，一次一次地告诉自己：不能生气。孩子的鼻涕越来越多，孩子啼哭，蹬腿，要从我的怀里跌落，孩子的手把鼻涕涂得满脸。我更紧地抱住孩子，我走得更快，我把山路上的石子、树枝踢到远处。我想，为何不走我要的路——那么宽的路，那条可以跑车的盘山公路。那条路，推车不用搬，孩子不用抱。为何不走我要的路。

“为什么要活着？他们要求知道。威廉姆爵士回答说因为活着就好。”（138～139 页）从市区出发的时候，我打开书，138 页，他们在问为什么要活着。车到杜家坎的时候，被堵死。车走辅路，进宛平城，经卢沟桥，却还是被堵死。他死了。“他从窗子里跳了出来，地面向上冲来，生锈的铁围栏尖错误地刺进了他的身体，伤痕累累。他躺在那里，脑袋里有什么在重重地、重重地、重重地敲击着，终于在一片黑暗里窒息。”（248页）他为何死？我想，下了山，回去的车上，我可以在138页和248页之间找到答案。

还有她，她怎会一次又一次地向窗户走去，仰望天空，毫不理会，她的白色的丝质睡袍，拂过摇椅和干花？

我说，为何不走那条路？为何要走这条路？我大声地说，对着孩子，哭，哭，哭，哭死你。一遍，两遍，三遍。我听见我的话在山脚和山顶之间，来来回回。我不再说，我按住孩子挣扎的身子，我越走越快。我超过了父亲。我把母亲、妻子、妹妹远远地扔到身后。我觉得有风从山脚顺着山路，一直吹到山顶。我看见风的脚步，就像她，走向窗户的脚步。“还有（她只有在今天早上才感觉到）那生的恐怖感。你的父母把生命交给了你，要活到寿终正寝，要宁静地走完生命之路，而你却深感无能为力；在她心灵深处有种可怕的恐惧。”（249页）

就像她走向窗户，看见天空。我看见了麦地。很大很大的麦地。很青很青的麦地。我抱着孩子，和父亲，母亲，妻子，妹妹，我们一起看到了麦地。那么大的麦地。那么青的麦地。我把孩子交给父亲。妹妹站在麦地里，妹妹蹲在麦地里，妹妹坐在麦地里。妻子站在麦地里，妻子蹲在麦地里，妻子坐在麦地里。我在麦地的边缘，站着，蹲下，在镜头里躲开电线杆，和远处的砖墙，一次一次地，无休无止地，按下快门。“她原来想，天空会是黑暗色的，隐掉它美丽的容颜。但是你看——惨白的天空中疾驰过大块渐渐变细的云团，这对她来说很新鲜。一定是起风了。”（251 页）

梦，或者阴谋

十二点五十。躺下去，把枕头竖起来，靠在床头。我依然捧着书。读书能让我更快更好地进入睡眠。这本书我读得很快，从昨天开始，一页一页地，我已经读到了第 160 页（这和读上一本书比起来，速度简直有些惊人）：“在世界的这个角落里，线条明朗和色彩鲜艳的背面究竟是什么呢，我渐渐意识到了，而且我就是它们背面的一员。也许灯光明亮、一目了然的这一面就是背面，事物真正重要的一面恰恰是处于阴暗之中的那一面。”

我和他，在一个房间。我不知道他是谁，他也许知道我是谁。他面影模糊，身材高大。他站在门口（门关着），一动不动，指间夹着香烟，嘴里吐着烟圈。我躺在床上。这是这个房间里唯一的一张床，铁架子床，放在房间的西北角。敲门声响过之后，修理工进来了。修理工一进门，我就知道他的意图。修理工是来谋杀他的，那个身材高大的男人。我一眼就看穿了修理工的意图。但我不能说话。我甚至不敢有动作，哪怕只是一个手势。他已经转过身来，看着修理工，也曾看着我。我躺在床上，目光在修理工和他之间来来回回。

你知道，我已经入睡。我在梦里，看见即将进行的谋杀。

第160页："乌尔班诺·拉塔齐酒馆之所以存在，不就是因为在黑暗中可以听见它那变形了的声音'一份奶油圆子'？听到啤酒桶相互撞击的声音吗？不就是因为阴暗的街道被霓虹灯的灯光打破，昏暗的玻璃窗户后面躲着看不清面孔的人吗？"

修理工开始工作。他仿佛不曾看见这个房子里还有两个人。他使用电钻。他举着电钻在门上，墙上，钻来钻去。巨大的声响让我无法合眼。我看见木屑或者石灰屑，从门上或者墙上纷纷坠落，在修理工的身前身后漫天飞舞。我看见，修理工越来越靠近了他。他却没有察觉。他把身子移到了房间的东南角，继续吐着烟圈。修理工离他不到一米了。他依然不动。修理工是一点一点地靠近他的，速度的缓慢让他的移动不动声色。阴谋即将实现。我从床上坐了起来，装模作样地再次读书，176页："这是狂欢节，我为什么不痛痛快快地玩一玩呢？小号响亮地哇哇吹着，似乎要吹破那明亮的号筒；一把把夹竹桃轻轻击打着男女舞伴的肩膀，花瓣落入他们的衣襟，落到地板上，被他们踢得七零八落；舞厅里从天花板到地板牵着许多条装饰灯闪闪发光，宛如一束发光玻璃纤维，也像一栋墙壁已经坍塌的建筑，剩下的电线仍在空中飘荡。"

我看见，电钻，突突地响着，逼近他的胸口。他闪了，退后一步。电钻紧逼，伸到了他的脖子，喉结突起的那个地方。他用手挡了。修理工退后两步，把电钻扔到地上。电钻在地上跳舞，突突突地跳舞。我合上书，重新躺下。

修理工举起了水枪，高压水枪。水枪冲出白色的水柱，射到地板上和墙上。射到的地方，地板明亮如镜，墙壁干干净净。修理工扳掉墙壁上落满灰尘的电源盒，露出红的黑的，杂乱的电线。修理工把水枪对准，水柱扫过去，我看见灰尘跌落。我担心水柱会扫到墙角的插线板上，那样整个房间，整栋楼，将会断电。修理工毫不理会。水柱无所顾忌地扫来扫去。扫到插线板的时候，我看见插线板神奇地翻了个。断电事故没有发生。他，那个差点被谋杀，还将被谋杀的男人，站在另一面墙的跟前，也扳掉那些电源盒，没有恐惧，没有笑容。

修理工的水枪扫到了铁架子床边上的墙壁。乳白色的水浆从墙上流到了白色的床单上。我从床上跳起来。我指责修理工。我问他，你为何要弄脏我的床。他竟然撇着嘴，朝我嘟囔。我听不清他说些什么。但我不敢再说话。他似乎是在埋怨我。他谋杀不了那个男人，却把气撒到我的头上。我想告诉他，我其实早就知道他的阴谋，但天地良心，我没有告发他，我甚至一个眼神都没有递给那个抽烟的男人。

后来，修理工开始在我的床头砌墙。他让我递给他砖头。我动作稍稍慢些，他就朝我瞪眼睛，还把瓦刀很响地扔到地板上。修理工把墙砌得很高，我站在床上，都望不出去。修理工眨眨眼，在砌好的墙上挖出几块砖，做成两个椭圆的瞭望孔。做完了，他看着我，意思是，还行不。我点点头。

一点四十分，我醒了。自然就醒了。还有二十分钟，才是上班时间。我还可以读上两页书，163 页："她忧心忡忡，不再听我说话，正为刚才看见的那群飞鸟担忧。我继续望着那片烟云。

它曾每时每刻笼罩着我，我生活在它之中，它也生活在我的心中。我知道，在周围这个丰富多彩的世界之中，就是烟云令我担忧。”

烟 花

早点铺

有一天，我在早点铺的前面看到一只死狗。第二天就没有了，路面上只有干枯了的血迹和牢牢粘在地上的几撮狗毛。但我的脑子里还存着死狗的形象，许多天，一直到现在。我不知道是不是早点铺里的人把那只死狗捡走了。他们捡了去，做成包子馅，并非不可能。这是很让人反胃的事情，第一次出现这种想法的时候，我差点在早点铺的门口呕吐。当时，我蹲下身子，死命地捂紧自己的胸口，用意志和命运反抗胃和喉咙的痉挛。

事实上，我呕吐一下也无妨。我也确实呕吐过。至少有两次。都是因为前一天晚上往胃里灌了太多的酒，是那种很便宜的酒，扁二之类后劲很足的那种，如果喝的是茅台一类的高档酒，一般当天晚上就消停了。按说灌了太多酒是不必早起晨跑的，可是我给自己定的规矩是：风雨无阻。这是生活中我唯一给自己定的一条规矩。不到山穷水尽万念俱灰，我不会破坏这个规矩。确切地说，早上六点至早上七点，一切，一切人和一切事，给晨跑让路。

为此，我把妻子激怒过，有一次她们学校搞活动，要求七点钟到校，比往常早了半小时，她的要求是那天我不要跑步了，提前半小时把早点买回家。我明确告诉她，不可能。她以为我是开玩笑，在家里等早点，等来等去，等了一个空。我也得罪过一个外地朋友，他坐早上七点的航班回长沙，前一天晚上在酒桌上我答应送他去机场，他在宾馆里等我，等来等去，等来等去，等了一个空，差点误了航班。他坐在机舱里骂骂咧咧的时候，我正在柳荫公园里跑最后的半个圈。

那两次呕吐都被早点铺的服务生看见了。他们很奇怪地看着我，甚至有些厌恶地看着我，因为有些人明明往早点铺的方向走，突然又转过身子往别处去了。我在早点铺的门口呕吐，是很容易让人联想的。我在呕吐的时候心怀歉疚，觉得自己是有罪的。因此，我会多买两份早点，平时两份，那两次，四份，两屉包子，四个茶盐蛋，四个豆浆。买回去妻子免不了要数落，我硬邦邦地告诉她，我中午回家吃。

很长时间我不在早点铺买早点了。比看到那只死狗要早。因此与死狗无关。与什么有关呢？这让人费解。我自己也搞不清。突然就不在早点铺买早点了。说起来，早点铺的早点并不贵，一屉包子，两个茶盐蛋，两个豆浆，六块六。大多是六块六，有时是六块八，有时是六块二，最多的时候是七块六。因为算的人不一样，即使是同一个人算，比如小宁，有时也会有差别。即使每天都是七块六，也并不能成为我放弃早点铺的原因。这一点，我确信无疑。第一天晨跑，我就发现了这个早点铺，去柳荫公园的路上看见的，在柳荫公园跑到第二圈的时候我就下了决心，要在那里买早点。跑完三圈回去的路上，我真的就在早点铺买了一屉包子，两个茶盐蛋，两个豆浆。叫小宁的服务生给我拿的，当然，也可能叫小林，我没有去求证，榨油条的那个男人“小宁（林）小宁（林）”地叫她。小宁收了我六块六。

早点铺位于街道的拐弯处。我从家里出发，沿着黄寺大街往东，跑，跑，过地下通道，再往东，跑，跑，到达早点铺，右拐，往前，跑，跑，就到达柳荫公园。

香 烟

两条烟，硬盒中华，红彤彤地在我办公桌的抽屉里躺了许多日子了。来的时候，一张旧报纸包着它们，报纸上写些什么我一点也不记得，我关心的是它们是不是假烟。我收到过假烟，也是硬盒的中华。父亲用黑色的塑料袋装着，去院子外边的烟酒回收店换钱，回来说是假的，人家不收。我就打开抽了，果然是假的，但我一支一支地还是把200支假烟烧完了。我没想过要扔掉它们，没有烟抽的时候，假烟也聊胜于无。

我一直在考虑，是不是也把这两条烟交给父亲。父亲会很高兴。父亲会在天色将晚时用黑色的塑料袋装上它们，洋溢着丰收般的心情轻快而秘密地走向他去过的那个店子。父亲告诉我，外边有三个烟酒回收店，第一个出价最低，他不给，第二个老板太鬼，拿了烟在柜台后边做些小动作，一不留神就会来个狸猫换太子。父亲这样说，我就怀疑上次那两条烟是否让店主给掉了包。父亲很肯定地说，不会，我是在第三家换的，那家不搞鬼，何况我的眼睛一秒钟都没有离开过那两条烟。

我没有告诉父亲，又收了两条烟。父亲一定会让我交出来。父亲总是说，你给我，我换了钱，给你买别的烟抽。父亲会给我买白沙，硬盒的，四十五块钱一条。其实我习惯抽白沙烟，我自己买烟，都是买白沙。在父亲看来，两条中华烟抵得上他两亩稻田一年的收成。父亲说，我累死累活，一年只抵你几条烟，你何必把这钱都烧了。尤其每到买电费，交水费煤气费的时候，父亲更要念叨一阵子。

一年到头，父亲拿烟换钱的机会很少，他总是怀疑我偷着抽完了。我很想告诉父亲，他的儿子其实也想每天都能收到两条中华烟。但这是不可能的。给他儿子送烟的人太少太少了。有些人的烟他的儿子也是不能收的。上次的两条烟，是他儿子花了两个晚上给人家写了个材料，人家说没啥好感谢的，你抽烟，给你烟吧。谁知道会是假的呢？

我知道，如果父亲知道我的抽屉里现在躺着两条中华烟，一定会让我交出来的。我只好守口如瓶。我想，该不该现在出手？朋友早就问过我了，给了没有？我说没有，再等等。我一直在等，但是不知道在等什么。朋友给我烟的时候，说你必须送给他，你不要死要面子活受罪。我一直在等，倒并非完全是面子的事。在这件事情上，我早已放弃了面子。问题是，何时出手更合适？怎么出手更安全？我有意无意地到他办公室去过，扯些闲篇，不阴不阳，不深不浅，不咸不淡。他的办公室总是很多人。找他的人似乎从来都没断过。我没有看见有谁提着烟进去，人家去的时候手上除了两片纸没有别的东西。如果我拿着两条烟，哪怕用旧报纸包上，他会不会觉得我在打他的脸，他会不会重重地甩了我的烟，他会不会从此不再理会我的事情？

给我烟的朋友不知道我是这样想的。他只是三天两头地催我，仿佛我那件事一直拖着办不下来全是两条烟的事。你试试，不管怎样，你得试试。我总是点头，我试试，我明天就给他送去。我觉得很愧对我的朋友，每次打开抽屉，看到烟，我的愧意就要增加一分：我真的很无用。

今天上午，我在一瞬间就做了个荒唐的举动：我打开了烟，点了一支——不是假烟。两条烟就毁了。只要打开，就完了，200支中华烟，将一支一支地被烧完。我很奇怪，那么多天都过来了，为何毁在一瞬间？现在忆起，当时来了一个朋友，朋友抽烟，给了我一支，抽完了，又想抽，没有，除了抽屉里的两条，想都没想，就拿了，撕开塑料的膜，揭开纸壳，一包烟，滑了出来。

抽着中华烟的时候，我没有想起以烟换钱的父亲，没有想起给我烟的朋友，没有想起我那迟迟办不了的事，没有想起能办得了我的事的那个人。

现在，我抽完了20盒中的一盒了，那第20支烟还在烟缸里缭绕着最后的烟雾。我把一切都想起来了。

烟 花

车过大钟寺的时候，我看到了烟花。车被堵死，我可以看得很仔细：白天的烟花是对太阳的侮辱，白天的烟花是对天空的诅咒，白天的烟花是对烟花的亵渎。周晓枫说，“那里有个奇怪的习惯，举行婚礼时放烟花——是在白天。所以，根本看不出任何绚丽，原本华美的烟花，只剩下潦草的烟雾、零星的光。”

从图书馆出来的时候，我没想到会看到烟花。等了二十分钟，我拦下了一辆空的的士。它拒绝了我。其实是司机拒绝了我。他不肯为我掉头。他指给我天桥的方向：过天桥，再打车。他如果愿意为我掉头，我就看不到烟花。天桥上，一个人撞掉了我手中的书。六本书，撒落一地，我一本一本地拾起。拾书的工夫，烟花在远处等待我的经过。

从办公楼走下来的时候，我没想到会看到烟花。我已经很久不坐电梯了。七楼，六楼，五楼，四楼，三楼，二楼，一楼。我把自己笨重的躯体生生搬到楼下。医生说，你要多运动，你的血脂已经高出正常指数的两倍。我没有别的运动方式，只好走楼梯。走楼梯的工夫，烟花在远处等待我的经过。

上午打电话的时候，我没想到会看到烟花。我已经准备好了做学位论文的资料，甚至想好了论文的题目，拟出了论文的提纲。我想做周晓枫的散文，我的题目是《周晓枫散文的自由精神与神性观照》。导师说，周晓枫是谁。导师说，这个题目小了，你要调整，或者你仔细说说你的想法，说说周晓枫的自由精神与神性观照，你如果说服了我，你就做这个。我说我再想想。我知道我说服不了她，我恐怕连自己也说服不了。于是，我决定下午去图书馆，再找些资料，或者说服导师，或者另找论文的方向。做出决定的时候，烟花在远处等待我的经过。

准备最后一门考试的时候，我没想到会看到烟花。那么厚一本书，我如何拿到六十分？我想我是拿不到的，我想我拿不到就算了：今年拿不到，明年照样拿不到。有人告诉我，我拿到了，六十分。得知这个消息的时候，烟花在远处等待我的经过。

去年，烟花在远处等待我的经过。

前年，烟花在远处等待我的经过。

……

许多年前，烟花在远处等待我的经过。

看到烟花之前，我正在翻看借到的书——《身体修辞》。我看的只是目录，第一页：呼唤文体独立的时代（总序）……肉体中存在反抗权力的事物；肉体拉住灵魂的衣角……爱情有一夜之间就消失的恶习……消费社会的暖色幽默。我的借书计划里没有这本书，我想借的书太多，我有三次反复，拿起，放下，拿起，放下，拿起，放下，最后还是拿起。拿起放下的工夫，烟花在远处等待我的经过。

现在，我看到了烟花。我不知道这烟花是否来自于婚礼，我只看见烟花在高空，我只听见声响在高空。高空还有吊车。长长的吊臂是僵硬的器官，不能反抗权力，也没法拉住灵魂的衣角。

吊臂上有人，坐着或者立着，他们的身体，也许有着一夜之间就消失的恶习。大钟寺现在是个大工地，原来这里是个大集市，有着很多水果和蔬菜的大集市。大工地的四周砌了高高的围墙，围墙上有巨幅的画：美丽姑娘举着红色的旗，旗上写着“大钟寺”，美丽姑娘左手执旗，右手握着一把小提琴，美丽姑娘的身后，至少有六个，男人，大男人和小男人，或者严肃，或者阳光，一律是前倾的姿势。

烟花（白天的烟花），声响，吊臂，吊臂上的人，美丽姑娘，美丽姑娘左手的旗右手的琴，美丽姑娘身后，大男人、小男人以及坐在被堵死的出租车里翻看《身体修辞》的人，俨然就是，就是消费社会的暖色幽默。

南方情绪

怀表、书信和其他

怀表躺在玻璃盒子里，表盖打开。时间早已停止。显示的，三点五十分。我的表指向的，四点二十分。我不知道怀表是在哪一天的三点五十分忽然停止了走动。我仅仅知道，我在二〇〇六年一月廿日下午四点二十分看到了这只怀表。色泽暗黄，尘烟犹在。

怀表是王声聪的。“王声聪，海南文昌人，广东陆军速成学校毕业。黄埔军校学生队第一队少校队长。一九二五年五月在平定杨刘叛乱时牺牲，被追赠陆军上校。”王声聪在战场上必是戴了这块怀表。这块怀表必是饮用过硝烟，闻听过枪炮。一个早上，或者夜晚，它被一个人长久注视，精心擦拭，在匀速的时间之河里，再一次贴紧一个人的胸膛。我相信，那一刻，它是有着轻微的颤栗。尽管它所贴靠着的胸膛并没有颤栗。它为将要见证的血和死而忧郁。它为即将到来的分和别而伤感。它伴他有多久？是祖传，抑或美人所赠，也许，仅仅只是他从街边杂货摊上花几个子儿信手拈来？

王声聪是个怎样的人？没有图片，只有那数十个字。数十个字，就是一个人的一生。如果不是那块怀表，字也是没有的了。那么，我，一个少校军官，在二〇〇六年一月廿日下午四点二十分，是断然不会遇到王声聪，一个少校队长的。

“志强吾爱：前日寄你的相盒及钱，你都收到没有。想你学校里已今开学多久了，经济方面你是如何的呢？我如有钱多就马上寄你的，因为我们的学校，无论大小物件，都是归公家发给的，我有钱也用不着。我们的学校分政治科、步兵科、特科，但是特科又分炮科、工兵科、经理科，同学有万余人，中……”，转第二页最后两行（前面被第一页盖住）“不是从前的黄埔学校，这是新开办的，我们是第（）班，来信寄广东中央军事政治学校特科大队第三队。”

信封去了一角。我想那个角上写着：长沙。信封上见得着的字有（从右至左竖排）“马王堆 第一女子师范学校 李先生志强台启 中央军事政治学校缄”，“政治学校”的“校”字上边有一个大大的，墨写的“陈”字。行书，也草。姓陈，叫陈毅安。“陈毅安，湖南湘阴人，黄埔四期生，中共党员，一九三零年率部参加长沙战役时牺牲。”我很想看到写信的日期，最好还有钟点。时间会给我想象的依据，比如陈毅安的心情和姿势，比如是白昼的阳光里，还是暗夜的烛光中。是否也是现时的这样，黄昏已近，细雨如晦。什么也没有，信末的问候也没有。也许还有第三页，压在底下或者散佚。

李志强。女子师范学校。是教师还是学生。她在多久之后得到他的噩耗，是否见着了他最后的面容，那些血，那些爱，那些恨。她将如何把剩下的每个日子过得像个日子，她献出这封信的时候，是否再一次看到了他的音容。

一封信，两个人。所有的细节都被删除。所有的，都藏在时间深处，被日子掩埋。

我依次看到的，还有：

毛毯，“洪水，越南人，黄埔四期生，中国唯一的一名外籍将军。这是他曾经使用过的榆林手纺毛毯”；毕业证书，“兹有本校第一期步兵科学生潘学吟修业期满成绩合格特给证书 中华民国十三年十一月三十日”，“兹有中央陆军军官学校第十一期炮兵科学生曾会奇年二三岁湖南省益阳县人修业期满成绩合格特给此证 中华民国二十六年十月二十七日”；拐杖；斗笠；牛皮箱；《史记》，《段氏说文解字注》，“（农民讲习所）第六期毕业生孙选读过的书”；墨砚，油灯，“（农民讲习所）第二届毕业生徐树芳回海南从事革命活动时用过的墨砚、油灯”；袜子；帽子；草鞋；唢呐；

……

金玺、玉衣和骨渣

先看的，是他的墓。坡形墓道的台阶，很快就走完了。地上进入地下，其实是瞬间的事。我在墓门处停住了。空气让我停住。和地上不一样的空气。潮湿，浑浊，朽腐。灯光在门里晃动，我在门外踌躇。

不去也罢。

不去也是了然。

《南越王墓与南越王国》很清楚地写着墓被打开时的情景。墓门过去，是前室，墙壁和顶板绘有“红、黑两色相间的卷云纹，使人有一种富丽堂皇的感觉”，象征着墓主人生前起居、活动的朝堂；前室两侧是东、西两个耳室，东耳室放的多是墓主人宴饮享乐的用具，西耳室全然是个百物杂陈的仓库，“磨剑的励石压在原枝的大象牙上；马车的零件与整匹丝绸堆在一起；工具箱上面放着透雕的玉质舞蹈小人像；而嵌有金箔片，代表着帝王命令的铜虎节，又莫名其妙地和几片银锭混在一起”；然后是主棺室，放着墓主人的棺椁；主棺室的两侧是东、西侧室，东侧室一共有四位夫人，“夫人们的遗骨，大部分都已成齑粉”，西侧室有七个殉葬人，“他们没有棺木，尸体都依东北——西南向斜排成行”，“骨骼朽成粉末状，只保留了一些牙齿的珐琅质外壳”；主棺室后面是“后藏室”，“很可能象征着墓主人的御厨”。

墓与墓其实是一样。室多些或者少些，空间大些或者小些。帝王有七室，平民只一室。如地上的房子，帝王住宫殿，平民住草房，宫殿未必就比草房舒坦，草房未必就比宫殿狭小。容身而已。

不一样的，帝王墓可以在地上开陈列室，一、二、三、四，或者更多。

比如金玺。黄金铸成的皇帝印，金印的钮是一条盘曲的龙，一条张牙舞爪的游龙，呈S形卧在印台背上。金玺躺在玻璃盒子里，骄傲地迎接所有的目光和声音。两千多年了，它依然骄傲。两千多年前，它在地上，常握在帝王的手里，体验尊宠与荣光。后来，它到了地下，躺在帝王的身边，寂寞也是骄傲的寂寞。两千多年后，它重见天日，独享一室，领受一些赞叹，一些惊奇。它能证明，两千多年其实也是瞬间，改变了世界，却改变不了它。

比如玉衣。和中原的汉家帝王一样，为了保存尸体不朽，他也被穿上了特殊的葬具——玉衣。“它是把打磨成小片的玉衣，四角钻上小孔，再按人体的形状，用线穿缀而成的”。有的，用金线穿缀，为“金缕玉衣”；有的，用银线穿缀，为“银缕玉衣”。他用的，是丝线，为“丝缕玉衣”。只是为了不朽。以为会不朽，以为有玉了，就会如黄金的玺，必定不朽了。

却还是成了骨渣。“玉衣中的尸首只剩下了半个颌骨连几枚牙齿，加上几块骨残片。其余的部分，几乎全部消失，只剩下粉状的骨骼痕迹。”和殉人是一样的。十五个殉人，身份有夫人、宦官、乐师、侍卫、奴仆，除了三个夫人、两个卫兵和一名宦官的年龄无法鉴定之外，其余都是二十来岁到三十多岁的青壮年。区别在于，殉人没有名字了，他的名字还在两千多年后的空气里，和骨渣一起存在。区别还在于，殉人的骨渣没有被陈列，他的骨渣被收集，摆成人形，躺在玻璃盒子里，永久地展览，与窒息。

地上不能永生，地下他想不朽，他以为生不一样，死也不一样，他却也成了骨渣。他唯一可以骄傲的，金玺和玉衣因他而越过时间之河，完成永生之路。

一个人与另一个人

另一个人，我是知道的。在南方的这座城市，到处都是他的身影和足迹。来到这座城市的那天起，天天都在听他的故事，空气里似乎总在回响他的声音。我一次又一次地与他相遇，墙上的图片，或者耸立的铜像。于我，于每一位游客，他是透明的，清晰的，时间非但没有模糊他的姿势，反而一日日地让他从历史的尘烟中走出，直至完全凸显。他的声名不止流传于一个城市。一个国家，整个世界，都记着他的故事，他的声音。

有一个人，与他有关。甚至，这个人的存在，只是为了他。这似乎不可能，可是我确信。

《辞海》里记着他的事：吕彦直（一八九四——一九二九），中国建筑师。字仲宜，又字古愚，山东东平人。一九一三年于清华学校毕业后，进美国康奈尔大学攻读建筑学。南京中山陵和广州中山纪念堂的设计者。设计中运用了中国传统的建筑形式，在中国建筑师中是为首创。

关于一个人，历史留给后人的只有这些。要由这数十个字，还原一个生命，是多么艰难的事情。比如他的出生地。“为了获得研究的第一手资料，笔者涉足北京、天津、上海、南京、安徽、山东等地，并深入到东平县下面的乡村、祖庙，实地访问当地的吕姓族长、长老。几乎把所有可能涉及吕彦直生平线索的地方都找遍了”，《广州中山纪念堂钩沉》一书的作者卢洁峰最后得出的结论是“吕彦直不是山东东平人”。

出生尚且不可确知，更多的细节和真相就成了永不可解的谜。我在冬日阳光下的南方之城里按计划的行程一处一处地走过，看过。最后，看到了他。其实只是他的名字。正楷，在纪念碑基座东侧基石上浅浅地刻着：“建筑师吕彦直 承造人林佐”。我没有在意。这是一个陌生的名字，我们关注的，常常只是那些时间之河里夺人眼目的星辰，星辰之外，那些细碎的和微弱的，仿佛尘埃，被轻视，被忽略。

有些人，注定是无法被轻视被忽略的。与生命的长短无关。比如，他只活了三十五年。与地位无关。比如，他仅仅只是一个建筑师。与许多应当有关系的都没有关系。时间让人忧伤，也让人欣喜。

第一次是一九二五年九月二十日。

孙中山先生陵墓图案评奖揭晓，吕彦直获得了第一名。那以后，吕彦直既是设计师、建筑师，又是绘图员、会计员、审计员，还是整个工程的监理。至少一身而六任。

一个人，就这样，与另一个人，隔着时空，手与手相握，心与心交谈。我们无法揣测他们说了什么。也许他们什么也没说，只是对望着，就看到了彼此的灵魂。深处的风雨和霜雪。那些高贵的，和不屈的。一个人，因为另一个人，发现了自己隐秘的智慧和热情，确证了生命的不虚妄，找到了灵魂上升的方式和姿态。生命与生命，虽是时空阻隔，其实也是相通。相通的时候，电光石火。那一刻，我相信他有着战栗。灵魂的悸动。

时局艰危，处处掣肘。他只是不舍。不舍的，是一个人对另一个人的承诺。“病中日常深居简出，虽委托人代理。而事事仍须亲裁”。

第二次是一九二六年八月下旬。建筑中山纪念堂委员会共收到中外应征设计图二十六份，吕彦直设计的图案，“纯中国建筑式，能保存中国的美术最为特色”，因而被一致评为首奖。

他没有看到过他的作品，那些给世界留下念想的，长留在大地之上的作品。

一九二九年三月十八日，吕彦直终于抗不住肠癌的折磨，卒于上海。时年仅三十五岁。

他翩若惊鸿的生命突然出现，瞬间消失。从何处来，到何处去，其实可以不究。时间记住一个人，大多时候，仅仅只是因为他给这个世界留下了一个念想。比如，他所留下的，关于一个人，或者两个人的念想。

一个人的存在，只是为了另一个人。这似乎不可能，可是我确信。

从东往北：沉默的旅行

那些一闪而过的地名

幻想着天池，璞玉一样的天池，仙境一样的天池。幻想似乎能增加对于天池之美的期待，恶劣的天气使这幻想又增加了几分。一直在下雨，飞机落在延吉，跑道上就看见积了满地的水，从延吉往长白山的路上，细雨蒙蒙，一路压抑着人的心情。我们都不想说话，照相的小魏不说话，开车的佟师傅不说话，我也仅仅只是沉默地看着那些一闪而过的路牌：明月湖、安图、大荒沟、小荒沟、北沟岭、寒葱沟、新合乡、青沟子、万宝镇、红旗村（村口竖了一个牌坊“中国朝鲜族第一村”）、松江镇。我着迷于这些陌生的地名，大荒、小荒，沟、岭、沟子，多么好玩，可能是一个县，可能是一个镇，可能是一个乡，也可能只是一个村。它们在地球上真实而长久地存在着，地图上却很少能见到它们的名字。地名其实也是有生命的。诞生或者消亡，都在一个未知的时刻。它们也可能是永生的，作为故乡的代称，存在一些人的心里。远游的人总是记得住那些小小的远远的村庄的名字，尽管它们很有可能已经消失于国家的行政序列。比如我所记得的我的故乡，作为一个行政村，它在三年前被合并被湮灭，它甚至没有来得及作为路牌出现，公路经过我们的村庄时，路牌上出现的是陌生的合并后的名字。若干年后，将不再有人记起，过路的人也无从知道，那里曾经存在一个被人说了许多年的地名。而我，直到死，不会忘记它，它刻在我的心的最底处。现在，我在离故乡很远的东北之地，在这些新鲜之地的身体里迂回、穿越，恍然，又清醒，似乎闻到了北方村庄的气味，看到了北方村庄的血脉，但无法触摸到它们的神经，无法探知到它们的源头。所有村庄的深处，无不隐藏着亘古的欢乐和安宁，亘古的悲愁和苦难，只有久居的人，比如村口那个倚门而立的驼背的老婆婆，才能发现或者感知。

这些陌生地名里边收藏着的秘密，永远不会对一个过客诉说半点。

现在想，看见这些路牌，经过这些县、乡、镇、村，又何尝不是一种偶然？

原本，我们是经沈阳、长春、敦化，再往长白山。那样一条路，看见的必然是另一些路牌，经过的必然是另一些县、乡、镇、村。选择什么样的路，看起来无关紧要，对于一个生命，却又非同小可：遭遇一些地方，同时也放弃了和另一些地方的相遇，这种放弃，极有可能是永远的。

长白山的某个凌晨

醒得很早，听见鸡叫，一声，两声，三声，是长白山里居民家的鸡还是我们所住的虎林大厦的鸡，我无从得知，可是无论哪只鸡，都注定要被佩索阿嘲笑："在鸡棚里，公鸡注定了要被宰杀。它居然啼唱着赞美自由的诗歌，是因为主人提供的两根栖木暂时让它占了个全。"醒来后又断断续续地睡，似是而非地睡。凌晨三点的时候，看了几页书，普里什文的《鸟儿不惊的地方》。书买了有些日子了，一直没读下去，经常打开，却仅仅只是打开，最多读到《前奏》的第三行："那里的人们狩猎、捕鱼、相信巫师和森林与水域里的鬼怪，通过在几乎看不清的林间小路步行来相互传递消息，并靠松明照明……"这样的文字能给人的心灵找到慰藉，可是对于一个过于喧闹的心灵，很难真正感知到这种慰藉。旅行之前，我把普里什文塞进背包，确信能在北方的森林里触摸到一个俄罗斯旅行者的心跳。在长白山的深处，这个凌晨，我信手而翻，读些什么并无印象，因为我还没有真正进入森林。身体是进入了，可是双脚没有踏在森林的土地上，坐在越野车里的穿行，看见的是隔着玻璃的森林，模糊而虚幻。从延吉上车以后，一直蜷缩在车里边，车窗紧闭，因为会有雨漂进来，我们呼吸的并非是森林的空气，而是三个人（小魏、佟师傅和我）肺与肺交换的空气。这种情形让我一直处在似是而非的状态，从身体到心灵，凌晨也没有好转。以至在我读到那样一句话，突然有种震动的感觉，屋子里的黑也仿佛跟着摇晃了一下。又是几声鸡叫，那么明彻，那么透亮。我彻底醒了。

那句话至今我记得很清楚："既无怨恨，也无屈辱。"奇怪的是，那个凌晨之后半个月的现在，我写作这个文字，在《鸟儿不惊的地方》里再也找不到那句话。我几乎第二遍通读了《森林、水和石头》、《哭丧女》、《渔人》、《壮士歌歌手》和《猎人》等等我觉得有可能隐藏着这八个字的所有篇章。可是，没有。仿佛小草躲进了白桦树高高耸立的森林，仿佛溪流里的水珠儿汇进了宽阔的河流，一句话谜一样地消失了。我如此固执地想要找到那句话，是想弄清楚普里什文说出那句话的背景，具体地说，他是看到森林、水和石头时的喃喃自语，还是在和哭丧女、渔人、歌手和猎人交谈时突然生出的感慨？况且，自那个凌晨读到那句话之后，我一直记着要把它送给一位兄长，我要把《鸟儿不惊的地方》翻到某一页，用粗线条的笔在某一行下边很重地画上一道，告诉他，普里什文曾经很诚恳地说过："既无怨恨，也无屈辱。"怨恨是一个人生活态度的一种，屈辱则是一个人生存状况之一种。两个词，几乎就是我们大多数人生活的底色。我们怨恨，正是因为我们屈辱。临行之前，我的兄长给我看了他即将到庭应诉的三万余言的《答辩书》，看上去，《答辩书》并无怨恨之词只有绝望之感，屈辱存在于每一句每一字：无耻和不义，以诽谤和中伤的方式，借助阴谋和强权，无时无刻不在欺压一些看上去弱小而无力的生灵。我希望我的兄长：坚忍一些，顽强一些，以消灭屈辱的方式去消除怨恨。对于积极而有效的人生，这是唯一的道路，否则，你要么整日里怨天恨地，要么一辈子忍辱偷生。

这可能并非普里什文说出这句话的本意，但是他究竟想要表达什么，我已经无从查起。

天池只是一个虚空

恶劣的天气转好了。天池就在眼前。镜头里的天池随着拍照角度的不同变幻不定，有时完整，有时残缺，有时椭圆，有时狭长，有时庄严，有时妩媚，有时蒙着轻盈的雾的纱，有时透明纯净什么也不隐藏。我并不能明确地知道自己到底喜爱哪种形状哪种气质的天池，就像我始终不能确定自己到底想要什么样的生活，一切看上去都很不错的时候会变得莫名的忧伤，而当忧伤突然袭上心头的时候眼里会悄然涌出幸福的泪水。我和这天池边的许多人一样，绕着天池不停地转圈，来来去去，上上下下，举着相机寻找最美的天池的样子，却始终都不满意，总觉得还有更美的天池。

有人说起了怪兽。天池是有怪兽的，这有诸多证人和证词。怪兽的形状、体积、神态、动作却个个不同，千人千面。我们没有看到怪兽，可是我们并不敢说天池没有怪兽，那么多人言之凿凿，信誓旦旦，我们已经丧失了分辨真相的能力，同时也缺乏说出事实真相的勇气。我们只能在自己心里造一个怪兽的影像，可能欺骗自己，也可能哄骗他人。事实上，我们需要这种影像，这种虚幻的影像是一张遥不可及却让人目眩让人神迷的梦想之网，那张网一直悬挂在那里，我们就会走得从容一些，走得坚定一些，不至于力尽神伤，中途退场。譬如我和我的兄长，我们必须相信，路的前头一定会有公平和正义出现，虽然有时候这公平和正义比天池的怪兽看起来还要虚幻一万倍，但我们仍然要相信。就像相信未来的所有日子里总会出现“既无怨恨，也无屈辱”的一天。

赭灰色的山寸草不生四面环绕，深蓝的湖波澜不惊安之若素。如此，喧闹的人声便显得过分，叫喊和大笑看上去夸张得有些放肆，甚至可憎。然而你也没有理由去阻止那些叫喊和大笑，正如他们也并没有嘲笑你的沉默和不合时宜的忧伤。我们互不相识，都是天池边的匆匆过客，虽然个个满腹心事，却决然不会交谈半句，更不会互为敌人，互设陷阱。有一阵子，我盯着两个年老的人看了许久，男的腿脚不好，拄着拐杖，很费力地上到山顶，又很费力地下到山腰，女的一直搀扶着，双眼只是紧盯着老伴的两只脚，顾不上抬头看一眼天池。终于，他们在山腰站定了，安静地站定了，两双眼睛同时朝天池看过去，看过去，谁也不说话，也不拍照。站了那么久，那么久，我已经走了好远了，回过头去，他们还站在那里，一动不动。我的心里有个地方动了一下，觉得也许只有他们是真正懂得天池的。

车往山下走的时候，佟师傅指着路边的一块石碑告诉我，那是一个人的纪念碑。哪一年，佟师傅也不记得了，只说是一个冬天，暴风雪，风过雪止后，发现了他的遗体，他从山顶的气象站，下到了那里并且躺下了，虽然那么冷那么硬，他还是躺下了，躺下了，那里就长出了一块石头，石头做成了纪念碑，再大的暴风雪也挪不动它了。因为没有下车，并不知道碑上是否有他的名字，回来以后我查了许多资料，都没有找到任何关于他的消息，他肯定有一个名字，但是那个名字消失在遥远的一场长白山的暴风雪里，消失在遥远的无尽头的时间里。转过身去，透过车窗，看见山顶上气象站依然很有力地站在那里，不远处边防哨所的外边，绿军衣的士兵们出出进进，看不清他们的眼睛，因此无法看清他们的想法，看不清便只能猜想：他们也许见到过最美的天池？

凭吊一个消失了的国家

从敦化去往牡丹江的路上，我们看了镜泊湖。坐着快艇，在中国最大的熔岩堰塞湖里游览并不能给人带来多少激动，因为并不了解这个“最大”的真正意义，对于“堰塞”这个词也完全陌生。现在知道，所谓堰塞湖，指的是由于火山熔岩堵塞河道而形成的湖泊，对于地理学家来说，镜泊湖具有震撼性的魅力，于一个不具有地理知识的观光客，仅止于浮光掠影地暂时满足一下视觉的审美需求。事实上，那些绿树丛中时时露出的红瓦白墙翘角飞檐，又使这种审美的满足大打折扣。我们匆匆上岸，迅速离开。

在去往镜泊湖的途中以及在镜泊湖的快艇里，我一直心绪不宁，这也多少减弱了我对镜泊湖的好感。昨天晚上给家里打电话，听见湘子在咳嗽，一声又一声，父亲说已经有好几天，吃了药，也吃了各种各样的单方，黑母鸡的胆吃了两个，还是不见好，整夜地咳，从天黑咳到天明。我一直觉得偏方不能随便吃，生吃黑母鸡的胆更是我强烈反对的，为此我在电话里和母亲起了争执，母亲说，你要不放心，就不要给我们带了，领回去。我握着听筒沉默了，之后，听见母亲在叫湘子过来，叫了三声，湘子并不过来，以哭声拒绝，哭声中依然听得见咳嗽。父亲再次接过听筒，说湘子不愿听我的电话，我出行以来，她一直不听我的电话，父亲认为湘子是记住了她上幼儿园的第一天，我在门外边看她，她在门里边大哭，我却并不进去。她一定在心里给我定了罪，并以不听电话这种方式对我进行惩罚。

站在渤海国的遗址之上，放眼四望，只有杂草遍地，伴着城墙根悄然生长的不知名的野花看上去卑怯而孱弱。一千多年过去，觉不到丝毫渤海居民的气息，应当也有我这样的父亲，应当也有湘子那样的孩子，应当也有孩子对父亲的天真而任性的惩罚。一个存在了 229 年的国家，一定滋生了许多家庭，家家户户，曾经在这里生活，很难揣测是否有些家庭有些人是“既无怨恨，也无屈辱”地生活，从简短的介绍资料里可以看出，那是一个阴谋、杀戮、逃亡的时代，一个国家在血腥弥漫的北方平原上摇摆着站起来，又在阴风惨淡的王位之争中迅速衰颓，最终在外族的铿锵铁蹄下土崩瓦解。王被擒，民遭徙，国，一夜间烟消云散，仅余残砖累累，荒草萋萋，千年之后任人凭吊。

虽是初秋，北方的风却已有了肃杀的寒。

一个人和两个人

杨子荣，有这么大一个纪念馆，颇觉意外。纪念馆依山而建，看上去像是嵌在山体里。出纪念馆，拾级而上，上到山顶，有烈士纪念碑，碑后是杨子荣的墓。31岁的杨子荣，安静地躺在那里，长年俯瞰着一座叫做海林的城市，城市的四周，林海茫茫，无边无际。

他想过要回家吗？山东牟平嵎岬河村的那个家。没有人问过他，他也来不及告诉任何人。

两个女人，却一直在等他，等到死。

两个女人，一个叫宋学芝，一个叫许万亮。

据说，杨子荣下葬的那天，北风呜咽，雪花纷飞，海林镇数以千计的军民胸佩白花，手擎纸烛，为英雄送行。几乎与此同时，在胶东半岛东部一个叫做嵎岬河村的村庄里，宋学芝和许万亮被人叫到村公所，接受村干部的盘问，起因是有人在东北看见了杨宗贵，目击者言“穿个黑棉袄子，戴着个貂皮帽子，又抢又杀的”，指认杨宗贵从八路里开了小差，当了土匪。

杨宗贵就是杨子荣。宋学芝是杨宗贵的母亲，许万亮是杨宗贵的媳妇。

两个女人从来就不相信杨宗贵会当土匪。

纪念馆里关于宋学芝和许万亮的介绍少而又少，两个活得屈辱不堪的女人被一个和他们息息相关的男人完全遮蔽，然而透过这厚厚的幕障一般的遮蔽，两个女人的信念之光竟是如此强烈，在那一刻照亮了我晦暗的心灵，让我陡然生出敬畏。

村里的代耕停了。属于军属的一切待遇都停了。如果这样还不足以击倒两个女人，那么来自心的最深处日日夜夜与灵魂纠缠的那些字眼，比如“叛徒”，比如“土匪”，加上身边随时出现的白眼和唾沫，该是怎样地鞭笞着她们瘦弱的躯体。1952 年秋天，许万亮先走了，带着无尽的遗憾走了，也把无尽的期待留给了婆婆宋学芝，期待婆婆能找到真相。

上区、上县、上地区，据说宋学芝“要儿子”要了几百次，一直到 1966 年含恨去世。那时候，随着长篇小说《林海雪原》和现代京剧《智取威虎山》相继问世，杨子荣的名字已经妇孺皆知。临终前，宋学芝曾对大儿子杨宗福说：“匣子里老说杨子荣杨子荣的，是不是俺家宗贵？他的字不是叫子荣吗？”

老太太预言成真，七年之后，经多方调查取证，终于认定，杨子荣就是杨宗贵。虽然真相来得太晚，两个女人生前的屈辱已经无法消除，可是毕竟还是来了，她们地下的灵魂终于可以安妥。

站在杨子荣的墓前，我的后怕让自己害怕：万一真相一直没有找到呢？据说最终能够确认，归功于一位画家手中的一张杨子荣的照片。照片是《林海雪原》的作者曲波请日本朋友从 1946 年 10 月团里的战斗模范合影照片上单独翻拍下来的，曲波请画家依照照片给他的外文版《林海雪原》画插图。这是多么偶然的一张照片。

我还有一种后怕：如果两个女人犹疑、动摇了呢？她们到底凭着什么认为自己的儿子和自己的男人一定不会做土匪？如果她们向屈辱妥协，中途退场，不再上访，不再“要儿子”，不在当地民政部门造成影响留下印象，调查组的人只怕很难“灵感突现”，把杨宗贵和杨子荣想到一起。

好在，我的后怕仅仅只是后怕，事实的真相已经昭然，活着时的屈辱死了之后已然被消除。

只是，世间所有的真相都能恢复真相吗？命运里所有的屈辱都能得到消除吗？

死亡的一种方式

喝了不少酒，说散散步吧，就走，走到一片广场。

凡城市都有广场，大城市有大广场，小城市有小广场，有时候，小城市也有大广场，大得超过了大城市的广场。牡丹江的广场不知要算大还是要算小，天黑着，人醉着，很多事很多物都似是而非。只看见人多，站在入口放眼望去，人头涌动，汪洋如海。

遍地都是瓷器。陪同我们的张干事说他昨天买了一对花瓶，要价四千二，花了五百。说是景德镇来的，摆了一周了，这两天要收摊，狂甩，跳楼甩，出血甩。看不清卖的人，也看不清买的人，听见大声地说话，一千，八百，五百，三百。看见一个女子搬一个半人高的花瓶往广场外边走，张干事扯我的衣服，扯着我让开那个花瓶，让开那个女子，说她可能只花几百，可是你要撞碎了，她一定开口几千上万。

穿过瓷器和人群，上台阶的时候，看到一个小女孩，学着大人的样子，背着手，跟在父母后边。正是湘子的样子。多看了她几眼，走远了还回过头去看，想去抱一抱，怕小女孩会哭，也怕她的父母不乐意，只是看，不停地转过头去看。

就到了群雕的跟前。八女投江。

天黑着，人醉着，要记住这些名字并非易事。可是我记住了，默念三遍后，我记住了：冷云、胡秀兰、杨贵珍、郭桂琴、黄贵清、李凤善、王惠民、安顺福。把群雕的八个人和八个名字一一对应是件困难的事情，找到了冷云和王惠民之后，我便放弃了这种努力。冷云最大，23 岁，王惠民最小，13 岁，最大的抱着最小的（王惠民被子弹击中），站在最前面。

那时候，深秋的乌斯浑河的水已经刺骨的冷。八个女子手挽着手，走向河的深处，现在是怎样也不能想象八个女子在那个时刻想了些什么，任何揣测都是一种冒犯。她们也许什么都不想，只是赴死，以一种决然的方式集体赴死。她们已经见了太多的死，数百人的妇女团只剩下了她们八个。一个人便有一种死，她们选择的是属于她们的死。13 岁的王惠民左胸中弹，一颗子弹穿透一个孩子的身体，会带来更多的疼痛吗？23 岁的冷云扶住了孩子倒向河里的身体，并把她抱在怀里，像是抱着她自己的孩子，那一刻，她是否想到了自己两个月大的孩子，那个已经失去了父亲也即将失去母亲的孩子？容不得多想了，第二颗子弹击中了冷云的左肩。几秒钟之后，一颗炮弹落在河里，八个女子，消失在怒浪滚滚的乌斯浑河。

看着冷云，看着王惠民，看着八个女子。我看了很久，看着看着，瞬间就有了眼泪。

转身向前，牡丹江在沉沉夜色中默然不语，江的两边明晃晃的灯光照着它亘古不变的容颜。

我们在江畔走了很久。没有人说话。

夜，突然安静了。

在教堂买到了套娃

在俄罗斯小镇就想买。

小镇在哈尔滨太阳岛的边上，小镇不大，也不小，遍地是绿色的草，也有高大的树，树丛中生长一栋栋红色屋顶的木头房子。进到小镇，需要交钱办个俄罗斯的护照，红封皮的护照几乎可以乱真。陪同我们的李总说，住在小镇的大多是俄罗斯的演艺人员，或歌或舞，也有演马戏的，白天休息，也做生意，夜晚参加演出。往前走，看到穿一身大红颜色演出服装的俄罗斯女子在草地上喂鹅，四只雪白的鹅翘首以待，女子低着头，安静地数着自己手中的玉米粒。女子和鹅，都只想着一件事，这样的场景让人觉得安宁。我们的生活常常不能安宁，正是由于我们同时想着许多事，一件又一件，乱麻一般在心里纠缠。

此次出行，经长白山、敦化、牡丹江，现在到了哈尔滨，我觉得自己开始安宁了。这是否意味着，接下来的行程，将会真正享受到旅行的幸福呢？如普里什文那样的幸福："突然，一切变得简单，线条划分也没有必要，豁然开朗。"

在一个木头房子里看到了套娃，许许多多大大小小的套娃，货柜里满满地摆了一层。那么大一套，一套有十多个，上面的烫金画多么好，都是俄罗斯的小姑娘，大眼睛，小嘴巴，双颊粉红，面带微笑，简单而纯净，卖套娃的俄罗斯女子也好，给我们唱歌，唱《军港之夜》，和我们合影，一个一个地合影，笑盈盈地合影。我几乎要买了，那个最大的。

李总说，出去买，这里太贵。

于是出了小镇，看太阳岛。一个岛，名曰太阳，让人心情明亮。太阳岛上看到了无数的松鼠（以至于单独辟出一块，做了“松鼠岛”），看到了五头梅花鹿，但我一直记着套娃，不知道除了俄罗斯小镇哪里还可以买到俄罗斯的套娃。

在索菲娅教堂见到了。哈尔滨的街上常常可以看到教堂，有的张扬拜占庭的建筑风格，有的显示了文艺复兴时期的建筑特点。在这些教堂中，尤以道里区透笼街的圣·索菲娅教堂夺人眼目也摄人心魂。圣·索菲亚教堂，是亚洲远东地区最大的东正教堂，始建于1907年3月，是参与中东铁路建设的沙俄西伯利亚第四步兵师修建的随军教堂。同年，由俄国茶商斯嘉科夫出资，在随军教堂的基础上重新修建了一座全木结构教堂。四年以后，人们又在木墙外部砌上一层砖墙，形成了一座砖木结构的教堂。到1923年，圣·索菲亚教堂进行第二次重建，历时9年，于1932年11月落成。重建后的圣·索菲亚教堂肃穆凝重、宏伟壮观、典雅脱俗，凸显拜占庭风格。据说，上个世纪二三十年代的哈尔滨，每个礼拜日的清晨和黄昏，教堂会骤然响起祈祷的钟声，一声又一声，整个城市笼罩在浓重的宗教气氛中。站在圣·

索菲娅教堂前面的广场上，看见教堂神秘幽深的窗棂，赭红色的砖墙和厚而沉重的大门，而在教堂之上，白色的鸽群飞掠而过。

我羡慕住在这个城市的人们。

教堂的门口，有许多俄罗斯套娃。问了价，和俄罗斯小镇的差不多，李总不再阻拦我，帮我挑选了一套。想象湘子见到之后的欣喜，也要把那个听来的传说讲给她：千年以前，一个小男孩在放羊的时候走失了可爱的小妹，他非常想念妹妹，就刻了一个，每天带在身上。过了几年，他想妹妹应该长大了一些，于是又刻了一个木头娃娃，就这样一直过了几十年，小男孩成了英俊小伙子，身边一直带着自己刻的木头娃娃，他把这些一个比一个大的娃娃一个套着一个，思念的时候一个一个地打开来看。

我也打开，一个一个地看，最小的只有指头那么大了，放在掌心，仿佛握住了整个世界的静谧和安详。

五大连池的猴子与毛驴

从北饮泉出来，就看到了它。穿着花的类似于马甲的衣服，趴在中年男人的肩头。右手举过头顶，左手环绕着中年男人的后脑勺，两个动作有所暗示，至少看到的人是觉得有些意思的。中年男人戴黑边的眼镜，着中山装，脸上是宠辱不惊的笑，浅浅的，似笑非笑。我们看着猴与人，指点，哄笑，吆喝，猴与人看着我们，淡淡地，视若无物，像是一篇散文。

猴子忽然把右手指向木牌，朝我们挤眼睛。照相，十元一次。木牌上的字歪歪扭扭，甲骨文一般。真好玩。有人说。笑声更大了。因为该看的都看完了，这只猴子成为我们五大连池之行一个饶有意味的句号。我们都兴致勃勃。有人去问这猴子的年龄，从哪里来，如何调教成这样，中年男人一概不答。后来，看我们不照相，猴子不陪我们玩了，从中年男人的肩头跳下来，躲到一边嗑瓜子。有人骂它势利，也不知猴子听懂没有。中年男人一定听懂了，但并无反应，和先前一样淡淡地坐着，看我们，似看非看。我们也觉得意思尽了，都走，到前边去买火山石，没有谁回头看一眼那只猴子。

后来的路上，我们谁也没有说到那只猴子。我也只是现在，写到五大连池，突然想起了它。那些景象奇特的火山地貌我印象寥寥，唯独想起了北饮泉的那只猴子。

还有一头毛驴。早上散步时，出了疗养院，就看到了它。像一个早起的孩子，它慢悠悠地走在晨光里。我走到跟前时，它抬眼看了一下我，懒懒的，很快又把眼皮耷拉着。驴车停下来，驴车上的老汉跳到地上，就有人围过来，买豆腐。我猜测，老汉姓王，外号王毛驴。还在哈尔滨，有人就给我们推荐王毛驴，说到了五大连池，一定要吃"王毛驴豆腐"家的豆腐。我们也有这个打算，准备当天的午餐就去"王毛驴豆腐"。

我也想，这毛驴是否是周二的毛驴，那老汉是否就是周二？一直记得迟子建在《世界上所有的夜晚》里写到的周二和周二的驴车。那个年轻的穿黑色衣服的女人，深爱着做魔术师的丈夫，魔术师却在一个深夜演出归来的路上遭遇车祸。怀着巨大的心痛，她一个人走向远方，因为一场意外的山体滑坡，不得不在一个叫做乌塘的小镇滞留，并落脚于周二家的豆腐店。在乌塘的几个夜晚，她目睹并亲历了小镇上不断出现的怪事，悬疑而惊险，阴冷且恐怖，这其间，只有周二一家和周二家的毛驴，始终散发着温情的光芒，使阅读者和那个年轻女人一起，终于发现世界上所有的夜晚最终都将抵达光明和安静。“唯美而诗性的细节，犹如仪式。一个人的黑夜融进了‘世界上所有的夜晚’；一个人的苦难，在民间日久天长的哀恸中，最终淬炼成向死而生的力量。”（华文 2005 年度最佳获奖小说评语）

我固执地如是揣测：迟子建就是那个年轻的女人，乌塘就是五大连池，周二就是王毛驴。“不过，草包（驴的名字）倒不像头要偷懒的驴，它并不东张希望，只是步态有些踉跄。它不是年纪大了，就是在此之前干了其他的活儿而累着了。在一个陌生的地方，我喜欢这种慢条斯理的前行节奏，这样我能够更细致地打量它的风貌。”

“草包”，一定就是我在五大连池的早上看到的那头毛驴。

北大荒的友情

从五大连池去往嫩江的路上，我和可威一直打电话，或者发短信。北大荒，是此次行旅临时增加的一个点，我只能求助于可威。对于友情，我向来是消极且迟钝的，缺乏营建友情的热心，也缺乏维持友情的耐心，因此我的朋友不多，也常常懊悔，那么多值得维系的友情水一样地流失了，消失在时间的远处。和可威打电话之前，我因此是犹疑不决的，毕竟我们只有基于文字的简单而短暂的交流。

可威在去往农场的路上等我们。

秋天的北大荒袒露出最辽阔的真实。庄稼都被收割，只有泥土，漫无边际地铺向遥远的天边。绿色早已消失，白色还未展开，大地呈现本质的黑，世界沉默无比。我惊讶于这巨大的黑和巨大的沉默。

我也惊讶于可威的友情。

她把一切安排得那么好。

可威的生活里有过很痛的时光，我虽所知不多，但听朋友们隐约说起过。我敬重那些孤独却坚忍地扛起生命之痛的女人。有些痛，只属于女人，男人永远只能旁观，男人旁观的时候甚至会想：她行吗？想伸出一只手，却发现是无力的，女人的痛终究只能女人自己去承担，去忍受，去渡过。

在北大荒，我和可威没有说起过这些话。她甚至一句也没有和我说到她曾经经历和正在经历的痛。她细心地给我们安排每一个参观的农场，七星泡、嫩江、鹤山、大西江，其间还有自来水厂、亚麻厂、学校，她和每个地方联系好，我们便一处接一处地往下走。晚上，歇下来时，她也没有空，匆匆走了，要组织局里的文艺汇演。

穿行在北大荒的秋天里，我沉默着接受一份友情的洗礼。

离开前，喝酒的时候，可威给我们唱了一首歌，《北大荒人的歌》。现在想起来，我和可威几乎没有说过什么话，存在记忆里的，是她唱歌时的样子：自豪，而且自信，仿佛生活从来就是那个样子，应该就是那个样子。

清晨的加格达奇

加格达奇，鄂伦春语，意为“樟子松的故乡”，地处黑龙江省西北部、大兴安岭山脉的东南坡，在内蒙古自治区鄂伦春自治旗境内。

出行的这些日子，每天早上四点准时醒来，这让我从东往北的路上看到了每个地方清晨的景象。在长白山里，我看见太阳从白桦树丛的后面倏然出现，阳光穿透林中的雾，由柔和而略带寒意的橙色逐渐变化成温暖刚硬的金黄色，白桦树的树梢闪耀着金色的纯净的光；在哈尔滨，松花江畔，我看见一条河从梦里惊醒，跳动着流向远方，河流的最深处，依然回响着一支歌，悲壮而辽阔；在五大连池，我看到的你也看到了，那只慢悠悠的王毛驴的毛驴……

加格达奇的清晨过于安静，静到心里生出一些冷。下起了小雨，雾一样，看不到雨滴，只是觉到了湿润。雨雾中，加格达奇火车站看上去有些模糊，窗户透出的橘黄的光，是守夜人彻夜亮着的灯盏。没有人进去，也没有人出来，火车还在远处的森林里穿行，那些火车上的人，是否已经醒来？我的旅行经历中，极少在黑夜或者凌晨抵达一个车站，因此我很想推开那扇吱呀作响的门，摇醒伏在桌子上披着军大衣的守夜人，把车票递给他，然后走进站台，等待火车的出现。同时，会想起普里什文关于北国之夜的私语："这夜是无辜的，也是无形的，它们笼罩在大地上，它们是彼岸的梦境。"

离开火车站，拐过两条马路，是加格达奇的步行街：嫩源商业街。步行街上只有白帽子、白口罩和橙红色马甲的清洁女工，她弯腰在街边扫起一堆纸屑。我远远地给她拍照，她并不抬头，专心致志地扫地，成为一条街上最清晰的形象。从镜头里看过去，她的身后，整整一条街，纸屑、垃圾袋，遍地都是。她要扫到何时？她却并不急，一下一下地，很有节奏地动作。

步行街的尽头，是很大的广场：新世纪广场。站在广场上，忽然看见匆忙的人流，迅速地移动，但是静默着无声地移动，我四处环顾，有些无来由的恐惧。这样早的早晨，除了清洁女工再没有看见人，却突然出现这样一个幽灵群落一般的人流。男男女女，都朝着一个方向，广场东南角的一栋大楼，却又不进大楼的正门，鬼魅般移动的身形一个个急速消失在大楼西边的一扇小门里。我想走得近一些，或者索性跟在他们身后，走进去，但是我无法动弹。几分钟之后，人流消失了，加格达奇的大街上，除了我和那个清洁女工，依然看不到其他人。是我的幻觉，还是加格达奇的真实？这是我一直未解的谜。

如果多停留一晚，我一定会明白真相。可是我只能离开，早餐之后，就要离开，去往更北的北方。一个城市，就这样告别，以模糊的清晨景象和真相不明的悬疑告别。有些伤感，因为极有可能这是一生中与一个城市唯一的相遇，相遇即是离开，离开才是宿命的结局。

林中的水声

如果足够安静，可以听见林中水滴坠落的声音。

在塔河的林子里行走，人是完全可以安静下来的。

第一场雪在中秋节之前悄然降临。一早起来，拉开窗帘，就看到了屋顶上的白，远处的山上，昨天傍晚时分一片青绿的森林，现在蒙上辽远的朦胧的白，如烟如雾，似梦似幻。雪下得不大，因此街道上留不住，只是漫了一层清清的水，路边苍翠的矮松上倒是裹了一团团的雪，短而粗的枝条伸出来，毛茸茸的，像是松鼠的尾巴。街道上空无一人，远远看去，清澈、高远、沉静，整个城市都在白雪包裹的梦境里。

太阳出来的时候，我们到了试验站。试验站在县城边缘，是我军坦克、装甲车进行高寒试验的地方。围墙圈起来，一个很大的院子。六个人，四条狗。站长、中校颜世银入伍二十三年，一直在塔河，山东的老家如今什么样子已经记忆模糊，塔河的山山水水却了然于胸，甚至县城的哪条街上新盖了一栋楼，他也明明白白。四条狗在院子的一角突然一齐叫唤，整个院子热闹非凡。颜走过去，做了一个手势，嘴也动了一下，不知说了什么，狗们安静下来，都抬起头伸着脖子看着他。每条狗都有一个木房子，像是这里常常见到的叫做“木刻楞”的俄罗斯风格的民居，只是按比例缩小了。颜给我们讲每条狗的成长故事和英雄事迹，仿佛那也是他的兵，他把它们的一切都记在心里。颜在讲的时候，四条狗趴在地上，一动不动，似乎都听懂了。一个人，在这里守了二十三年，狗和他，灵魂早就相通了。

试验站的靶场设在县城外的林子里，现在没有任务，看不见坦克和装甲车，颜说，得到最冷的时候，“冻得冒烟的时候”，几十上百辆坦克、装甲车排着长队进入林中，“那阵势，惊心动魄”。任务持续两个月左右，试验站的任务就是保障几百号试验人员的生活，六个人保障几百人，几乎没有睡觉的时间。颜说，我们还是喜欢有任务的时候，那时候热闹，不孤独，也不想家。

说这话的时候，我们已经听到了林中的水声。像是在远处，有时又近了，很细很碎，很轻很软，一波接过一波，一阵盖过一阵。从四周向中心漫溢，从中心向四周荡开，无始无终。我们都不说话了，脚步也轻了，感觉到了一种神秘的力量。停下来，仰头，会看见高高的白桦树的顶端，一滴水离开树叶，从白而亮的阳光里穿行，往下，往下，坠到另一片树叶，柔软而潮湿的白桦的叶子接纳了高空的水滴，听见很响的一声从人的心底迸出。什么东西碎了，什么东西亮了。

那些死去的树

漠河县往北极村的路上，我们在一片白桦林边上停下来。林子吸引我们的，首先是那么一大片浩浩荡荡的金黄。阳光那么灿烂，随心所欲地在树丛的上空铺洒，眼前呈现庄严而辉煌的景象。这景象只属于北国的秋天。这景象并不逊于任何其他季节的景象。北国的风从远方吹来，摇动满树的金黄，树叶纷纷飘落，在白色的树干的空隙里飞旋、舞动，一片树叶便是一支秋天的歌，一片树叶便是一首秋天的诗。

任何一片林子，却总有死去的树。

长白山的林子里有，牡丹江畔的林子里有，加格达奇的林子里有，塔河的林子里也有。各种各样叫不上名字的老去的树，干枯、焦黑、树皮脱落、树心腐蚀，或立或躺，成为林子里最刺目的景象。普里什文说："这北国的大自然之所以令人激动，也令人忧愁，就因为其中老朽、近乎于绝命的死亡站立在绿色的青春面前，在与死亡窃窃私语。于是，它们谁也逃离不了谁。"

那些立着的，从身形，你可以感受到它们生前的威武与荣光，枝杈纵横，树干高耸，依然以睥睨一切的眼神看着那些活着的树，仿佛只有它们，才最有资格去接近云接近天。死了，也有这样的姿态，真是让人吃惊。那些躺着的，更像是活着的树们阳光下的影子。影子倒在那里，融入大地，灵魂则向死而生，长成另一株。人也可以这样吗？影子是另一个自己，影子是那个有怨恨也有屈辱的生命，影子之上，则立着一个没有怨恨也没有屈辱的生命？

在漠河，白桦林边，面对活着的树和死去的树，我郑重地拍下了自己的影子：那么瘦，那么长，仿佛根本不是我。

柔软的角落

一

一九四五年三月，不到十六岁的安妮在贝尔根—贝尔森集中营去世。贝尔根—贝尔森集中营位于德国汉诺威附近一个名叫贝尔森的小镇上，自一九四零年建立至一九四五年解放，曾有约十二万人被囚禁在这里。一九四五年四月十五日，英军解放贝尔根—贝尔森集中营时，发现了约六万具尸体，大多死于饥饿和疾病。安妮便在其中。

安妮是一九四四年八月四日被抓走的。那时候，她十五岁的生日刚刚过去两个月。生日的那天，她得到了很多礼物：爸爸妈妈送了施普林格的五卷本《艺术史》、一套内衣、两条腰带、一块手帕、两瓶酸奶、一罐果酱、一块姜汁饼、一本植物学的书，姐姐玛戈送了一副手镯，范·丹夫妇送的是一本书，医生杜瑟尔送了麦芽精，米普和艾莉送的是糖果和练习簿，克拉勒送的是一本名为《玛丽亚·特蕾西娅》的书以及三片全脂乳酪。小伙子彼得，范丹夫妇的儿子，竟然搞到一束美丽的芍药花。

酸奶、果酱、姜汁饼、麦芽精、糖果和全脂乳酪，大概都吃完了，内衣、腰带、手帕呢，应该都在安妮的身上了，那些“后屋”里的人们所能奉献的最奢侈最宝贵的礼物，她如何舍得丢弃。书大约带不走了，练习簿也只能留下，盖世太保对“后屋”抢掠一空之后，它们必定散落一地，被它们掩盖和保护的，有安妮的日记：一九四二年六月十二日开始，一九四四年八月一日结束。战争结束后，唯一生还的父亲整理、誊写了这些日记，于一九四七年在荷兰公开出版。日记很快被译成多种语言，在世界各国发行，全球的发行量达三千万册。六十年之后，我也读到了它，《安妮日记》。六十多年前，那些日记都记在一个本子上，那个本子也是生日礼物，全家人躲进“后屋”的前一个月，父亲送给安妮十三岁生日的“最漂亮的礼物”。

芍药花一定已经枯萎，但是依然被插放在花瓶里，坚贞而倔犟地挺直着，仿佛青春和爱情。虽然彼得身上有许多东西使安妮失望，比如“性格还不够稳健”，也“缺乏干劲、勇气和力量”，但是他“可爱、心眼好”，并且“为人谦和，能容人，好说话”，他“努力做到凡事有条有理”，尤其重要的，“彼得和我，我们俩在后屋度过了我们思考的岁月；我们谈论过去、现在和将来”，“彼得打动了我，我还从来没被如此深切地打动过，除了在梦中！彼得抓住了我的心，把我内心的东西都翻了出来。”爱情像是野性的小兽，已经不可阻挡，也不想阻挡。虽然父亲一再地警告安妮要小心，不要太认真，虽然，安妮也对自己感到害怕，怕由于自己的渴望会太快地委身，那将给以后和别的男青年相处造成麻烦，可是，除了爱情，还有什么能更好地让人飞翔，在暗无天日且空间狭小的洞穴一般的“后屋”里，幸福而安宁地飞翔?

他向她走去，她用手抱住他的脖子，吻他的左脸颊。当她也想亲吻一下他的右脸颊时，她的嘴唇碰到了他的嘴唇。他们感到一阵狂喜，紧紧地拥抱在一起，再来一次，再来一次，“永远不要停止!”谁也不能让两个真正相爱的人停止爱情，就像谁也不能让一颗享受飞翔的灵魂停止飞翔，哪怕是在洞穴一般的“后屋”里。

除非翅膀被折断。

是的，翅膀被折断。芍药花零落成泥。爱情随风而逝。青春成了一缕轻烟。因为，生命也即将消失。一九四四年八月四日，穿绿衣的盖世太保们根据密报，找到了“后屋”，逮捕了所有隐藏的人，父亲、母亲、姐姐玛戈、范·丹夫妇和他们的儿子彼得、医生杜瑟尔以及一直为“后屋”作保障和掩护的克拉勒和科弗斯。有的被送往德国的集中营，有的留在了荷兰的集中营，道路不同，方向一致：黑色的死亡的幽灵早已张开硕大而闪亮的鬼眼，盯上了他们。不止是他们，是所有的犹太人。

二

自一九四四年八月被逮捕至一九四五年三月去世，安妮在纳粹集中营里度过了生命里最后的时光。因为再也没有留下如“后屋”岁月那样的日记，我们无从猜想安妮最后的生活。可是，也用不着猜想。那里的生活千篇一律，要么死亡，要么接近死亡。

贝尔根—贝尔森集中营的生活场景被摄影师记录下来：有雾的清晨，女囚犯们赤着双脚踯躅在集中营的水池边，说是水池，其实是凹凸不平的烂泥地上的形状不一的水坑，有的大一些，有的小一些，她们俯下身子，让污浊的水模糊不堪地照出她们的容颜，她们也把水捧起来抹到自己的脸上，使布满尘垢的脸看上去略显光洁。远处，高耸的烟囱经年不息地喷吐着灰白而沉重的浓烟，那烟里有无数死去的人的灵魂，那些灵魂在喘息，在困惑，在挣扎，每天，都有一些灵魂要加入那烟里，今天还在这头，明天就到了那头。

我的目光长久地停在那张照片上，感觉安妮就在其中，或者，就是那个以水为镜的女子，或者，就是那个捧水洗脸的女子，或者，就是那个呆立着的包着黑色头巾的背影，面朝烟囱，沉思不语。她定然想起了“后屋”中的时光，和“后屋”中的人们。

“后屋”是父亲公司大楼里几乎从来不用也少有人知道的几间空房子，狭小且完全封闭，仿佛早已做好的一个洞穴，一直在等他们——这些无处安身的犹太人。

这个民族的人民，是人类的心口一道永恒的伤，什么时候想起，都会骨头作痛血液冰凉。安妮本来安住在德国的法兰克福，父亲奥托·弗兰克是个生意人，家里还有母亲和姐姐玛戈，一家人过得富裕、安宁。希特勒上台后，疯狂迫害犹太人，下令取消犹太人的国籍。苦难开始了，好时光一去不复返。“犹太人必须佩戴有一颗星星的标志，必须交出自行车，不许再使用电动交通工具，汽车就更不用说了。犹太人只许在三点到五点之间——而且在犹太商店——买东西。晚上八点后他们不许再在街上行走，在这以后也不许出现在花园里或阳台上……”

他们只好逃亡，远远地逃离噩梦般的故乡，逃到荷兰，阿姆斯特丹。

父亲在新的地方继续成功地做生意，当了特拉维斯股份公司的经理。安妮则进了犹太文科中学，在那里，她先认识了莉丝和桑妮，并成为最要好的朋友，后来又认识了约皮·范·德瓦尔，并且也成了最要好的朋友。她还想和彼得·魏色尔结婚，这一点，她隐瞒着没有告诉母亲。可是后来，哈里爱上了她，他总是陪她一起去学校，哈里还见着了父亲和母亲，母亲非常喜爱他，觉得小伙子是一个英俊的少年，而且非常和蔼可亲、很有教养，虽然安妮并不觉得自己爱上了哈里，但也“觉得这么换换口味挺好”。更好玩的是，年老的数学教师，开普勒先生，命令安妮，必须以“一个多嘴婆”为题写一篇作文，她飞快地一句接一句写满了指定的三页纸，骄傲地宣称：多嘴是女人的本能，这让开普勒先生开怀大笑，并且布置了另一篇作文“无可救药的多嘴婆”。

看上去，一切都很好。

可是，洞穴一样的“后屋”在那里候着。

贝尔根—贝尔森集中营也在那里候着。

三

在我的阅读史上，从来没有这样奇怪的感觉：强迫自己慢下来，慢下来，慢到一天只读一篇，慢到书页翻动的时候迟缓而滞重，因为我知道，多读一篇，离安妮被逮捕的日子就近了一天，多翻一页，安妮在世上的时光就少了一些。这样一种揪着心的阅读常常让人呼吸艰难。朋友说，这本书放在他的书架上有几年之久了，却一直不敢打开，只是经常长久地看着书封上安妮那张纯美无瑕的脸。现在我理解他了：这样的阅读让人生出对于人类和人性的深渊般的绝望。

可是，我也庆幸自己有勇气打开了它。因为在绝望之外，我也感受到了一颗敏锐而善感的灵魂怎样在密闭的洞穴里无羁地飞翔。

据说，蝙蝠是唯一真正能够飞翔的兽类。它们虽然没有鸟类那样的羽毛和翅膀，飞行本领也比鸟类差得多，可是在暗黑窄小的洞穴，比如山洞、缝隙或地洞，蝙蝠远比鸟类游刃有余。一方面，这得益于蝙蝠独特的飞行器官——翼手，其前肢十分发达，上臂、前臂、掌骨、指骨都特别长，并由它们支撑起一层薄而多毛的，从指骨末端至肱骨、体侧、后肢及尾巴之间的柔软而坚韧的皮膜。更重要的，蝙蝠身上具有独特的回声定位系统，借助这一系统，它们能在完全黑暗的环境中飞行和捕捉食物，在大量干扰下运用回声定位，在空中盘旋自如，甚至还能运用灵巧的曲线飞行，不断变化发出超声波的方向。

阅读过程中，我一再地想到蝙蝠这个形象，并且常常出现幻觉，看到它，通身雪白，冰清玉洁，袅娜多姿，翩翩而来。是的，这是一只雪白的蝙蝠，蝙蝠里的精灵，古人也叫它仙鼠。相传有一种蝙蝠，它们生活在钟乳洞里，因为能够喝到洞里的水得到长生，千年之后它们的身体颜色也有了巨大的变化，从原来的通体透黑变成了通身雪白，得名为仙鼠。

看上去，一切都是那么糟。空气那么少，欢笑也那么少。厕所漏水，水龙头也被拧坏了。杜瑟尔医生总是和范·丹夫妇在生气，医生谈到范·丹太太，只说“蠢牛”或“老笨蛋”，范·丹太太呢，管这位总是自以为是的先生叫“老处女”或“四肢僵硬的老光棍”，说他老是踩别人的脚。洞穴里，除了抱怨和不满，看不见别的，“只有叹息和压抑着的哀怨”。杜瑟尔医生也常常争抢安妮读书写日记的桌子，范·丹太太却总是指责安妮做得不够“淑女”，即使是母亲，也从来不把安妮当作可以谈心的朋友，只是一味地训斥。就连父亲，也在误解她，“他总是像对一个孩子似的那样和我谈话，以为我也只有孩子的问题”。

最糟糕的是，小偷们三番五次地光临，并且无限接近了“后屋”，有一次甚至引导警察也靠近了“后屋”的入口。随时都将被发现。随时都将被带走。恐惧成为冰冷的镣铐。男人们只好不停地抽烟，不时地长叹，女人们则靠在一起，相互感觉彼此身体的颤抖。“我们将被黑暗包围，盼望得到解放的愿望业已破灭，大家挤成一团。我们看见下面的人们互相厮杀。”

可是，对于仙鼠，这蝙蝠中的精灵，虽然暗黑虽然密闭，飞翔的姿态看起来也是美丽动人。

“上帝没有抛弃我，以后也不会抛弃我。”安妮看见“后屋”里的光，那光虽然微弱，却足够照亮浓黑的暗夜。“当我今天早晨坐在窗前时，我突然意识到这一点，我指的是内心的认识。当我向外眺望时，感受到上帝就在大自然深处，此刻我感到幸福，除了幸福没有其他感觉……只要你能毫无畏惧地仰望上天，只要你知道，你的心灵是纯洁的，幸福总与你同在。”

四

和爱情一道，理想、梦幻和希望，成为支持安妮飞翔的“翼手”。

虽然情况那么糟而且越来越糟，安妮却从来没有放弃她的理想、梦幻和希望，尽管它们“显得荒诞”，看上去几乎没有实现的可能。“我看到，世界怎样慢慢地越来越变成沙漠；我听见越来越强的滚滚雷鸣，它也会把我们消灭；我同样感受到千百万人的苦难。”这并非不识愁滋味的少年强赋新词，灾难那么具体那么切近，被抓走的人的哭泣声和脚步声正在洞穴的附近回响而且久久不能停息，飞机的轰鸣和炸弹的巨响也清晰可闻，更要命的，是洞穴里的安全随时会遭到破坏，绿衣警察会在任何一天的任何时刻突然出现，略显兴奋地高声宣布：“你们被逮捕了。”

“然而，假如我仰望天空，我就想，一切都将会变好的，这种苦难也必定会有尽头，和平与安宁将重新降临世界。在此期间，我必须维护我的理想；它们也许还可以在未来实现。”我们看得到她的理想：成为女记者，以后再当著名作家。而这仅仅只是一个方面，她更想做的是成为一个女人，一个“有内在力量和许多勇气的女人”。“我知道我想干什么，我有一个目标，一种见解，一个信仰和一种爱。”她完全有理由维护她的理想，如果苦难真的会有尽头。

可是，她终于等不到苦难结束的那一天。摄影师的记录给了我们想象的根据：安妮，或者死于饥饿，或者死于伤寒。照片上，拥挤不堪的妇女和儿童大部分因为饥饿或者伤寒已经奄奄待毙，她们或坐或卧，个个形销骨立，个个目光呆滞，个个身上披着死亡的黑色大氅。只有一个例外，她躺在地上，身体舒展着，面部带着笑，双眸热烈地投向镜头，似乎仰望天空。我很迅速地捕捉到了她。我怀疑她是安妮，虽然这完全没有根据。看得久了，我对自己的直觉越来越自信：她一定是安妮，那只洞穴里飞翔自如的白色精灵，那个内心时时有着理想、梦幻和希望的“有内在力量和许多勇气的女人”。她也许马上就要死了，她的身体即将被拉走，扔进万人坑，或者投进焚尸炉，可是只要还活着，她就永远希望着，梦想着，不悲伤，不沮丧，不放弃。

摄影师的另外几张照片展示的是尸体堆积在贝尔根—贝尔森集中营的情景。赤裸的尸体们被杂乱无章地高高码起，持枪的人却依然百般警惕，枪杆紧握，面色凝重，不敢大意的收尸人则在尸体的空隙来回穿梭，以防还有活人存在。如果没有化作浓烟，那么，安妮的身体一定在那些尸体的中间。无法辨认了，不如前面两张照片，不要证据也可以凭借直觉进行认定，可是这些面目模糊的尸体，看上去如此相似。真的无法辨认，辨认出那张纯洁无瑕的脸。

唯一可以辨认出来的，是一个灵魂，一个终生怀抱信仰怀抱爱怀抱希望的灵魂，一个宛如仙鼠在洞穴里从容飞翔的灵魂。

“我想死后还能继续活下去。”这个年轻而纯洁的灵魂，在荷兰阿姆斯特丹一座建筑物的“后屋”里，在德国汉诺威附近的贝尔根—贝尔森集中营里，常常面对自己的内心，喃喃自语。

而她，确实做到了。她活在整个世界整个人类最柔软的那个角落，有她在，人类寒冷的时候会看见篝火，有她在，人类沮丧的时候会看见星光，有她在，人类绝望的时候会看见朝阳。

着长衫的人

着长衫的人，有两个，一个叫韦尔乔，一个叫人邻。韦尔乔作画，在“公费化验报告单”上，在“X线检查报告单”上，在“病程记录”上，在“超声波检查申请单”上，在“公挂住院处方笺”上，在“自费住院专用处方笺”上，他在它们的背面画着长衫的人。人邻写字，写着长衫的人，写他“苦磨一根尘世的针”，写他“灰烬一样，没一点烟火气”的身形，写他“在荒野里孤独行走”，写他“要么死亡，要么顺从；要么高大的砌在风中”。

着长衫的人，总在做着一个幽幽的梦。在梦里，他看见时光缓慢，缓慢得如同他自己的内心。他也看见了花和落果，花在墙头固执地开着，果子突然落到地上，有声音从泥土的最深处发出，时光有些摇晃。他还看见了野地，和野地上空的月亮。他坐在空荡荡地等着他的椅子上，把什么都看见了。

我只允许自己在午后看这些画和这些文字。我不敢在夜晚临睡的时候打开这本奇异的书。我害怕自己太久地进入这着长衫的两个人的幽梦，那样当我清晨醒来的时候我会恐惧白天，白天的太阳和白天的风。午后的时间如此短暂，我还没有入梦，就将醒来，这让我来不及为即刻就要出现的现实生出恐慌。

着长衫的人，常常叹息时光的流逝和水的流逝，和内心一些柔软之物的流逝。他站在看上去显得荒芜的房间，一片一片地数着橡皮树上的叶片，数过来数过去，似乎总也数不完，又似乎一下子就数完了。到底有多少片呢？人邻说有二十一片，不多也不少。尔乔说，也许你数对了。他说也许，他画的他竟然不能肯定。着长衫的人蹲在那里，看两只蟋蟀打架。人邻却想起了蚂蚁的生活。人邻固执地认为，尔乔看蟋蟀打架的时候，蟋蟀会认真地抬头看尔乔，还要舔舔它那湿润的小嘴巴，尔乔一定会抗议的，蟋蟀就是蟋蟀，打架只是打架，它哪有工夫去理会那个着长衫的人？

我在秋天的每个午后看着这两个着长衫的人因为流逝而苦恼，却觉得有些开心。他们斗气的样子让我常常笑出声来。想笑的时候，我就从床上起来，走出房间，走到南面的阳台上，看见白色的光一点点移出去，直到阳台突然间变得阴暗。阴暗处，才真正看清时光的面目。它流逝了，悄无声息地流逝了，从来不知道有人在为它的流逝而叹息。

着长衫的人，也时时想念一些美好的事物。比如蝌蚪吧。尔乔赤了双足，近一些，更近一些，还要近一些，屏声静气地靠近蝌蚪。人邻觉得尔乔聆听到了蝌蚪发出的声音，美好得让人不能自持的声音。还比如一家人吧。尔乔把一家子五个人画在一只手的五根手指上，握在手里就是住在了心里。人邻的一家子，正好也是五个人，五个人的幸福和欢笑多么美好，甚至五个人的忧伤和凄凉，也因为住在一只手上而显得美好。

我和他们一起感受美好。我依然记得蝌蚪的样子，尽管我很难想起蝌蚪在水里发出的声音。我的一家，也是五个人。现在，是午后，我在卧室里读书，母亲睡在客厅里的沙发上，父亲带着湘子睡在北面阳台的简易床上，妻子在学校里给孩子们上课。再过几个小时，我们五个人会围坐在餐桌的周围。这多么美好。

着长衫的人，习惯于一个人津津有味地咀嚼。咀嚼些什么呢？迷惘，慈悲，苦难，启示，脆弱，悲凉，疲惫，夜晚，和油布伞。这咀嚼是意味深长的。咀嚼的时候，苦的汁水渐渐从嘴角溢出，甜的汁水渐渐从心底泛起，旧的记忆渐渐消退，新的希望渐渐萌生。一些力量悄悄成长，血液重新有了热度，肉体重新有了活力。

我在午后看见尔乔和人邻的咀嚼，想起幼年放牛时看见牛的反刍。倦了的牛卧在斜阳里，懒得动弹，只有嘴在动。主人不再粗声吆喝，不再挥舞鞭子，爱怜的眼神里透出多少心疼和关切。我也开始咀嚼，像着长衫的人那样咀嚼。谁能说，生活，不值得我们顶礼膜拜？

着长衫的人，为何总是听见钟声？死亡降临，莫非真就总要先把钟声敲响？尔乔并没说他画的就是死亡啊，为何人邻一而再再而三地联想到死亡？即使是躺在春天的草地上，他竟也要想起日本近代俳人小林一茶因为不足一岁的女儿夭亡而发出的哀鸣：“露水的世，露水的世，虽然是如此啊……”。也许人邻是对的，死神并不出现，出现的只是钟声。钟声在或远或近的地方等待着每个人，只是有些人听得到，有些人听不到。听得到的人是不幸的，听不到的人是幸运的，因为听不到，他可以宁静地缓慢地过着自己的日子，无须受那讨厌的钟声的烦扰。

昨日的午后，读到“咀嚼”这一章时，我的肉体曾经瞬间紧缩。我竖起耳朵，仔细谛听：属于我的钟声是否已经敲响？

着长衫的人，那么喜欢旅行，仿佛那是他的宿命。尔乔把旅行的人画成一粒“芥子”，人邻看着这粒“芥子”，生出厌恶之心，他看见“芥子”的脸上生长着和衰老着的欲望，看见“芥子”的内心潜藏着的丑和恶。也有的时候，“芥子”累了，想歇息，想在大地上歇息，可是，他能安稳而宁静地歇息吗？生命，从来都是用来奔跑，而非用来歇息。

这些秋天的午后，我一直读着这两个着长衫的人。我甚至改变了我一直阅读的习惯：在看完的那页折个角，以便再读的时候不再重复。我一直不敢折角。我怕弄疼了这两个着长衫的人。因此，这些秋天的午后，我反反复复地，时而“幽梦”，时而“流逝”，时而“美好”，时而“咀嚼”，时而“钟声”，时而“羁旅”。

我觉得有必要介绍一下这两个着长衫的人：

韦尔乔，1964 年生于哈尔滨，现任哈尔滨工业大学医院医生。已出版作品 60 余种，主要包括《梦游手记》、《古希腊智慧》丛书、《西方哲理漫画》系列、《尔乔漫画系列》丛书、《沉重的睡眠》、《燃烧时间的烟斗》、《圣爱》、《思想的芦苇》等，插图近 7000 帧。

人邻，祖籍河南。曾就读于北京大学中文系作家班。主要从事诗歌、散文写作。在多家刊物发表诗歌、散文。出版诗集《白纸上的风景》，散文集《残照旅人》。诗歌、散文收入多种选集和年度选本。另有少量小说、诗歌评论及书法绘画评论。现居兰州。

我所读的书是：《闲情偶拾》，韦尔乔／图，人邻／文，三联书店2006年8月出版，分“幽梦”，“流逝”，“美好”，“咀嚼”，“钟声”，“羁旅”六章。

第三辑

他们的村庄

药与罪

一

沿时间的河流逆向而上，我总在一个地方停留与观望——恐惧，仿佛黑色森林，覆盖了我孱弱而稚嫩的心脏。我确信，在那个地方，世界或者命运在我的身体里种下了一些东西，看似漫不经心，实则蓄谋已久。黑色的种籽坚硬如石，晶亮如魅，穿行在我日益增长的血管里，在皮肤底下生根，发芽，继而开花——忧郁、孤僻、怯弱，成为我个性的三角：稳定，而且尖锐。

母亲还记得那个下午。父亲还记得那个下午。时隔多年，我们可以很随意地谈起那个下午——仿佛那个下午并非我们亲历。这就是时间的好处：死亡也失去了重量。

就像小姑父的死。印象中，他是我父辈中的第一个亡者。没有亲见他的死，我却以我笨拙的笔数次虚构他的死。我一而再，再而三地写到小姑父的死，这真是让我吃惊。我越来越相信我的虚构有着最大限度的真实——甚至，他就是按照我的设计，分秒不差地，精确地死亡。

但是，显然，很少有人再会说起小姑父的死亡。小姑也不会了。小姑早已再嫁。小姑光洁的脸庞已经皱褶丛生，黑亮亮的垂到屁股上的长辫子已被时光咬断，只留些灰白的茬子，日渐荒芜。表弟也不会了。表弟不再玩泥巴，不再在小姑改嫁之后，一个人恨天恨地地干着田里土里总也干不完的农活。表弟已经娶妻生子，远离了小姑父，也远离了小姑。表弟更多的心思用在怎样为一家三口在欲望疯涨的都市里讨得像个样子的生活。

只有说到药，比如甲胺磷，杀虫酶，杀虫双，敌敌畏，且在这些药制造了新的死亡之后，我们也许会说起小姑父的死。或者，说起那个下午，母亲记得，父亲记得，我也记得的那个下午。

二

比如今天，死亡的消息从故乡抵达我们。

王木清把敌敌畏拌在蛋炒饭里，毒死了他的儿子。王木清是我们村里的杀猪匠，我记得他的样子，他腰里常年别着一把明晃晃的杀猪刀，在村子里走来走去。每到年关的时候，他成为每家每户最受欢迎的人。他的步子也常停在我家，我躺在床上，猪的嚎叫已经刺刀一般穿透我的梦境，生生把黑夜叫醒。也有的时候，我早早就起了，躲在门后边，看他把明晃晃的杀猪刀风一样快地捅进猪的身体。我记得他的儿子，王国强，据母亲讲，他和我同年同月出生，比我大三天。

又是蛋炒饭。小姑父也是吃的蛋炒饭。区别在于，小姑父拌在蛋炒饭里的是甲胺磷，王木清拌在蛋炒饭里的是敌敌畏。区别还在于，小姑父自己吃完了蛋炒饭，王木清把蛋炒饭端给了儿子。蛋炒饭的色泽和香味掩盖了农药的气味，蛋炒饭成为杀手（自杀，或者他杀）最好的伪装。多少药，一瓶盖还是两瓶盖，能置人于死地？多少药，一瓶盖还是两瓶盖，能成功地隐藏自己的气味？这是让人费些思量的问题。小姑父不能告诉我，王国强不能告诉我，王木清也断然不会回答我这个问题。

在我记得的那个下午之前，死亡已如群飞的蝙蝠，优雅而冷漠，高傲且神秘，黑色的翅膀铺天盖地，覆盖了整个村庄。随之而来的，是刺鼻的农药的气味，村庄的空气让人窒息。鱼也死了，一大片一大片，浮肿的鱼儿把煞白的肚皮铺满邻居家的池塘，邻居李婶婶跪在池塘边呼天抢地，诅咒声惊飞了树上所有的知了。世界热闹而死寂。简三毛只喝了一瓶盖，我们赶到的时候，满屋子农药的气味掀翻了我们的胃，我和国强都吐了。简三毛也吐了，吐的是白色的泡沫，和红色的血。一个月之后，简三毛的婆婆，周四姨，喝了两瓶盖，也吐着白色的泡沫，和红色的血。

三

母亲在那个下午之前对于即将到来的死亡没有任何准备。母亲从简三毛家回来时，还和父亲说起简三毛和周四姨的事。母亲说，她们怎么都喝农药呢？肠子都会痛断的。父亲说，她们家闹上了农药鬼，农药鬼缠上她们家了。看着吧，还要死人的。

我的身体止不住地发抖。简三毛那么漂亮，简三毛那么喜欢我和国强，简三毛常常把白皙修长的手放在我和国强的头上，简三毛总是抓着一把一把的葵花籽塞到我和国强的口袋里。简三毛喝农药的前一天，我和国强看见周四娭一手拿着菜刀，一手拿块木板，满村子地转悠。菜刀一下一下地剁在木板上，咒骂一串一串地往村庄上空弹射。简三毛大概那时就起了喝农药的心思。可是，她还是等待了一个晚上，她等待什么呢？如果真如父亲所说，是农药鬼缠上了，那么，她也许就是在等农药鬼了。现在，周四娭也喝了农药。没有人拿菜刀剁木板，满村子地咒骂她，她怎么会也喝了农药？我确信，真是农药鬼，进了我们的村子。

天黑的时候，我待在家里，坐在母亲身边，一动不动。我不敢再和国强出去玩游戏。我甚至不敢去黑洞洞的房间里给父亲拿鞋。父亲洗完脚，等着他的鞋，却看见我直往母亲身后躲。父亲瞪了我一眼，我壮着胆子，飞快地跑进房间里，摸到两只鞋，又飞快地跑出房间。父亲说，冇用的崽，屁大点事都干不了。两只鞋，一只父亲的，一只母亲的。

父亲不幸言中了。几天后，简三毛的丈夫也死了。喝的同一种农药。我没敢再去看。国强去了。国强回来告诉我，喝了大半瓶杀虫脢，鼻孔里也流着红色的血，脸都黑了，肿得像个脸盆。他晚上喝的，第二天下午才被别人发现。国强说的时候，脸扭曲着，白得吓人。我和国强，逃跑似的回了家。我蒙上被子，大汗淋漓。

我现在很难想象，国强喝了王木清端给他的蛋炒饭之后，鼻孔里是否也会流出红色的血，脸黑着，肿得像个脸盆？

国强被埋进土里半个月之后，县上公安开棺验尸，才发现中毒而死。王木清看着公安掀开棺材，抬出国强发臭了的身体，并当场划开国强的肚子。王木清"扑通"跪在了地上。王木清把一切都交代了。

小姑父死的时候，很多人说，是小姑干的。县上的公安也去了。结论是，不是小姑干的。小姑父中毒的时间，正是小姑在稻田里扯秧的时间。表弟也出来作证，小姑父叫他去打酱油，打完酱油回来，小姑父已经躺在了地上，满嘴都是白色的沫。

四

简三毛的丈夫死了之后，村里已经草木皆兵。所有的人，主要是男人，把农药藏在了意想不到的地方。农药是不可缺少的，水稻要用，棉花要用，菜园子里也要用，男人们背着自己的女人，用的时候取出农药，不用的时候藏起农药。所有人都认为，农药鬼，不是一只，而是一群，闯进了我们的村庄，幽灵一般在村子里游来荡去，时刻寻找合适的目标。

父亲把农药藏在了阁楼上。那是一个隐秘的地方，除了父亲，谁也不会上去。那个下午，母亲找遍了家里的每一个角落。我预感到了，或者说，我已经看到了农药鬼，它们抓走了简三毛，周四娭，简三毛的丈夫，又瞄上了我的母亲。我寸步不离地跟着母亲。母亲进房间，我也进房间，母亲上厕所，我也上厕所。母亲冷着脸说，你和国强去玩吧。我不去。国强叫我我也不去。我已经闻到了死亡的气息。母亲真是细心，门背后，猪圈里，床底下，一处也不放过。母亲红肿着眼，下定了死的决心。母亲有时也会转过身，搂住我，泪眼婆娑，身子颤抖着，很久也不松开。

我想，小姑父叫表弟去打酱油时，是否也曾经像我母亲那样颤抖着搂紧他儿子的身体？他是否预知了身后的一切？比如小姑的改嫁，比如年仅六岁的表弟孤身一人的艰辛。我是看到了表弟的不易的。他从来不和我说，他成绩比我好，考上了中专，没上，考上了高中，没上，他去了广州，在建筑工地上做小工，在饭店里做杂工，在皮鞋厂做皮鞋，在电子厂焊电路板。

父亲去了稻田，弟弟和妹妹在摇篮里伸着双手，哇哇大哭。母亲心硬如铁，只是埋着头寻找农药，甲胺磷，敌敌畏，杀虫双，或者杀虫酶。我想，农药鬼是缠上了母亲，就像缠上了简三毛，周四娭，简三毛的丈夫，还有小姑父。我仿佛看到了农药鬼，就像现在，我看到窗外，一只黑色的鸟（也许是风筝），从布满乌云的天空坠下，落到三环路上，车辆驶过，我什么都看不见了。

我不知道国强是否在吃蛋炒饭之前，也看到了那只带着死亡气息的黑色的鸟？村里人都说国强是傻子，我不知道国强什么时候成了傻子。村里人说，国强是王木清抱养的，王木清把老婆娶进门，三年过去，肚子扁扁，五年过去，肚子扁扁。王木清就从他小舅子家里抱了国强。国强上头有两个哥哥，王木清的小舅子说，三个，你随便挑，哪个都行。王木清抱了两个月大的国强。国强死后，两个哥哥觉得可疑，两个哥哥都在县政府呢，叫了县公安，开棺验尸。

五

将近黄昏的时候，母亲找到了药，整整一瓶，没有打开过的，钾胺磷。我只是撒了一泡尿。盯了母亲整整一个下午，我实在憋不住了。母亲坐在床边，说，你去和国强玩吧，我睡一会儿就起来给你们做晚饭。我当然不会去找国强。但我实在想撒尿。我和表弟的悔恨是一样的。表弟成人之后，哭着和我说，如果我不去打酱油就好了，我不去，爹就不会喝农药。他却喝了农药，他把农药拌在蛋炒饭里，不声不响地就死了。国强也是，吃着拌了农药的蛋炒饭，不声不响地就死了。

王木清判了十八年。村里人说，他县上也有人，否则是死刑。按村里人的说法，国强真是傻子。王木清的老婆几年前得食道癌死了，又找了村里的张寡妇。王木清和张寡妇每次进了房间，王国强就会紧跟着，破门而入。王国强对着王木清吼，你出去，我要和她睡。王木清没有办法，只好出来，张寡妇也出来。王木清打不过王国强，王木清和张寡妇就把房间让给王国强，任凭他在自己床上拉屎撒尿。王木清也试过给王国强娶个老婆，可是没有人愿意进王家的门。都说王国强发起狠来，摸出杀猪刀，嗖嗖嗖，对空乱砍。都说王国强是给他娘报仇呢。都说王木清的老婆放到棺材里时，身子还是热的。都说王木清实在熬不住了，老婆还没断气就让她进了棺材。

王木清终于下手了。他牵着农药鬼，把王国强送进了棺材。

小姑父却自己把自己送进了棺材。在我常常虚构的小姑父之死的故事里，背景总是模糊的。我不相信别人说的。他们说，小姑偷人，被小姑父捉了现形。我宁愿相信，小姑父仅仅只是被农药鬼死拉硬拽地去了阴间。这和王木清不一样，王木清是自己拉着农药鬼的手，一步一步走近王国强。

但是，死，是一样的。所有的死都是一样。就像简三毛，周四娭，简三毛的丈夫，还有那些鱼。

六

如果母亲也在那个下午，跟着农药鬼走了，那么，母亲的死，也是一样的。我现在很难设想如果母亲真死了，我会不会变成傻子，像国强那样，把为母亲报仇作为活着的理由。或者，我会像表弟那样，忘记死，不动声色地活着。这样想的时候，我不寒而栗。

农药，制造死亡，也制造关于亡者的话题。这些话题给人巨大的想象和揣测的空间，在这个空间里，每个人都足以充分展示其编织和叙述的能力。亡者已去，所有的想象和揣测都成为真实。所有的恶，所有的罪，都在唾沫横飞中袒露无遗，最隐蔽的角落也被撕开。

母亲在接近死亡的一瞬间，农药鬼被我掐住了脖子。我撒完尿回到堂屋，闻到了我熟悉的气息。那种气息弥漫整个屋子，从四周的墙壁往外散发，一波又一波，汹涌澎湃，我摇摇欲坠。我看到了通向阁楼的木梯。我冲上了阁楼。

母亲蹲在暗黑的阁楼，成群的老鼠在她脚边四处奔逃。母亲已经打开了瓶盖，瓶盖已经靠近了母亲的嘴唇。没有人教我应该怎样做，我只是扑倒在母亲身上。农药泼洒在我的身上，泼洒在阁楼的木板上。母亲仿佛已经死过去了，两只眼睛直直地看着我，就像看着一堵墙。我确信，我已经掐断了农药鬼的肚子，我用尽所有的力气，把它的脑袋抛下阁楼，似乎听见了头颅碎裂的声音。

我在农药的气息中昏眩过去。我的童年到此结束。

现在，我和母亲，父亲，在远离村庄，远离农药的都市里，随意而轻松地说着关于农药的话题，关于那些喝了农药的亡者的话题。我们也提到了那个下午。如果母亲死了，我相信和所有非正常的死亡一样，村里也将流传各种各样关于母亲之死的话题。就像小姑父，就像王国强，就像简三毛一家三口。

事实上，母亲说，她要喝农药，仅仅只是因为，父亲在那个下午，不肯做煤球，要去割稻子。母亲说，那天天上起了黑云，要下暴雨，先做煤球，还是先割稻子，她和父亲意见相左。

就那么简单。也许，所有的死都很简单。如果，所有的亡者都能重新说话。

外乡人

有一阵子，陌生的面孔越来越多地出现在我们的村庄。在村庄里走着走着，猛一回头，常常就会看见一个从没见过的人跟在身后。他们的穿着和行头都差不多，头上戴个“撮撮帽（又叫特务帽)”，肩上搭个布袋子，两只手插在裤袋里。你一回头，他步子就慢下来，眼睛迎着你的眼睛，有些躲闪，有些迷茫，你盯得久了，他的脸上就堆出一些笑来。你不理他，继续走，再回头，呵呵，他还是不近不远地跟着你，还是躲闪，还是迷茫，还是堆出笑来。你就快跑，风一样地跑到家里，呵呵，你前脚踏过门槛，他后脚迈上了台阶。你觉得害怕，他已经和你爹谈起了生意。

至少有三个人是这样跟在我屁股后面进了我家的。

第一个是在木板上画画的。爹从阁楼上拖下两根又圆又粗的木头，扔到“撮撮帽”的脚下。“撮撮帽”从布袋里变戏法似的掏出斧子，锯子，刨子，一个上午就做出一块光溜溜的长方形的木板来。又花了一个下午，“撮撮帽”在木板上画了河流，大树，石头，亭子，河流里画了四只鸭子，大树上画了两只麻雀，亭子里画了三个小人。“撮撮帽”说，叫“伴凉亭”吧。爹点点头。

“撮撮帽”说，边框上再装上彩灯吧。爹点点头。三下两下，花花绿绿的彩灯就亮了，“伴凉亭”成了天堂似的。这个该死的“伴凉亭”害死我了，有天落雨，出不了工，爹说，你搞篇作文出来，题目就写“伴凉亭”。我搬把椅子坐在亭子下面，看得脑壳发晕，看得眼睛放花，不晓得从哪里下手。爹看我一个小时过去还没动笔，操起扁担就扫过来，扫在椅子上，说，你这蠢货，还想吃公家饭，讨饭还差不多。我从椅子上跌下来，坐在地上懒得动。爹手里如果没有扁担，我想我可能会鸣冤。公家饭不是我说的，凭什么怪到我的头上呢，我想都没想过要吃公家饭。我看着爹的扁担，不敢张嘴，心里恨死了周医生。周医生是乡里的兽医，专门给猪、牛、鸡、鸭看病，捎带还阉猪，阉鸡，薄薄一把刀在猪或鸡的肚皮上划拉一下，就掏出滚圆滚圆的两坨肉来。周医生那天掏完我家那只花叫鸡的肚子后，进了我家茅厕。从茅厕出来，他喝了酒似的把脸涨得通红，手里举着一张纸，冲到我爹跟前。你的崽，长大了要吃公家饭。爹把眼睛瞪得溜圆，嘴唇有些抖。爹最信周医生的话，爹说，周医生是乡干部呢，喝过墨水的。周医生说他的崽要吃公家饭，那是在他心里点了一把火。他的爷爷是地主，他的爹是富农，他的崽会吃公家饭？爹扯住周医生的胳膊，说，真的，你说话算数。周医生说，你放心，我看人只看字，从来没有看错过，你的崽写的字是我所有看过的最有出息的，他不吃公家饭，你把我的名字倒着写。我瞄了一眼他手里那张纸，是我写的一篇作文，题目是《谢明华是我们的榜样》。呵呵，我差点笑出来，他要是看了接下来的那页，就不会那么说了。当然，他不可能看到，我早就把它撕了。那一页上有语文老师的批语：扯开两头打架的牛，就成了你的榜样，你玩一世的泥巴吧。看来，爹真拿周医生的话当话听了，以为我真会吃公家饭。

第二个是卖笛子的。长长短短的笛子插在他的布袋子里，手里还握着一支，吹出呜呜哇哇的声音。说他跟着我，还不如说我带着他，我故意走得慢一些，时时回头，生怕他没有跟上。我做梦都想要一支笛子，一起耍的，大的小的，都抓根笛子在手里，横在嘴边，不可一世。谢明华会吹《十五的月亮》了，邓三球会吹《血染的风采》了，我还没有笛子，想起来就想哭。那时，麻价涨到十三块钱一斤了，虽说新屋刚起来，家底掏得差不多了，可是一支笛子才五毛钱，最好的那种才一块钱，还赠送一盒笛膜。一块钱，一两麻还不到，爹应当不是那种小气鬼。不管怎样，我把卖笛子的"撮撮帽"领到了爹的跟前。爹果然大方，一下给我买了两支，都是最好的。不到一个星期，我就把《十五的月亮》和《血染的风采》都学会了。

第三个就是刘老倌了。他和第一个跟我屁股的"撮撮帽"一样，跟到了我家里。一根烟的工夫，爹就和他谈好了，三十斤米，两个月，学不会，免费继续学，和现在各种各样的培训班差不多的性质。当然，后来我知道，爹实际给了四十斤米，不像谢明华和邓三球的爹，三十斤米都没给足。我明白爹的苦心，舍不得大米，套不到真功夫，十斤米算什么，刘老倌如能开开小灶，多教一路两路拳法或者棍法，不就赚回来了么。

开班那天，来了十几个，两个拖着鼻涕的小屁孩也挤了进来，个个脸上放光，鼻尖上拱着汗粒粒，伸胳膊，踢腿，又是摩拳又是擦掌的，仿佛立马都会成了霍元甲，最次也要做个陈真。刘老倌一身短打，把“撮撮帽”扔到墙角，光光的脑袋冒出白汽来。先站马步，刘老倌说。马步是什么？刘老倌两腿一分，身子下沉，指着谢明华，你，上来，用腿扫我。谢明华就伸开腿，“当”一下扫过去，刘老倌身子晃了晃，脚跟没有动。刘老倌收腿，站直，说，先练这个，我的腿扫不动你们了，再学拳法和棍法。

站了两天，剩下五个人。我也不想站了，偷偷溜回家，爹把我从茅厕拖出来，拖到刘老倌跟前，一个扫堂腿，我双膝一软，跪在四个马步和刘老倌之间。当时爹什么也没说，练完功回家，爹让我跪在他的跟前。爹说，知道为什么送你去练功吗？我摇摇头。爹的巴掌高高扬起，停在半空。爹说，一篇作文都搞不出来，你还真讨饭啊，讨饭你也要防狗呢，不学两手狗都欺负你。我终于有点开窍了。我想我还得接着站马步，接着挨刘老倌的扫堂腿。我说，爹，我知道了，明天我还去，每天我都去，我可以起来了吗。爹点点头，睡去吧，早上早点起，站半个钟头马步再去学校。

第三天，只有我们三个了。谢明华，邓三球，和我。谢明华比我大三岁，我比邓三球大一岁。谢明华是我师兄，邓三球是我师弟。刘老倌坐在邓三球家的太师椅子上，双目微睁，脑壳轻点，接受了三个弟子的拜师礼。

关于如何练功，练些什么功，我的记忆已经成了空白，隐约记得是两套拳法，一路棍法。学完两个月，我基本上能从头耍到尾，耍得最好的是谢明华，刘老倌说他卧似一张弓站似一棵松不动不摇坐如钟，说他棍扫一大片枪挑一条线身轻好似云中燕豪气冲云天，说他外练筋骨皮内练一口气刚柔并济不低头心中有天地，说他功夫一出手就知有没有。刘老倌没有评价我和邓三球，我们两个打出一身老汗，他只用鼻子发出一点声音，这时候，我和邓三球就灰溜溜地退到墙角，看谢明华从头至尾再耍一遍。

两个月之后，刘老倌走了，我们三个也散伙了。刘老倌走得有些突然，还差一天才两个月，关师酒还没有喝呢，他就走了。那天我们正练功，邓三球的二叔来了。邓三球的二叔在广州当兵，回来探亲。我们练了一个钟头，他看了一个钟头。练完了？他问。我们都点头。他脱掉了棉衣，挽起了袖子，卷起了裤腿。他围着刘老倌转圈圈。刘老倌从椅子上立起，眼睛盯着他。我一眨眼，呵呵，刘老倌倒了。刘老倌四脚朝天躺在地上，嘴里呼哧呼哧冒白气，一张脸涨得像猪肝。我们都没动。邓三球想动，他二叔喝住了他，别动，让他自己爬起来。我们都等着，等着刘老倌一个鲤鱼打挺，站个马步，降龙十八掌，或者打狗棒法，随便哪一种都行。等着等着，等得人都过来了，谢明华的爹，邓三球的爹，我爹，好多人的爹，都来了，围成一圈，把刘老倌围在中间。

谢明华一只手扯着邓三球，一只手扯着我，从大人们的裤裆里钻出来。我们一直跑，一直跑，跑到老远老远的野地里。放声大哭。我们的哭声惊起一堆乌鸦，扑扑扑，从野草里突然飞起，一团墨一样的黑在没有月亮的夜空里倏忽而逝。

三个进城的女子

三个女子是我的三个同学。

桃红住在我家的南面。

金娥住在我家的西面。

春月住在我家的北面。

之一：桃红

我们那里，管考试最后一名叫“末把子”。在我们班上，末把子从来没有换过人，从一年级到五年级，回回考试都是桃红。放学回来，桃红总是走得风一样快，我们一路跑，一路喊“末把子，末把子”，喊得太阳都在笑。

桃红上课其实很认真的，两只眼睛眨都不眨，就盯着老师，盯着黑板。老师问桃红听懂了没有，桃红说听懂了。老师说，你上来算道题。桃红上去了，拿着粉笔，盯着黑板，不动了。老师说，你算呀，你不是听懂了吗。桃红说，我真懂了，可我就是算不出来。老师就把手往空中用力一划，下去吧，你没救了，明天不要来了，跟你爹种橘子去吧。桃红的爹有一百棵橘树，三十棵桃树，老师这样说，真是恨铁不成钢了。

桃红没有去种橘子，继续做末把子。

桃红读了五年级，就再不肯做末把子，她爹把她拖到学校，中午吃饭时，她从橘园里钻出来，满手的泥，说是扯草去了。又把眼泪抹了，跪在地上，说天天干活，只要不读书。桃红的爹仰天一叹，骂了一句，你这样子，没人会要你做堂客。以后，再也不提这个事。

有人想要桃红做堂客。

是长沙城里的焊工，叫罗三。

罗三和桃红睡到一起的时候，桃红已经成了很出色的裁缝，做得一身好衣服了。

桃红的爹把女儿送到长沙城里，把桃红交到做裁缝的妹妹手里时，并没有期望桃红会给他带来惊喜。当了五年的末把子，脑子总是有些问题的，就给她姑妈打个下手吧，城里人多，各样的都有，有哪个带点缺陷找不着老婆的男人看中了桃红，那就是祖坟开了坼了。别人家祖坟开坼，是金榜题名，自家祖宗要是开眼，就让桃红做个城里人吧。

桃红的姑妈知道侄女的底细，教她她也不会，就有些不在意，一些零碎活儿，熨熨裤腿，收拾布头，甚至做饭烧水，都包给桃红。桃红干得尽心，姑妈吩咐，就闷声不响地干了，让姑妈很省心，觉得这丫头脑子缺根弦，但是好使。

有一次，桃红的姑妈生病，住进了医院。姑妈叮嘱桃红，来了顾客，先把活接了，让顾客等一等，她出院了再说。有顾客进了裁缝店，听说师傅进了医院，就要走，说是要得急，等不得，找别的店吧。脸上却写着遗憾，桃红姑妈的手艺在附近是有些名气的。桃红就说，你要信得过，就给我。顾客虽然犹豫，想名师出高徒，不会坏到哪里去吧。就把布料给了桃红。桃红一招一式，有板有眼，在顾客要求的时间里拿出了产品，那产品甚至有些超出了顾客的期待。

姑妈从医院出来，桃红没说，顾客却说了，说你的徒弟了不得呢，这身衣服是我最满意的一身。姑妈上上下下打量桃红一遍，觉得这丫头好像不认识了，以前看着木木呆呆的，现在怎么浑身上下透着一股灵劲来了呢。姑妈就说，我给你开个店，你自己干吧。

桃红就有了自己的店。末把子桃红在长沙城里有了自己的店，桃红的爹娘都有脸了。曾经了解桃红底细的村里人听说后都困惑不已，真是想不到，一个人的脑子在一个方面像个弱智，近乎白痴，在另一方面却如此灵光四射，才华横溢，像个天才。

不管别人有多少迷惑，桃红的店是稳稳地在长沙城里扎了根。这时，桃红的爱情就来了。

当初，桃红的爹把女儿送到长沙，绝不会想到城里有个焊工罗三在等着桃红。罗三不是他想象中的桃红的男人。罗三根本就不是城里人，他只是一个焊工，一个来自浏阳农村的焊工。第一次听自己妹妹在电话里说起罗三，他就抛下他的一百棵橘树，三十棵桃树，连夜赶赴长沙。

桃红爹赴长沙的后果在两个月后才体现出来，其表现形式就是罗三天天堵在裁缝店的门口，守着店里的卷闸门。桃红再不敢去店里，只好躲在姑妈家。她和爹吵过，她说罗三是真对她好，罗三是要娶她的，罗三和自己都睡在一起了。她吵不过爹，爹说罗三不是城里人，城里人有的是，你找个脚上泥巴都没洗干净的焊工，你是吃错了药。爹走后，她想了两个月，她想也许爹是对的，罗三天天脸上罩个乌龟壳，手底下哧哧哧地闪着火花，冒着一股难闻的焦煳味，那日子不是好受的。她就和罗三说，爹说，我们不能好了，我不能和你好了。

罗三不走，桃红不敢进店，看来长沙是待不下去了，桃红的姑妈就只好偷偷地把桃红送回家。桃红走得有些不情愿，她的裁缝店生意刚刚好起来呢，回了家，什么时候还能来呢。桃红往船码头走时，一步三回头，桃红想，没准罗三就在后边跟着自己。她多么希望看见罗三，她想，我能和罗三讲清的，不是我自己不愿意，是爹不愿意，讲清了不就好了么。桃红姑妈不这么想，她警告桃红，罗三就一乡里宝，乡里宝发了横，谁也挡不住。姑妈把桃红拖到了船上。

罗三后来找到了桃红的家里。

那天是桃红爹的五十岁生日，酒席都摆好了，摆了十来桌。据说，罗三先是要人，要带桃红去长沙。桃红爹理都不理他，只顾喝酒，吃菜。后来，罗三就要钱，要三万。罗三摔了一句话，女人，天上飞的没有，地上走的还没有么，只要把钱退了，老子立马走人。桃红爹这时就开口了，问罗三，你说桃红花了你的钱，花在哪里了，你得拿出证据来。罗三就说，店里的东西都是他的钱买的，桃红洗脚的盆都是他买的。桃红爹说，发票呢，你说是你买的，没有发票，谁信呢。罗三就哑了口。哑了口的罗三就扯着嗓子喊桃红，说桃红你这个婊子，你出来，你把我的钱都用光了，你出来说句话。桃红没出来，桃红爹把她的房门反锁了。罗三就往楼上冲，让桃红爹拖住了。桃红爹把罗三按在堂屋里，不让他动。不能动的罗三就婊子婊子地骂。

一堆人就围了上来，很多脚踩在罗三的身上。罗三两只手抱着头，桃红爹就拉开罗三的手，很响地扇着罗三的耳光。罗三躺在那些摆满酒和菜的桌子面前，抱着头杀猪样地叫。

这一切，我都只是听说，事情的本来面目我无从知晓。在我看来，罗三在桃红家里被打，存在两种可能。一种可能是，一个来自浏阳农村的焊工，为了捍卫他在长沙城里的爱情而遭遇毒打与凌辱，他以他弱小的躯体抗击着暴力，用不屈证明着他那虽然卑微却纯洁无比的爱情。另一种可能就是，他在拳脚下面的挣扎仅仅只是为了讨得他花在一个女人身上的几张钞票。前者让人同情，后者则让人不齿。然而，不管是出于何种原因，桃红进城后的这场轰轰烈烈的爱情却最终以无法挽回的失败而告终——也许这就是农村女子进城后的普遍爱情遭遇吧？

听说桃红后来再没去过城里，她在老家嫁了人——一个比她大了五岁，老实而本分的木匠。听说，马上就要生孩子了。我常想，不知道抱了小孩的桃红会不会偶尔忆起长沙城里的焊工罗三，忆起他脸上罩着的乌龟壳，忆起他手底下哧哧作响的火花，忆起那空气里一股难闻的焦煳味？

一个乡下女子，凭着她独特的聪明，在城里有了自己的事业，却因为爱情，又仓皇逃离了城市，重归故土，并将终老一生。时过境迁，一切都已成为故事。如今，故乡离我愈来愈远，当我偶或从各类媒体看到类似桃红这样的悲剧仍在发生时，就忍不住想起她——那个曾经住在我家南面的同班同学，那个被我们整天奚落的“末把子”。

之二：金娥

和金娥做了九年的同学，我正眼都没瞧过她。我和建刚送她一个外号，坛子萝卜。新鲜萝卜切成片，片再切成条，在太阳底下晒，在冷风里吹，晒干了吹皱了，揉成一团，洒上盐，拌上剁椒，焖在坛子里，就成了坛子萝卜。想出这样一个绝妙的名字，我和建刚笑了好多天。上学放学，我俩天天跟在金娥的身后，坛子萝卜，坛子萝卜，喊得整个学校都知道了。

那时候，打死我也不会想到，建刚竟会为了金娥要死要活，还剁下了自己一截手指头。

金娥的家里起了变化，是建刚剁了指头以后的事。每个有太阳的日子，金娥的娘总要从房子里端出一个大竹筛。大竹筛里的内容隔几天就会更新，越来越丰富，越来越古怪。在乡村，那都是闻所未闻，见所未见的。有鱼翅，有鲍鱼，有燕窝，有鹿茸，还有的，我也说不太清。金娥娘一边放肆地翻晒着那些稀奇古怪的玩意儿，一边嘴里嘟囔着，不知道是么子东西，金娥三天两头地寄，这些东西也不知道怎么做着吃。本来谁都不知道金娥的事，也没人去打听，都是金娥娘自己说出来的，为这，金娥的爹几次把她拖到屋里，打她的嘴巴。

从金娥娘的嘴里渐渐浮出一些真相。

金娥上完中专学校的旅游专业后，去了广州。先是在酒店做服务员，后来又做了领班。认识市政府那个博士处长，就是金娥做了领班后的事。据村里其他在广州打工的姐妹说，是金娥的酒量把那个处长征服了。处长带了一群人进酒店时，金娥正好迎了。酒瓶一启，金娥要往门外走。博士处长不让。处长说，你得陪着喝。金娥就陪了。金娥不光和处长喝，处长带的人也一个一个地敬到，据说全是三杯以上。推杯换盏，觥筹交错，荤的素的就一齐来了，金娥也不惧，你来我往，谈笑间，一桌人，统统摆平。酒酣耳热时，博士处长拍着金娥的手说，你这样好的条件，在酒店，浪费了。又起身，把金娥拉到门外，说，你辞了，到我那里去上班。金娥？坛子萝卜？能在酒店当个服务员已经是老天开眼了，她去政府机关？我听了，觉得好笑得很。

再往后，我就有些信了。因为金娥不只是酒量好，还割了双眼皮。那年过年，我在家里烤火，袅袅婷婷地飘过来一个人，一个女子。我盯着她，她把手在我眼前晃。竟是金娥。十多年不见，哪里还有坛子萝卜的影？一个时尚得有些妖艳，妩媚得透着风情的女子。只有眼，眼让人看着别扭。后来知道，金娥割了双眼皮，没割好，又再割，两只眼就不对称了。不对称，也是美，脱胎换骨地美，我的脑子里，只有坛子萝卜的影子，这个金娥，让我眼晕了好一阵。晕了，我也没话，关于建刚，关于博士处长，关于她和那个大她十多岁的男人的虚虚实实的事，我无从开口，只听金娥有一搭没一搭地说着广州的花花故事。

割了双眼皮，坛子萝卜就不再是坛子萝卜了。割了双眼皮，就让建刚要死要活，还剁了指头了。割了双眼皮，又有好酒量，博士处长就觉得在酒店干服务员有些浪费了。割了双眼皮，进了政府机关，就可以拍出伍仟块，了断一段爱情了。

伍仟块钱的事，也是金娥娘说的。金娥娘逢人就说，刘建刚想找我们家金娥，真是做梦，金娥能和一个剃头匠过一世？我们家金娥现在进了机关，当了公务员呢，单位还分了一套三居室。刘建刚这个蠢宝，金娥不要他，他还自己把手指剁了，剁了就剁了，关别人么子事？我们家金娥人好呢，还给他钱，伍仟块，就那么白白给他，想起来脔心都疼呢。

金娥娘这么说，村里人就都明白了。

村里人都说，建刚是个百分之百的蠢宝。说是俩人在广州已经睡到一起了，金娥在酒店做服务员，建刚开了一家理发店，俩人就睡在理发店里。建刚剁手指是在金娥突然失踪一个星期以后的事。建刚真是疯了，一个大活人，说没就没了，手机号成了空号，酒店的电话打过去，说已经辞了，问遍她所有的姐妹，谁也不知道。偌大一个广州城，藏着一个小小的金娥，建刚借了一辆摩托车，白天黑夜，大街小巷，车都跑坏了，金娥的影子都没见到。

建刚准备报警的时候，金娥一个姐妹给了建刚一句话，别找了，她不想见你了，叫你好好开店，再找一个好女人。建刚要电话，说没有。建刚就跪了。还是不给，说真不知道，是金娥打给她的，没有留电话。

建刚就剁了手指。右手持刀，剁了左手的小指。一截鲜活的指头与一个躯体瞬间分离。

金娥却再也没有给过建刚任何的信息。金娥的姐妹把伍仟块钱递给医院里的建刚时，建刚一下子泪流满面。建刚把伍十张钞票一张一张地数过去，又一张一张地数过来，建刚剩余的九个完整无损的指头，留恋不已地在这些钞票上反复摩挲着，仿佛那上面印下了金娥的面容。建刚把钞票一张一张地撕裂，一张一张地撒在医院的走道上。

在村里人看来，金娥是一步登天，在广州城里过上了好日子。去年，金娥娘也去广州城里在金娥的三居室里住了两个月。回来后，有人问什么时候能喝上金娥的喜酒。金娥娘言语暧昧，讳莫如深，只说金娥的工作，说那工作真好，就是打打水，送送信，有一天没一天，舒服得很。就有话传出来，说那个博士处长是不可能和金娥结婚的。他有老婆，也有儿子。处长提过离婚，他老婆就哭天抢地，还跑到金娥的房子里大闹一场，还脱了脚上的高跟鞋，敲在金娥的脑壳上，搞得金娥一个月没有出门。不知道这事是不是发生在金娥娘在的那段日子，她也许亲见了吧？

我在城里，偶尔也和朋友们一起混吃混喝，也有酒量很大，面容姣好的领班或者服务员陪着喝酒，谈笑。她们来自全国各地的乡村，其间也有故乡的女子。我常常为她们的酒量和胆量惊诧万分。她们敬我酒的时候，我从不强迫她们，最多一杯，或者喝饮料，朋友们就都笑我怜香惜玉，说她们早就练出来了，喝一圈就上卫生间了，把手指伸到嘴里，狠劲地抠着嗓子，抠着抠着，酒就出来了，然后开始另一圈。那是酒啊，喝到胃里烧得慌的烈性白酒，说抠就能抠出来吗？我还是一如既往地坚持自己的原则。和她们碰杯的时候，我常常走神，酒杯举着，却忘了喝。我呆呆地盯着她们，看她们一个个如花地笑着，在我的脑海里，她们全都幻化成一个人的样子，我的同班同学，金娥。她们也和金娥一样，从乡村到城市，想要认识一个赏识她们的博士处长之类的人物，把自己的命运彻底改变，过上属于她们自己的好日子么？有多少人，已经实现了，又有多少人，正朝着那个无限近又无限远的目标拼命地喝酒，放肆地调笑？实现了的，像金娥那样，和她深爱过的人毅然决然地断了，心甘情愿地过着偷情的日子，那就是她们心底里想要的生活么？幸福的背后，到底埋藏着多少不为人言的苦和痛，夜黑如水的时候，眼泪会湿了她们的枕头么？

之三：春月

多年以后，当春月的面容在我的脑子里模糊成一张当红电影明星的脸时，家里人电话里告诉我，罗大军不要春月了。我瞬间想起十六岁那年，中考刚考完，我站在春月家的门口，看罗大军挥舞着菜刀，以五八烂（在湘北一个极偏远的村庄，五八烂专指泼皮、无赖一类）的姿势，让春月做了他的堂客。

罗大军拿把菜刀跑到春月家，对着春月娘吼了一嗓子，春月娘就躲到灶屋里不做声了。罗大军说，不让春月做我的堂客，我就砍了你全家。春月娘蜷缩着筛糠样的身子，不敢动弹。

在我的记忆中，那天春月一点表情都没有，没有哭，也没有笑。她站在杂货铺的柜台后边，冷冷地看着眼前发生的一切，看着罗大军，看着她的娘。罗大军说过那句要砍人的狠话，两只眼睛狼一样地环视四周，从每个人身上刀子一样地扫过去。没有人说话。罗大军就扔了菜刀，突然将身子一抽，一个鱼跃，稳稳落在杂货铺柜台后边，春月的身前。罗大军伸出两只手，背对着所有的人，抱住了春月。春月的脸越过罗大军的肩膀，冲刺似的，撞进我的心里。

春月没上初中，是因为她爹得了血吸虫病。她是考上了的，分比我还高。她爹到了晚期，肚子胀得好像顶了个箩筐，两条腿又瘦得仿佛麻秆，听说，血吸虫把他的血都要吸干了。她爹说，你不要上了，你下面还有四个妹妹，让她们都把小学读完吧。春月望着大半个身子进了土的爹，泪眼婆娑。我去学校报到的那天，正好是春月爹进土的日子。我骑车从春月家门前经过，听得锣鼓山响，哀乐低回，十六个汉子已经把棺材放到了肩上。我看见一身白孝的春月跪下，磕头，再跪下，再磕头，帮忙的人和没有帮忙的人，只要在场，她都要跪下，磕头，一个，又一个，很慢，又很快，眼看着就要到了我的脚下。我腿一蹬，身子扎在单车上，飞一样地往学校去了。

不久，春月家就开起了杂货铺。铺子开在春月和她妹妹们的房间，窗户改成门脸，春月的课桌当了柜台，柜台后边是大衣柜改装成的货架，摆上香烟，红糖，酱油，味精，就齐了。春月一如从前，坐在她的课桌上，只是没有老师，没有同学，是她一个人的教室。娘有时会怒吼，最小的招弟有时会嚎哭，她仿佛听不见，只把两只眼空空地投向外边，天空，或者河流。我放学，常去春月那里买东西，铅笔，橡皮，或者信纸。有时也不买，就翻春月的记账本，笑她记的那些东西：周满和尚，经济烟一包，柳四癞子，酱油一瓶，王麻子，红糖一斤，等等。

后来，春月去了长沙，做了小姐，做皮肉生意的那种小姐。有人说，春月白天睡觉，晚上搓麻将，手机一响，就把牌一推，说有事。有么子事呢，人家约好了，在哪里等她，她笑嘻嘻地打个的就走了。还有人在电视上看到过春月，穿着三点式，在警察的电棒下，抱着头，缩在墙角。

村里人都说，春月干那种见不得人的事，全是因为罗大军。罗大军先是抢劫，在马路上明火执仗地抢女人的提包和手机，就进了牢里，法院说要三十万才放人。春月去哪弄那三十万呢，只好做小姐，半年就搞了三十万，把罗大军弄出来。罗大军一出来，又吸毒。春月还是没有办法，只好继续做，头天晚上搞了钱，罗大军第二天就买了毒。直到罗大军第二次进了牢里。

春月竟然会为了罗大军，一个五八烂，把自己弄成这样，这是我万万没有想到的。她是为了爱情么？为了爱，她把自己投进炼狱，一次又一次地经受从肉体到灵魂的鞭笞，希望总在前方，却又总是遥遥无期。从乡村到城市，她的每个脚印都留下了淋漓的血，她的心里藏了一个深不可测的海，一次次将她托上浪尖，又一次次将她抛入谷底。她是她自己的天使，她是她自己的恶魔。

罗大军是第二次从牢里出来时，提出不要春月的。罗大军从牢里出来，屋都不进，一个人到洞庭湖边上搭个草棚，养了一群鸭子。养了鸭子的罗大军头发也不剪，像个披毛鬼，整天游荡。听说，春月从长沙追着罗大军，跑到草棚里，抱着罗大军的两条腿不放手。罗大军一抬脚，春月差点滚到湖里喂鱼去。春月从地上爬起来，拍了拍身上的泥，就走了，没有回头。

据说，罗大军不要春月，是因为她得了病。病得很厉害，下身都烂了，医生说不要住院了，回家吧。村里人就都说是艾滋病。春月不信，换个医院，住了一个月，病就好了。春月回了家，第二次进了草棚，对罗大军说，给我钱吧，我们离婚。罗大军却不给，说钱都花了，都给你治病了，你要走，一分钱都没有，我不欠你的钱。春月就不走了，天天躺在草棚，动也不动。罗大军就打，打得她一身都是血，就喝敌敌畏，刚要喝，罗大军把瓶子抢了。罗大军说，你要死，不要死在我这里，你是婊子，死在这里，我出去见不了人。春月就只好把血洗了，爬到床上，躺了三天。三天后，春月起来了，买张船票，又去了长沙。

去了长沙以后的事，我再也不知道了。我猜想，她是走了原来的路了。她没有其他生存的办法。她什么都没有了，只有在长沙城里继续做一个见不得人的风尘女子，昼伏夜出。原来还有着希望，虽然总是绝望，她却并不放弃，相信总会有一只手，把她拉出那个污浊不堪的泥潭。现在呢？她只有在那个泥潭里沉沦，挣扎，直至被淹没。也许，她会偶尔想起年少时的春月，开杂货铺的春月，还有罗大军，那个舞着菜刀非要娶她做堂客的罗大军。或者，她什么也不想，脑子里只有她的顾客，和顾客递给她的钞票。多年以后，当她老了，再没有人找她的时候，也许她会坐在温暖的阳光里，看面前一拨一拨衣着鲜亮的女子，从乡村到城市，行色匆匆，面容倦怠，她的嘴角会留下一丝不易觉察的笑么？

写完这篇文字的时候，正是除夕。春节联欢晚会开始了。四个主持人光彩照人地出来说着年年都要说的话，一群女子开始跳舞《盛世大联欢》，刘德华出来唱《恭喜发财》，后来，又有一群聋哑人表演舞蹈《千手观音》，有歌舞《壮志凌云》，小品《浪漫的事》，歌曲《爱的阳光》，情景相声《笑谈人生》，容祖儿演唱《挥着翅膀的女孩》……

旧的一年即将过去，新的一年翩翩走来。

他们的村庄

黑皮的故事

黑皮，我堂哥，大号张冬华，因日照太多皮肤黝黑而得名。

上过六年级，初中没考上，又说考上了，其实只他自己明白。

见他捉过蛇。

有几年，捉蛇很吃香，因为有人收，价钱不低。我放学回家，见他抓了蛇在自家门前耍，看到我，舞着蛇飞到我面前。我的腿软了，蛇却昂着头往我脸上舔。我退，再退，就退到了门前的水沟里。我娘在园里泼菜，一瓢粪越过水沟，划道弧线，落在黑皮脸上和身上。

星期天，他从后门进来，踮着脚摸到我房间。捉蛇去，我扔了书，跟他走。

顺着一条河沟。黑皮两只眼睛只看沟边有没有洞，看了几个洞，却说不是蛇，是鳝。说鳝的洞圆而滑，蛇的洞则不。找到一个，扒开上边盖的杂草，先是右手曲个拳，又从拳里伸个中指，再把中指戳进洞里，捣几下，水响得轰轰的，又把赤脚伸进洞里，通通通地活塞样动。终于，出来了。从不远处的一样大小的洞里出来了。蛇就到了他的手上，蛇尾捏在指间，蛇头奋力朝上，蛇身扭动如绸。却又伸了手。蛇跌落水间，有水花，水纹，水响。

水蛇，不起价，没意思。黑皮说，走吧。

一片好不茂盛的草。黑皮在前，我在后。

踩着蛇，我先不知道，只是脚下软而凉。黑皮却喊了，红火癞。黑皮一喊，我就倒了。醒时，见红通通一条蛇已被黑皮用烧火钳夹了正往蛇皮袋里扔。

起来，我看了你的脚，没咬你。命大呢，要不，你完了，我也完了。

黑皮说，和我一起捉蛇的癞子路上就死了，也是红火癞。

后来，黑皮不捉蛇了。捉鳝。

黑皮说，好几天晚上，梦到癞子，让我别捉蛇，蛇会报仇。

我说，都到肚子里了，报什么仇，吓唬自己吧。

黑皮好一阵沉默。张口却让我脊梁骨发冷。

癞子还只十六岁呢，就死了。

我知道，黑皮不捉蛇，还因为他哥已经把老婆娶进了家门。花了三万。

黑皮捉鳝分黑白。黑夜有黑夜的方法，白天有白天的路子。

白天，实是说过了，就如捉水蛇，只是鳝远比水蛇滑溜，出洞的时候，须得眼疾，得手快，得用曲了的拳伸出来的中指紧箍其身，甚至要用双手。

单表黑夜。

春暖，月朦胧，油菜花开，蛙声四起。吃了晚饭，黑皮打手电，我就跟了他。

田埂上探脚前行，时有活物落在脚背上，滑而凉。黑皮不语，我也不语。

只有油菜花香和蛙鸣，伴两个黑暗中的少年。

还有鳝。果然有鳝。

黑皮停在一片收拾完了的待插秧的水田。手电亮处，鳝静伏着。黑皮的手里多了竹夹。竹夹轻下到水里，一夹，一提，鳝已到了手边的竹筐。扑通两下，就静了。手电的光在朦胧的月下朦胧的水上移动，竹夹在朦胧的夜色里上上下下，一晚的春的气息活了。只有鳝，一条条，成了黑皮的猎物。

翌日，面对一丘踩了无数脚印的水田，我爹回去牵牛背耙重收拾，把一句“砍脑壳的”砸在田埂上。黑皮在田埂上掩嘴望我，我只好低脑壳，狠劲扯秧。

秧都插上了，黑皮又有别的捉鳝的法。

午饭后，黑皮肩锄提桶，找废地，越肥越中意。肥了，蚯蚓才多。一锄下去，蚯蚓见天，进黑皮的桶里，一忽儿工夫，桶里铺一层大小蚯蚓，弓着身子窜，撞到的都是自己人。便安静了。

回家，搬个小凳，坐树荫下，趁着风，甩一下中分的头，哼一句“小刘海，在茅棚”。

把蚯蚓一条条穿在竹签上。

把竹签一根根放进竹笼里。

竹笼是专从集市买了的，细长，一端大，一端小，闻有蚯蚓，鳝从大处进，不能出，只有当猎物。

蚯蚓都处理了，竹笼就在树荫下堆成山。黑皮挑了它们走进落日的余辉，披一身金的霞光，去找水沟，有鳝的水沟。

如果放假，我必定要在早上随黑皮去收竹笼。通常是很容易就找着了，除了别人收走，或是晚上下了暴雨让竹笼浮动了位置。从水里捞起，摇一摇，声响大的，鳝必定多，先不理，都收了，重挑回去，一个一个地，把鳝倒至铁桶里，咚咚咚，鳝跌到铁皮上。倒完了，多时有半铁桶，粗的如半个手腕，细的也如大拇指，俱不甘心，在桶里钻，却终究是钻不破。

贵时，十好几块，黑皮赚得人眼红，就都捉鳝。鳝就贱了，五块还给人家说软话。

黑皮说，打工去吧。

我问黑皮，不捉蛇不捉鳝，你能干什么。

黑皮横我一眼。

就用捉蛇和捉鳝的钱在火车上换个座位，坐一晚，到广州。

黑皮到广州，还和鳝打交道。老乡荐他到一专做鳝鱼生意的老板处打下手。别人捉鳝，时有掉地上翻滚的，黑皮手紧，无一落地，况又宰得一手好鳝，两刀下去，肉是肉，骨是骨。据说，很多人以观黑皮宰鳝为乐事，天一亮，黑皮身边就围了一圈。捉了鳝，铁钉钉住头，鳝在砧板上疯狂扭动，哧，一刀，不动了，背部已剖开，提了鳝尾，哧，一刀，鳝骨已在黑皮手里，只留鳝肉躺在砧板上。观者咂舌，纷纷数钞票。老板数钱数得高兴，就要黑皮长期给他干。原是不管吃不管住，一天十块。半月，管了吃。再半月，管了住。第三个半月，黑皮走了。

黑皮说，我讨厌鳝鱼。

黑皮说，借你的初中毕业证。

我给了。黑皮就进了皮鞋厂。

皮鞋厂的黑皮把皮鞋套在脚上，爱情，就来了。

听爹说，黑皮结婚，半夜出发去娶亲。路太远，汪洋洞庭，君在南我在北。一辆中巴车披红挂绿，来回跑了十二个钟头，一车的人憋了尿，尿了憋，赶在日当顶时把新娘送到，只是新娘不进新房，却进茅房。

娘家人一个没来。

娘家人说，出了这个门，你就不要回，朱家没有你。

新娘姓朱，名玉珍。女，汉族，高中文化，共青团员。

朱玉珍独自从朱家大门走出，挽住黑皮的胳膊，回眸一望朱家门，抬脚踏上中巴车。

爹说，朱家有钱，朱家铺了地板砖，照得见人影子，朱家那电视，有黑皮新房里的两个大。爹说，换了我，我也不让女儿跟黑皮。

朱玉珍爱上黑皮，都说，没法说。朱玉珍也说，没法说，是感觉，跟着感觉走。

到街上买槟榔，几个姐妹抢着掏钱。有人不让，把钱甩给老板，要几个姐妹喝扎啤。不喝，不喝也得喝。烧得通红的龙虾趴在盘子里发呆，花生和毛豆出了锅就老实。

皮鞋磕在街上，黑皮抬头挺胸。

扎啤，龙虾，花生，毛豆。我请。

黑皮坐中间。

后来，朱玉珍问黑皮，你怎么像个二百五。黑皮说，二百五才值钱，不做二百五，你会让我亲嘴。朱玉珍说，你和他们一伙吧。黑皮说，你小看我黑皮，你这样的，我屁股后边跟一窝，我还费那个劲。朱玉珍死盯着黑皮，想看出什么，黑皮却一翻身，就骑到了她身上。

他那样，还真有点二百五。朱玉珍说。

扎啤流向皮鞋，龙虾爬上皮鞋，花生和毛豆在皮鞋上跳高。

黑皮捉住凌空出拳的一只手，仿佛捉蛇，捉鳝。

扎啤，龙虾，花生，毛豆。我请。

找事，这边请。

那只手甩一甩，挥一挥，不带走一片云彩。

朱玉珍知道黑皮赌钱时，两个人的钱都输光了。

黑皮说，娘咳嗽，要钱。朱玉珍就给她两千。

黑皮说，娘还咳嗽，要钱。朱玉珍就给她三千。

姐妹们找朱玉珍。再不去，黑皮一个指头就没了。朱玉珍疯了。黑皮捉鳝的那个中指躺在牌桌上，菜刀悬在空中。朱玉珍捉住抓菜刀的手，双膝落地。钱，我还。朱玉珍说。

菜刀砸在地上，火花四溅。

朱玉珍推开跪在身前的黑皮，说，钱，我不要，回家。黑皮无话，借辆单车。朱玉珍不上，只是走。黑皮就也下了，推车走。到了车站，黑皮回头，木了。

朱玉珍泪流满面。

都说黑皮值，找个好老婆，黑皮不服气。

去问她，她追我，还是我追她。黑皮梗着脖子说。有人果真就去问，朱玉珍不表态，只说，前世造的孽，没办法。

后来，黑皮要和朱玉珍离。朱玉珍说，离吧，离了你一个，回来一家人。

黑皮就再不提离字，挣钱，戒赌。

生个崽，叫旺旺。

偶尔回乡，黑皮半夜来找我。捉鳝去，明天下酒。就回了十年前的那个春天的夜晚，却不再是风中的少年。捉着鳝，黑皮说，高中毕业证还在吧。我说在。给我吧。我说行，管用吗。管用，厂里想提我做主管，要我的高中毕业证，这不听说你回了，就来找你了。

别告诉朱玉珍。黑皮说。她以为我读了高中。黑皮就笑，笑得整个春夜都活了。

下次该要大学毕业证了吧。

我开玩笑。其实我知道，我上着大学的时候，黑皮为了挣脱祖祖辈辈泥里爬泥里滚的命运，那份奋斗，那份挣扎，悲和喜，哭和笑，我在大学的课堂里是无法感知的。他只是以他的方式，表明着一个人活着的状态，正如我，以我的方式，表明着我的活着的状态。

小易婶婶

小易婶婶，大名易春燕，四川万县人。

小易婶婶在嫁给我的建平叔叔之前，就知道自己有心脏病，先天性的心脏病。三十好几了，一个穷字，挡住了媒婆们的脚，堵住了媒婆们的嘴，听说来个四川妹子愿意给他做妻子，建平叔叔烧高香都来不及，还管那心脏不心脏的。当然，建平叔叔是在把自己的年龄说小了七岁的前提下，才让小易婶婶答应做他妻子的。

爹娘这么说，我却以为，即使小易婶婶知道建平叔叔的实际年龄，她也未必不会成为我的婶婶。

因为小易婶婶，已经放弃了爱情。

小易婶婶的爱情，爹娘是说不清楚的。只说谈过恋爱，在老家，是村里的小学教师。已经谈婚论嫁了，却因为小易婶婶的心脏，小学教师的父母突然变卦，斩钉截铁地断了自己的儿子和小易婶婶的爱情。小学教师试图挽救，却终是想不出说服父母的理由，找不到解救心脏病的法子，到底拗不过父母的意志。

小易婶婶，只好把爱情舍了，千里下洞庭。

小易婶婶是极爱听收音机的。我和弟弟妹妹喜欢小易婶婶，其实是喜欢她的收音机。因为收音机，我们帮小易婶婶做了很多农活，割稻，插秧，打麻，抓草。一边做，一边听相声和评书，和小易婶婶一起笑，一起闹，毒日晒得皮起壳，腰子痛得起不来，一句怨言都没有。

娘说，到小易婶婶家做，你们跑得比鬼快，日后，单靠她一个吗？

娘是有先见的，怕我们三个都读书，都读到县里省里，几亩田，谁来做？把我和你爹累死吗？就趁我们还没上县里省里，先把工做了，攒下了，日后再用。于是，每年农忙，天没亮，爹娘就扯着耳朵把我们三个从床上赶到田地，天不黑透不收工，每年都赶在别人前面忙完。完了，就计划。大伯家一天，二伯家两天，小易家两天。其他，我们是不情愿的，甚至需要鞭子抽，一是别人家的活，是没有脸皮偷懒的，二是别人家的饭菜缺盐少油，没法吃。只有小易婶婶家，我们从来无须强迫。

小易婶婶的嘴也甜，满口嫂子喊得娘心里蜜甜蜜甜，指着身前三个咿咿哇哇的女娃说，看么，等你那三个去了县里，省城，京里，我这三个还不任你使么，我的大嫂子。娘一高兴，有时就省些抽鞭子的力，遂了小易婶婶和我们三个的心愿，别人家就少一天，匀些日子给了小易婶婶。

我和小易婶婶也就有了更多说话的机会。除了收音机，我还喜欢听小易婶婶说话。小易婶婶毕竟读过高中，虽是四川话，有时不懂，能懂的却都是带了味的，对刚上了初中的我，那一种味，让我着迷。她不看书，因为没有时间，她只是把收音机里听来的还有学校里学的，经了自己的加工，就变成了那种味。现在，我是知道了，那种味，就是知识。知识，又是女人，年轻漂亮而又善解人意的女人，对一个充满了好奇和渴望的少年，该有着多么大的诱惑呢。

这样的时候，我从来不曾想过这是害着病的小易婶婶，那种病，甚至让小易婶婶，把恋人也失了，千里万里地嫁一个比自己大了十多岁的异乡的男人。

小易婶婶从来不和我说她的过去，她的老家，她的出走，她的爱情。

我常无数次地设想小易婶婶的出走。据说，家里是不知道的，小学教师当是知道的吧。两个热恋着的男女眼看就要迎来梦想了无数次的让人昏眩的幸福，却因为一种病，长相别离，那是怎样一种断肠之痛。每每想起小易婶婶和他的恋人在遥远的巴蜀之地相拥而泣，我便要诅咒命运，诅咒造化弄人。

因为小易婶婶，高考时曾起过报考医科大学做医生的念头。医生没做成，却知道像小易婶婶这样的病其实不足为奇，城市里的大医院几乎每天都要收治这样的病人。医生们个个成竹在胸，开点药再嘱以休息和保养，严重一点的动个手术，对人生是并无大碍的。

小易婶婶，让我欲哭无泪。

小易婶婶死那年，我已经初中毕业了，以全乡第一名的成绩考进了县里的高中。刚看了成绩回来，我第一个想要告诉的，是小易婶婶。妈说，今天请了铁牛犁田，你去帮王满师傅抬铁牛。妈说完，就走了。

我从来没有抬过铁牛。王满师傅见是我，脸就不好看，却还是把拴铁牛的绳往他那端移了移，我的重量就少了许多。但还是重，我想哭。我想去和小易婶婶说，这样下去，死了算了。

那时，小易婶婶已经死了。

爹说，死的前一天，已经不行了。嘴唇发青，脸也肿，却还是顶了烈日割了半天的稻。中午到医院找医生，开了药。医生说，今天不能吃，明天早上起来吃，一天三次，一次两粒。

小易婶婶回家就吃。吃完下地，割稻。

晚上，我去小易婶婶家。我们坐在月光下的凉席上，看她的三个女儿唱歌，跳舞，哇哇哭闹。我说，我明天去学校看成绩。小易婶婶说，考上了，就好好读，一定要上大学。我说那当然，我要考北京的大学。我说得轻狂，小易婶婶望着星空，点点头。

小易婶婶说，幸亏今天找杨医生，搞了药，现在好多了，晚上再吃一次，明天早上起来可以扯秧了。

我说，你们家那么快啊，我们第一丘田还没开始犁呢。

小易婶婶说，今年我们要赶到你们家前面，不能总让你们帮我家。

月光皎皎，星星缀满夜空。

爹说，小易婶婶晚上吃了药，当时就完了。一个劲地吐，药片都吐到了地上。

就哑了，一个字都说不出来。

爹去找杨医生。杨医生不动，嫌太晚。爹说，他是知道出事了，怕负责任。

爹把单车扔地上，踢门。

杨医生还不动。

爹就不踢了。

你可以不去，但我告诉你，小易要是死了，那是吃了你的药。

爹把单车捡起。

去，他去，谁说不去了。杨医生的女人说。

杨医生提了药匣，开了门。

却已经晚了。杨医生说，赶快送镇医院吧。

到医院，医生说，抬回去吧。

我和王满师傅抬了铁牛回家时，小易婶婶家门前已经站满了人。建平叔叔把白布裹着的小易婶婶从手扶拖拉机上抱下来，抱到堂屋的正中。

小易婶婶的一双眼睛直愣愣地瞪着，瞪着建平叔叔，瞪着三个女娃。

建平叔叔拿手抹小易婶婶的双眼，抹了三次，才合上。

噼噼啪啪，鞭炮声轰然炸响。

小易婶婶的灵魂去了。

心脏，小易婶婶的心脏，终于完成了它的使命。

小易婶婶死了十多年了。娘觉着了一丝悔意，嘴巴那么会说，帮她干了多少活啊，如今，女儿都大了，哪还记得小易说的那些话，要是不死，前两年我和你爹不会累出病。

也许是吧，凭我了解的小易婶婶，她不会言而无信的。只是，她的心脏，让她无法还清她欠的那些情，她的爹娘，她的恋人，我的建平叔，还有我的爹娘。

如果小易婶婶不死，我定要接她到北京，找最好的医院，最好的医生。

只是，在村庄，只有一个小易婶婶么？

疯人二题

周满娭

那是一个精致的疯子。总是穿着一件黑棉袄。头发白了，却梳得一丝不乱，脸上干干净净，黑棉袄也整洁。周满娭每天都在村里的大道小道上走来走去。村里的老太太没有一个比得上她。她走来走去的时候，目不斜视，旁若无人。如果她一直那么走着，凭她的整洁和气质，你绝不会想到这是一个疯子，疯了三十年的老疯子。

我曾经很怕她，许多人都怕她，大人小孩都怕她。六岁那年，我跟着周满娭走了五里地以后，我就不怕她了。她一直走，一直走，先是在田埂上，后来到了通往村小学的马路上，最后走到了去往镇上的大公路。现在想起来，我那时多么好奇。大人们都说她是疯子，我想他们为什么说她是疯子呢？

走着走着，周满娭停了下来。她转个弯，到了公路边的小河边。她弯下腰，捧起一把水，洒到自己脸上，她把脸凑到河面，呵呵呵地笑。转过身来的时候，她就看见了我。她朝着我走过来。我想跑，可是跑不动。她一直在笑，那么亲切慈爱地笑，笑里闪着暖暖的光，如我的祖母或者外婆。她牵着我的手，返回到公路上。我们先走公路，后来到了通往村小学的马路上，最后走到了田埂上。田埂那头就是我的家和她的家。

娘抱我在怀里，推开周满娭。周满娭站在我家门口，看着娘，不动。娘就从灶房里端出一碗油盐饭。周满娭不吃油盐饭，只把两只眼睛定在我家的大门上。大门上什么也没有，除了我用木炭胡乱涂画的小鸡小狗。娘说，你不吃就走吧，你们家罗生到处找你呢。周满娭就呵呵呵地笑，转身回了自己家。

娘说，她没打你吧。我摇摇头。娘说，你以后再不要跟她走了，她会害了你的。我不懂娘的话，但我知道她不会害了我。

爹回家知道那天的事，揍了我一顿，用竹枝狠抽我的屁股。爹一生气就这样，我们家的墙壁上插满了竹枝。爹说，她一直就想害我们张家，你倒好，自己送上去。我抹着眼泪说，她不害我，她把我送回来的。爹说，你放屁，她恨死我们张家了，她一直都想着要害我们。

我后来知道，爹和娘那么说是有爹和娘的道理的。周满娭的丈夫，周满爷，曾经是我们张家的长工。土改时，划成分，我们家是富农（本来是地主，据说我曾爷爷手眼通天，运作了一下，降了一档），周满娭娘家可能没有运作，也可能运作不成功，划成了地主。爷爷该成家的时候，没有一个贫农的子女愿意嫁给一个富农子弟，我曾爷爷就作了主，门当户对吧，给周满娭娘家下了聘礼。爷爷却不干，爷爷那时革命热情高涨，攒着一股劲要让老张家咸鱼翻身。周满娭披红挂彩进了张家门时，爷爷不见了，屋里屋外都没有他的影子。据说，爷爷那时逃到了洞庭湖里一个伙计的渔船上，捕鱼，晒网，整整一个月。曾爷爷没有办法，就找到周满爷。虽说那时他已不是我们家的长工了，曾爷爷一直觉得他就是我们张家的人。我后来也看出来了，周满爷真是一个好长工。分田到户多少年过去了，周满爷逢农忙的时候，总是要来我家帮工，干完我们家的再去收拾自己家的。周满爷听了我曾爷爷的话，二话不说，脱了泥巴糊糊的衣服，换上本是我爷爷穿的衣服，眨眼就成了光亮堂堂的新郎官。

这样说来，周满娭最终成为疯子，是我们张家造的孽了。似乎是这样。娘说，周满娭年轻时不但美得惊人，且做得一手好女红。据说，她新婚时的穿着，全都是她自己做的。方圆百里，都知道有个周小姐，只可惜做了地主的千金。

当然，没有谁会把周满娭成为疯子这笔账算到我们张家的头上。毕竟，她是在嫁到周家二十年以后才成为一个不正常的女人。娘说，周满娭生过九个小孩，现在的罗生是最后一个，罗生前头还有一个女儿，排行第三。第三和第九，九个里面有两个至今还活着，在大地上边吃喝拉撒，其余的都在地下，有两个甚至没有见过这个世界的太阳，月亮和星星。初具人形的他们，长眠在母亲的肚子里，出来时直接转入地下，没入永生的黑暗。另外五个，有的一个月，有的两个月，最大的六个月。眼睛刚刚睁开，看到光和亮，看到花和草，看到爹和娘，就长睡不醒，踏上寻找自己兄弟姐妹的路途。

一个女人，送走了七个孩子后，抱着唯一的女儿，开始了作为疯子的生活。罗生是在周满娭疯了一年之后来到这个世界的。如果罗生来得早一些，周满娭会不会疯呢？

这是个问题。这是我一直想要问的。没有谁能告诉我。

谢仨儿的爹

有很长一段时间，我们那个村庄都在寻找一个人。没有人说他是疯子，我想，他才是真正的疯子。他总是说猴子精钻进了他的脑壳，他常常抱着头在墙上撞来撞去，撞得满头满脸都是血。好端端的一个人，硬说脑壳里有只猴子，这样的人不是疯子是什么？

他儿子谢仨儿是我同学。谢仨儿上学迟到旷课是常事，老师问他，他什么也不说。他只和我说。他说，我爹昨天又犯了。我就知道，猴子精又进了他爹的脑壳。猴子精一到他家，他爹就不行了，口吐白沫，到处找砖头拍自己的脑壳，找不到砖头，就只好撞墙。撞完墙，他就抱住谢仨儿，两条胳膊绳子一样捆住谢仨儿麻秆一样的身子。

谢仨儿六年级没有上完就退学了。谢仨儿说，有人看见我爹了，在漉湖芦苇场，我和我哥明天去看看。他已经出走许多日子了。他走时谁也不知道。谢仨儿说，早上起来，就看不见人了，屋前屋后，寻遍了也不见。村里人划着渔船，用竹篙到河流港汊里去探，到洞庭湖茫茫水面上去搜，活不见人，死不见尸。

十天后，谢仨儿回来了。谢仨儿手里拿着他爹的一顶帽子，屎黄屎黄的棉军帽。谢仨儿说，好多人都说看见我爹了，爹天天都在芦苇场里转悠，渴了喝湖水，饿了吃鸟蛋。谢仨儿和他哥寻到哪里，哪里人都说刚刚走，你们早来十分钟就见到他了。他们还指给谢仨儿哥俩他往哪条路走了。哥俩顺着人家指的方向，风一样地跑，跑到一个地方，又是刚刚走。他们跑得脚杆子发软，跑得一身汗渍渍的，每次却都差那么几步。后来，哥俩就跑不动了，也不想跑了。只捡到了一顶棉军帽。棉军帽告诉哥俩，他就在芦苇场。他也许就在哥俩的身后，密麻麻的芦苇挡住了他，他看着自己的两个儿子，不肯出来。

两年后，村里在外打工的人送来消息，说在岳阳城里看见他了。说他披件军大衣，屎黄屎黄的军大衣，在岳阳城里大街小巷地转。谢仨儿哥俩坐了轮船，当天就到了岳阳。送消息的村里人告诉哥俩，看见他在哪条街，哪个巷子，说当时扯住了他的胳膊，要拉他到自己的出租房里住，他不肯，甩开村里人的手，撒腿就跑。哥俩就寻到那条街那个巷子，从头走到尾，从尾走到头，没有他的影子。问路边店铺里的人，说是有这么个人，以前天天在这里，我还给过他馒头，不过这两天倒确实没见他来过了。哥俩就没日没夜地在岳阳城里找，找遍了岳阳城的街街巷巷，城郊的垃圾堆也蹲守了两天，却还是没有。

从岳阳城里回来后，谢仨儿一家子，他娘，他哥，他姐，和他自己，都死了心。猴子精真是带走了他，彻底带走了他。他就在这个世界上，躲在一个角落里任凭猴子精的驱使，断了和家人见面的念头。

一年以后，谢仨儿的娘，他的老婆，嫁了人。村里人说，她还是嫁人了，迟早她都会嫁人的。他其实早就知道的，他知道他的老婆要嫁人。村里人都说，他见过他老婆偷男人。她偷的是村里的杀猪匠。他从地里收工回家的时候，看见杀猪匠睡在他的床上，睡在她的身上。他看见她涨红着脸，在杀猪匠的身子底下喊叫，扭动。他看见杀猪匠喘着粗气，在她的身上扭动，喊叫。于是，猴子精就进了他的脑壳。当然，这都是村里人的猜测，没有谁见过他老婆偷人，他也从来没和谁讲过，他看见了他的老婆偷人。他只说，猴子精进了他的脑壳。

我想，我要是能找到他，或许能搞明白他究竟是怎样成为一个疯子的，或者说猴子精是怎样钻进他的脑壳的。我有一个朋友，是心理医生，他说所有的疯子都是正常人。他说你只要打开他那个心结，解除他心里的魔障（对谢仨儿的爹来说，就是赶走脑壳里的猴子精了），他就能回到正常人的状态。我认为他是吹牛，我说要是这样，还要精神病院干什么，把世界上的疯子都往你这儿一领，不就都好了吗？他讳莫如深地笑，你不懂，你什么都不懂，大部分的疯子我是有百分之百把握能治好的。他说，你只要把你们村里那个人找出来，我可以给你打包票。

废话而已。谢仨儿都找不到，我能找到他吗。只能让心理医生继续废话，反正吹牛是不上税的。

山那边

三姑二十岁那年，就到了山那边。

山叫赤山，矮矮的，秃秃的，零星撒落一些橘子树，像个瘌痢头。三姑走到山那边，要过两条河，河里有渡船。三姑立在船头，回望渐渐远去的故土和亲人，眼里蒙着薄薄的雾。

三姑走时，我六岁。三姑走时，抱我在怀里，亲了又亲。我搂着三姑的脖子，涂她一脸的鼻涕。爹说，快走吧，人家等急了。姓周的男人高高大大，却瘸了一条腿，歪斜着站在我家门前的枣树底下，像根没有钉牢的木桩子。娘就从三姑怀里把我抢过去，使劲按住我乱踢乱蹬的两条腿。

姓周的男人走在前面，三姑走在后面。走过我家的禾场，走到泥泞的村路，走向两条河上的渡船，一直走到山那边。

婶婶就来了。婶婶从山那边走来，翻过赤山，上了渡船，上了泥泞的村路，一直走到我家。

婶婶先到了叔叔家，第二天才到的我家。婶婶伸出两只手，伸到我的身上，我哭了。

三姑走了，婶婶来了。我只好哭，每天都哭。

二十岁那年，我和叔叔吵了一架。叔叔说，我没有你这样的侄子。我说，我没有你这样的叔叔。

爹扇我一耳光。我没有哭。我蒙着被子，倒在床上，整整三天。

我只是想给三姑写一个冥钱包。七月半，我给太祖父、太祖母、祖父、祖母写完冥钱包，自作主张给三姑也写了一个。爹的脸黑了。叔叔的脸黑了。爹说，冥钱包是给祖宗的。叔叔说，你读书从屁眼里读进去的。我不管，又写了一个。叔叔抢我的毛笔。墨水瓶倒了，墨黑墨黑的水，流在三姑的名字上，流成一条黑色的河。

没有谁会给三姑写冥钱包。三十一岁，那还是“化生子”的年龄，入不得祖先的行列。祖先们缺衣少吃可以给后人托梦，来年的七月半必会收到丰厚的冥币，把地下的日子过得滋润和温暖。如三姑这样的“化生子”呢？从来没有听爹娘说起，她也曾入过他们的梦，讨一些过日子必须的用度。她是一个无所依的孤魂，一个无所靠的野鬼。七月半，她一定也随着太祖父、太祖母、祖父、祖母，来了我们家的。只是，她不敢进门，躲在枣树的阴影里，幽幽地看着一切，看着阴阳两界的繁华和热闹。她必定也是看见了我的。

被子裹紧，寒意还是周身四起。

三姑死于肺结核。

三姑死时，爹代表娘家人去了。爹说，那天大雪，两条河结了冰，只好在渡口住了一晚。第二天到达三姑家时，只有一座坟了。坟在赤山脚下的一片乱岗之中，已铺上厚厚一层白雪。

爹说，那个男人是个好人，只是你三姑没福。

那个王姓男人，我是见过的。三姑死后第二年，他带着孩子到了我们家。女孩，依稀见得三姑的模样。我伸手抱她，她眨着眼，小手在我脸上划来划去。男人话不多，坐在板凳上，大口大口地喝水。

王姓男人说，三姑临终前，让他一定带着女儿回她娘家看看。

娘在灶房里烧甜酒，用手抹眼睛。

王姓男人说，三姑一直想回娘家，说了很多次，可是每次走到渡口，又折了回去。

爹把女孩抱到怀里，用胡子扎她。女孩哭了，哭得清脆，响亮。王姓男人说，叫舅舅。女孩不叫，泪眼婆娑，往王姓男人怀里钻。

王姓男人说，你们放心，她走了，孩子我会带好的。

娘端着甜酒从灶房里出来时，王姓男人已经站起。爹和娘都留他吃过饭再走，他不肯，说看看就好了。他抱着已经睡着了的女孩，走过我家的禾场，走到泥泞的村路，走向两条河上的渡船，一直走向山那边。

三姑从周姓男人家里出走时，其实没有走多远。沿着赤山脚下的路，走上不到一个小时，就到了王姓男人家里。关于三姑的出走，我是从婶婶那里听说的。婶婶那时天天待在我家里，和娘说三姑的事。

婶婶说，她早就想好了呢，她和姓王的一年前就搭上了。

娘说，你不要这样说，听说是别人牵的线，你们周家也是同意的，不是收了人家的钱么。

婶婶撇撇嘴，怎么可能呢，她是我们周家的媳妇，我们会赶她走么。

娘不想和她理论，给她一个冷脸。

叔叔就来了。叔叔说，你们少帮她说话，她自己干下不要脸的事，还要赖到别人头上么。

那天，爹和叔叔吵起来了。

叔叔和周姓男人结的“扁担亲”。叔叔三十好几了，媒人把婶婶介绍给他，可是有一个条件，婶婶的哥哥，那个瘸了一条腿，四十未娶的周姓男人，要娶了三姑。三姑不去，婶婶不来。

无需多言。没有谁理会一个女子暗夜里的哭泣。

三姑的病起于何时，我无从知晓。据爹说，他们七兄妹，三姑的身子从小就是最弱的。祖父祖母并不喜欢她，需要她挣工分时，她整天整天地躺在床上。爹和娘给她做些好吃的，常挨祖父祖母的训斥。我出生时，祖母送来二十个鸡蛋，娘每次煮两个，一个给我，一个给三姑。祖母有次撞见了，抢了三姑手里的，扔到我家门前的池塘里。

婶婶说，她就是一个扫帚星，她到了我们周家，什么活都干不了，天天抹眼泪。

娘说，你哥要是对她好，她身子就会好起来。

婶婶说，她嫁到我们周家，还得天天把她当王母娘娘供着么。

娘说，你们至少要把她当人看。

婶婶就青了脸，摔袖而去。

每次都是这样，婶婶总是和娘说不到一个道上。

三姑的出走，谁也没想到。爹和娘听到这个消息，也呆了。

据说，那天，周姓男人早早就起了，到山上摘橘子。回来吃早饭时，屋里空了。家里收拾得好好的，被子叠得整整齐齐，屋里屋外打扫得干干净净。周姓男人拐着一条腿，山上山下地喊，不见三姑的影子。孩子也不见了，刚满一周岁的孩子，也不见了。

中午，王姓男人就来了。

王姓男人说，她在我家里。

王姓男人说，你和她离了吧，你天天打她，打得一身都是伤。我不打她，我对她好。

王姓男人说，五千块，我出，我现在就给你。

周姓男人不说话。王姓男人把钱掏出来，放在桌子上。转个身，回了。

据说，周姓男人曾经偷偷跑到王姓男人家里，把孩子抱出来。王姓男人又掏了五千块，把孩子抱了回去。

两年后，三姑死了。

三姑死时，三十一岁。

我在三十一岁的时候，想起了山那边的三姑，张小元。

米表哥

一

米表哥是二舅的大儿子，大名沈海泉。

小时候，米表哥曾经是我们骄傲的资本。因为米表哥的两只眼睛是看不见的，看不见的米表哥会算八字。我总盼着米表哥来，不只是有糖果吃，老老少少都到我们家，都眼巴巴地望着米表哥，希望米表哥的嘴里蹦出他们想要的财富或者功名。

冬瓜却说米表哥是假瞎子。为此，我把冬瓜推到了一堆牛屎上。冬瓜哭了，我也哭了。冬瓜哭，是因为他的屁股上尽是黄糊糊的牛屎，我哭，是因为米表哥不是真的瞎子。

冬瓜说，米瞎子来了，我让你看看他到底是真瞎还是假瞎。冬瓜带我躲在村头小河边上的草丛里等着米表哥。远远地，米表哥就来了，肩上挎着他那永远的黑皮包，手里拄着他那永远的竹杆杆，敲呀敲呀，敲呀敲呀，米表哥就来了。

米表哥走到河上的独木桥边时，我已经不会呼吸了。嗒，嗒，竹杆杆敲到了桥上，啪，啪，米表哥的大头皮鞋踩在了桥上。米表哥终于没有停，米表哥一秒的犹豫也没有。米表哥过了桥。冬瓜用手捅我的腰，我白了他一眼，继续盯着米表哥。我看见了离桥不远处的一堆牛屎。黄糊糊的一堆牛屎。

冬瓜也不动了。嗒，嗒，嗒，啪，啪，啪。我几乎就要跳起来了。我没有跳。我跳不起来。我坐到了地上。米表哥在即将踩上牛屎的一刹那，突然来了一个急转弯。

冬瓜开始叫了，米瞎子，米瞎子，拄根棍子装瞎子，米瞎子，米瞎子，瞎子瞎子假瞎子……

于是，冬瓜就坐到了黄糊糊的牛屎上。

二

米表哥本就不是瞎子。

一岁半的时候，米表哥突然就看不见了。

那天，米表哥坐在门槛上晒太阳。二舅妈肩上扛了锄头准备出工，看见米表哥的眼睛闭上了。刚起来，又要睡，砍脑壳的。二舅妈在米表哥头上敲了两个栗壳。米表哥没有哭，眼还闭着。快点，要扣工分了。二舅催得紧。二舅妈就不再理会米表哥，紧跑着去挣工分了。

三天后，二舅和二舅妈知道出事了。

疼不疼，我问米表哥。

不疼，要是疼，我会哭，一哭，你舅妈不就知道了么。米表哥说。

我去舀神仙水，二舅说。

神仙水在四十里外的龙须沟。

龙须沟里的水平常是不动的，只有神仙出来的时候，会有泡，一个接一个的泡冒出水面。二舅一到龙须沟，就看见了泡。二舅一纵身，跳进了龙须沟，舀来了神仙水。

米表哥不喝。二舅两个栗壳下去，就乖乖喝了。

二舅天天去龙须沟，直到冬天，干了，见了底。

二舅说，不行，我去找灰医生。

天没亮，二舅抱着米表哥就到了灰医生家。

灰医生的家里跪了一屋人。二舅跪了。米表哥也跪了。

轮到二舅和米表哥的时候，太阳成了夕阳。隔了布帘子的里屋飘出一个女声，进来吧。二舅扯着米表哥学了其他人，跪着移到了里屋。就见到了传说中的灰医生。着大红的衣裳，缠大红的头巾，脸上点上两点红，眉上抹了锅黑。二舅盯着看，却不料一声断喝：来者何人？二舅一激灵，左手公鸡右手茶叶，恭送灰医生，然后低了脑壳，战兢兢报上名号，说出来由。

就静了。

再看灰医生，上半身已趴在桌上，正作颤抖状，那颤抖，一浪接一浪，一浪高过一浪，二舅眼前红色狂舞，头竟有些发晕。

大约一刻钟，灰医生停止颤抖。早有人递过一碗水和一炷香，灰医生左手端水，右手拿香，香在水上舞，水在香下动。嘴里念着，脑壳晃着，香灰一截一截，落在碗里，化入水中。

香燃了半支。灰医生突然起身，咆哮一声：回罗。声震屋瓦，绕梁三日。碗送到了二舅的身前。

米表哥张开嘴，一碗水灌进喉咙。二舅扯了米表哥，三个响头磕得咚咚作响。

二舅妈问二舅，灰医生说什么。

二舅说，人家是神仙，是蛇精转世，她还要说么，画了水，就好了。

抱到省城的医院，医生说，晚了，已经瞎了，要动手术。

二舅问，动手术能好么。二舅怕又是一个灰医生。

动手术肯定治好，早来，手术都不用。医生说。

现在就做？二舅问。

先交钱吧。

多少？

八千。

二舅把身子矮下去，顶着墙。

米表哥就瞎了，米表哥成了米瞎子。也不是真瞎，医生说，有2%的光。2%，看得见脚跟前的牛屎，2%，让冬瓜坐到了一堆牛屎上。

三

米表哥后来学会了算命，这与我父亲有极大关系。这也是时至今日，米表哥最感激我父亲的地方。

你二舅死活不肯呢，说米伢子脑壳太笨，学不出来，还把钱白白地丢了。爹至今说起来，还对二舅一肚子的火。

又不是我的崽，说了几次都不听，我实在是不想管了。爹说。

爹后来还是管了。爹说，他不管就真没人管了，米伢子太可怜了。

那天，爹去镇上买化肥，经过村里柳满爷家的杂货铺时，看见了米表哥。那时，离二舅求神仙水、看灰医生已经过去七八年了，米表哥已经长成了一个结实高大的小伙子，如果不是手里那根竹杠杠和搭在肩上的布袋，米表哥算得上一表人才呢。

爹看到了米表哥，米表哥却没有看见身后的姑爹。

米表哥两只手牵着布袋的口子，站在杂货铺的门前，一言不发。

柳满娭抓了一把米，移到米表哥跟前。

柳满爷跟了出来。柳满爷抓住了老婆的手。

干什么，别给他。柳满爷一声吼，满娭的身子一阵哆嗦。

年纪轻轻的，出来要饭，丢人现眼。柳满爷字字句句锤子一样砸在杂货铺前的地上。

出工的乡亲扛着锄头，背着犁耙，本是要往田里赶，却都不走了。日头牛哄哄地照着杂货铺，照着杂货铺前的人群，空气里散发着燥热。

这个小气鬼，赚那么多钱，一把米都舍不得。有人小声嘀咕。

也难怪呢，这样子出来讨饭，谁给他呀。

是啊，这么年轻，干点什么不好，出来讨饭。

听说还是假瞎子，眼睛里还有光的。

人群里议论纷纷。

爹悄悄地从人群里撤出身来，骑上自行车，两条腿飞快地蹬着。

爹买了化肥，回到家里时，米表哥已经躺在我家床上了。

娘把爹拖到灶房。

米伢子今天是怎么啦，到了我家一句话都不说，倒在床上就不动了。

爹半天没有吭声。爹的心里镜子一样，却不知道怎么跟娘说。

爹坐在米表哥的身边，叫了一声“米伢子”。

米表哥从床上坐起，泪水一道一道的，满脸都是。

姑爹，我没脸活了，我实在是活不下去了啊。

爹的心里一阵绞疼。

就在那一刻，爹横了心。爹想，无论怎样，再和二舅谈一次。

请师傅要钱。二舅阴着脸，眼睛不看我爹，看着门外惨淡的天。

你不出，我出。爹的话石头一样砸在二舅的脚底下。

四

就这样，米表哥有了师傅。师傅姓木，人都叫他木瞎子。爹不敢叫他木瞎子，扯着米表哥拖到老师傅的跟前，一米八几的米表哥“扑通”跪倒，头垂到地上，恭恭敬敬地叫了一声“木师傅”。我的脑子里没有木师傅的印象，根据爹的讲述，我的想象里，总是与《二泉映月》CD封面上阿炳的样子重叠。一个忧郁的瞎子，一个沧桑的老者。木师傅会不会“二泉映月”我不知道，他的脑子里却塞满了“生辰八字”、“阴阳八卦”、“吉凶祸福”，他的神算是方圆几十里都出了名的。要不，爹怎么会花那么大的本钱，还把他请到二舅的家里，做了米表哥的专职师傅呢。

米表哥成了木瞎子的关门弟子。二舅家的雕花木床上，木瞎子半坐半躺，嘴唇半开半合，唧哩咕哝，米表哥坐在床前，毕恭毕敬，却总是吃二舅的栗壳。在二舅看来，儿子真是笨得像头猪，因为木瞎子总是醒一阵，睡一阵，呼噜比雷还大，那是儿子学不进去啊。米表哥吃下二舅无数的栗壳，脑壳都拱出包了，却还是不开窍，木瞎子的呼噜还是比雷都响。

二舅就埋怨父亲多事。看到了吧，这是一根木头，是头猪都学出来了。

爹不信。爹把木瞎子请到自己家，鸡鸭鱼肉端到桌上，倒上二两酒。

爹让米表哥跪下。

木师傅，米伢子到底能不能学出来，您今天给个话。学得出来，您把这碗酒喝了，学不出来，我们认这个命，从今往后，米伢子只做一个讨饭的瞎子。

木瞎子半天没有动。木瞎子闭了眼，仿佛入定。

爹起了身。

木瞎子却端起了碗。

爹踹一脚米表哥的屁股。

“咚咚咚”，米表哥三个响头磕在地上。

半年后，米表哥出师了。喝完出师酒，米表哥成了“米师傅”。

据爹说，木瞎子无子无女，教完米表哥后并没有离开二舅家，一年后，老死在二舅家的雕花木床上，米表哥执弟子之礼，把他送到了该去的地方。

米师傅从此就叫响了。

乡村地界，瞎子不少，师傅不少，米表哥竟以“神算”之名，轻而易举抢得大半江山，引得方圆百里，争相登门，求子求孙，求吉求财，二舅家天天香火不断，日子似乎好起来了。

五

祸也就来了。

米表哥出门营生，半路上，几个同道截住，非要喝一杯。喝了，却都不走。米表哥掏了自己的那份钱，收拾行头要出门。就都横在门口，不让，除非把饭钱都结了。米表哥不干，那钱是一分一分靠自己的嘴从乡亲们的荷包里抠出来的，上高中的弟弟下学期的学费还等着自己呢。同道们不管这些，你把我们的钱都抢走了，该出点血了吧。拳头和腿就落在米表哥的身上，还有人用伞把捅米表哥的头。米表哥身子渐渐矮下去，头上有血汩汩地冒。爹和二舅赶到时，米表哥还躺在地上，几个瞎子却都不见了影子。

虽然这样的事或轻或重地总也少不了，米表哥的生意却是一天比一天好起来了，二舅也不再喂栗壳给米表哥吃了，却给米表哥立了一条规矩，所有的钱都要交出来，米表哥的弟弟，也就是我的满表哥上高中、上大学的钱，家里是拿不出一分的。爹为米表哥抱不平，米表哥却心甘情愿，从来不见半点笑的脸反而活泛了。晴也好，雨也好，米表哥天天拄着竹杠杠走乡串村，饥一顿饱一顿，也有白眼，也有恶语，却活出了几分色彩。

米表哥自从学会了算命，来我家反倒少了，来了，有时喝口水就走，赶上吃饭了，扒几口饭就走。娘总是希望米表哥能在家里多呆些时间，难得有一次米表哥在邻村被狗咬了，在我家里睡上一晚，娘说，看见米表哥洗脚时，脚底上全是一个一个的血泡，在昏暗的油灯下晃得人头晕。娘说，这是上辈子造的孽呢。

很多年没有见过米表哥了，算来也是年近半百了。爹给二舅通电话，问到米表哥。二舅老了，老了脾气也好了，说起自己的儿子哽咽难言。乡亲们迷信八字的越来越少了，生意就越来越不好做了。走上一天也遇不上一家两家，见了瞎子，都躲得远远的，看见大门敞开着，走到跟前，却“呯”就关上了。吃不上饭，喝不上水，米表哥出门时就总是带着干粮，带着水，却总是不肯停下脚。

爹说，他那双脚已经停不下来了，迟早要跑死在路上。

想起米表哥，脑子里一团乱麻。一个人的命运，究竟是什么在掌控，表哥算了一辈子，那么多人的命运，都在他的脑子里，他自己的呢。乡亲们的知识多了，再不相信一个瞎子的嘴里能蹦出功名财富，米表哥呢，他相信么，他真以为他能看透人间百态，参透吉凶祸福么？如果他相信，他会继续走下去吗，哪怕再也遇不到一个测八字的人，哪怕天地间只剩下最后一个算命的师傅？如果他不信，剩下的日子，他该怎么办，也许他会如他的师傅，木瞎子，躺在雕花木床上，鼾声如雷。只是，他没有他的师傅幸运，被人毕恭毕敬地奉为师傅。也许，他在不打鼾的时候，会认真地为自己测一回八字，算一算自己的命运在哪里突然拐了一个弯，就成了现在这个样子。

想来想去，脑壳都想疼了，我还是想不出米表哥的未来。也许，我该当面问问米表哥。

我的同学宋秋水

一

宋秋水是我小学和初中的同学。如果不是那个已经很遥远的夏天，宋秋水应当不是现在的宋秋水。

宋秋水的成绩比我好。我还写不全九个阿拉伯数字时，他都会两位数的加减法了。

三年级，开了书法课，我和宋秋水趴在桌子上写毛笔字。爹在桌边看，看着看着，一个栗壳敲到我的头上。看看宋秋水怎么写。我含着泪，看着宋秋水手中的毛笔，却什么也看不出来。

人家是看完一个字，一句话，再动笔，你呢，看一笔，描一笔，你那叫写字吗。爹说着，又要往我头上敲栗壳。

我的泪水终于忍不住，“叭”地掉到了桌子上。

爹的栗壳停在了我的头顶，恨恨地走了。

宋秋水没有看见爹的栗壳，也没有看见我的泪水，嘴里念着“锄禾日当午，汗滴禾下土”，然后一笔一笔地写在白纸上。

所有的人都以为，宋秋水是要喝墨水，吃公家饭的。而我，所有的人都摇头。

我的爹，早已为我做好了远景规划。比如，想方设法和人家换了一块地，预备着要给我盖房；比如，买了一头水牛，犁、耙等一应农具全都备齐，而这些，往往都是两家或者三家合作着备一套就行了；比如，四处打听活做得最好的木工师傅，看能否学一门谋生的手艺……

我让爹有些失望。我和宋秋水同时考上了初中。当然，我是很勉强的，只超出录取线两分，而宋秋水，整整超出录取线六十分。

后来，我和宋秋水说起小时候的事时，宋秋水总是很快地把话题岔开，要么就是沉默，发呆，两眼直愣愣地看着什么，又仿佛什么也没看。这时候，我自觉无趣得很，只好一个人闷头喝酒。

事实上，宋秋水在进初中之前的那个夏天，那件事就已经发生了。只是，除了宋秋水，没有谁知道。

那天的太阳一如所有夏天的太阳，把人都要晒晕了。宋秋水和父亲就顶着这太阳去收拾屋后的杨树。父亲架着梯子在树上，拿篾刀修剪枝杈，宋秋水则在树下把散落的树枝捡到一块，码成一堆一堆的，等父亲砍完了再扎成捆。

知了一声一声，枯燥而单调地叫着，叫得宋秋水心烦意乱。我和宋秋水说好了，今天要到洞庭湖里去游泳的，宋秋水的父亲却阴着脸挡住了宋秋水欢蹦乱跳的脚步。我只好约别人去了，走时正好经过宋秋水干活的地方，我朝着宋秋水做了一个鬼脸，幸灾乐祸地跑了。

也许，是我那个鬼脸直接造成了宋秋水的悲剧。多年来，我常常心怀愧疚，无法坦然面对宋秋水。我的逻辑是，我的幸灾乐祸的鬼脸让宋秋水烦躁不堪，人一烦躁，干起活来自然就心不在焉，心思都到洞庭湖了，他怎么会注意到一根杨树枝的偷袭呢？当然，宋秋水不会怪我，宋秋水的父亲也不会怪我，谁能相信一个鬼脸能改变一个人的命运呢？因此，我的逻辑就成了我一个人的逻辑。

树枝从天而降的时候，宋秋水一定是抬头望天，也许是盯紧了一只讨厌的知了，牙根恨得痒痒，也许正在想象洞庭湖水的清凉，总之，当树枝落到他的头顶时，他没有躲闪。一阵剧疼从眼睛弥漫全身。宋秋水双手抱着头，蹲到了地上。

砍脑壳的，快点捡啊。宋秋水的父亲怒不可遏。

足足有五分钟，宋秋水蹲在地上没有动弹。宋秋水的父亲没有意识到自己的儿子那一刻的疼痛，一边骂着宋秋水，一边不停地挥动篾刀。

宋秋水站了起来，虽然站不稳，眼前模糊一片，还是在父亲的骂声里老老实实地干着自己的活。

奇怪的是，并没有血从眼里蹦出。如果见了血，宋秋水的父亲一定会停止骂声，对儿子的眼睛引起重视。什么也没有，从外面看上去，谁也不会相信宋秋水的眼睛出了毛病。

疼痛过后，宋秋水恢复了正常。除了感觉眼前的一切越来越模糊，宋秋水没有发现自己和以前有什么不一样。宋秋水的母亲有时要找个剪刀、针线什么的，宋秋水总要费了老劲才将东西递到母亲手里，母亲一着急，就总骂宋秋水越来越不听话，一天到晚丢了魂样。

二

很久以后，我才发现宋秋水的眼睛有了毛病。

进了初中，因为宋秋水入学的分数高，老师把他的座位安排在最前面。我则坐在了最后一排。聪明的宋秋水每次考试都排在前三名，奖状一张张往家里带，宋秋水的母亲把它们都快贴满了一面墙。我的日子就过得很艰难了，每个学期的结束，我都不敢回家，把宋秋水恨得要命。

好日子在一年半以后终于来到了。我的脑子像突然开了窍，原本面目可憎的道道试题突然和我变得亲切了，所有的科目都像我久违的朋友，所有的考试都让我得心应手。到初二下学期考试结束，我在班里的名次一下子蹿到了前五名。我的座位也调到了最前面，和宋秋水坐同桌。

宋秋水却渐渐淡出了老师的视线，老师看他的目光已经有了恨铁不成钢的味道。

原因很简单，宋秋水的眼睛越来越不行了。老师抄在黑板上的题目，宋秋水都看不清了。每次都是我先抄在作业本上，他把双眼凑到作业本跟前，才吭哧吭哧地把答案做出来。这个时候，老师早已在讲解第二道、第三道题了。

发现宋秋水赌博，是初三开学不久的事。原本每次放学我和宋秋水都是一块回家的，可有好几次放学，宋秋水都说要补习功课，没有和我一块走。我也没放在心上，家里一大堆农活等着我呢，铃声一响，我撒开两腿就往家里跑。

有一天，因为入团的事，老师找我谈心，放学后，单独把我留下来了。老师郑重而严肃地说，我的入团申请学校已经批准了，让我从此以后以一个共青团员的标准要求自己，还讲了许多让我当时热血沸腾的话。

我怀揣着一颗咚咚乱跳的心走上了回家的路。夕阳涨着彤红的面孔朝我微笑，灌满了浆的稻穗迎着风儿向我频频点头，我的心情好得一塌糊涂。

这时，我看见了宋秋水。放在平时，我急匆匆回家的时候，我是发现不了宋秋水的。可那天，我走得很慢很慢，我极难得的边走边欣赏路边的风景，看每一颗石子，每一株小草是否也和我有着一样的好心情。

宋秋水和另外三个同学趴在路边已经干涸的水沟里，屁股朝天。宋秋水把两张扑克牌“叭”地摔在地上，A8。宋秋水压抑着的嗓音透出兴奋和激动，然后就把中间一堆毛票、分票扒到自己的跟前。

四个人玩得全神贯注，谁也没有注意到我。我早就听说班里有人放学后不回家，躲起来玩这种就“A8”的赌博游戏，只是想都不敢想，这里面竟还会有宋秋水。

宋秋水。我叫了一声。

四个人同时抬头，看了我一眼，没有理睬我。

宋秋水。我大叫了一声。

宋秋水从地上弹了起来。

不玩了，今天不玩了。宋秋水把那堆毛票、分票抓到自己书包里，跟我一块往回走。

好一阵，我们谁也不说话，默默地走着。

别告诉我爹。宋秋水说。

嗯。我点点头。我知道，宋秋水的爹要是知道了，腿都会打断的。

别告诉老师。宋秋水说。

我心里一阵颤抖。老师的话，还在我的耳边。老师说，一个共青团员，要关心班里的建设。

真的，别告诉老师。宋秋水快哭了。

我犹豫着。答应了宋秋水，我就不是一个合格的团员；不答应宋秋水，宋秋水肯定要恨我。

我保证，以后再不打"A8"了。宋秋水真要哭了。

我答应了宋秋水。

一个星期后，宋秋水还是被老师逮住了。所有赌博的同学全被老师逮住了。

先是在班里。老师把六个人全部揪到了讲台上，一人一记响亮的耳光。

至今，那些响亮的耳光还常常在我的耳边响起，啪，啪，啪，啪，啪，啪。那么清脆，那么震撼人心。六记耳光成了我初中生活最清晰的记忆。

还有宋秋水的眼泪。六个人，只有宋秋水，两行泪水挂在脸上。

然后，是全校集合。六个人一字排开，站在大操场的主席台上，站在几百名师生的目光里。校长在讲话里，用的是“害群之马”四个字。我站在队伍里，隔得太远，看不清宋秋水的脸。

宋秋水的爹收拾儿子的时候，我并没有在场。是娘告诉我的。

真下得了手呢，那么粗的木棒打在宋秋水的腿上。娘叹着气说。

宋秋水也真不是个东西，跪在地上哼都不哼一声。爹接了一句。

要不是宋秋水的娘抱住宋秋水，挨了一棒子，还不得打死啊。娘说。

不争气的崽，就要这么整。爹的话里透着狠气，让我不寒而栗。

宋秋水在家里躺了半个月，才又和我一起走进学校。

中考结果出来了，我以超出录取线 80 分的高分进了市重点高中，宋秋水以 40 分之差，永远地离开了学校的大门。

三

我问过宋秋水，知道自己眼睛不行了，为什么不告诉父亲。现在想来，如果当时进了医院，是有办法救治的。即使没有办法完全恢复，也可以配副眼镜，事实证明，这么多年过去，宋秋水的视力始终没有再往下降了。上高中时，班里有个同学视力只有0.1，戴副1500度的啤酒瓶底，照样考了北京的名牌大学。

是啊，怪我自己，不敢告诉爹。不过，告诉了爹，又能怎么样呢，爹会相信吗。宋秋水摇头，苦笑。

你就那么撑着，撑不住了，你就去赌博？

我娘说了，这都是命，一个人是犟不过自己的命的。宋秋水平静如水，我的心却生疼生疼。

我大学毕业，分到北京后，宋秋水也过来了。陪着他大街小巷的转，厚着一张脸求爷爷告奶奶，总算找了一个饭店做了配菜。这还不到半年呢，饭店老板说，下一步要让宋秋水做厨师。多好啊，多少像他这样的在北京混了几年也熬不到这份上。

我为宋秋水感到高兴，心头的那丝时隐时现的歉疚也少了许多。

那天，我坐在办公室，无所事事，百无聊赖地翻着当天的报纸。

宋秋水的电话来了。

哥，你下班到我饭店来一趟。电话里的宋秋水急吼吼的。

怎么啦？

你过来吧，来了我再和你说。

行，你等着，我现在就过去。我扔了报纸，就往楼下跑。

宋秋水在离饭店不远的路口把我截住了。和宋秋水一起的，还有几个岁数小一些的小伙子。

宋秋水把那几个同伴介绍给我，都是老乡。

你去和我们老板谈谈吧。宋秋水说。

我一头雾水，搞不懂宋秋水要干什么。

是这么一回事，饭店老板上个月把后厨承包给我，我就找了他们几个。说好了，买菜、配菜、厨师，全是我们自己做，我们五个人，一个月四千块钱。干得好好的，两个月了，不给我们结账，说是我们偷了厨房的东西，让我们先赔上再和我们结账。我们讲了半天，人家就是不给。你是单位上的，你和我们老板评评理。

宋秋水说得很快，噼哩啪啦的，不过，大致意思我还是听懂了。

你们到底有没有偷他们的东西嘛。

没有，从来就没有。几个人异口同声。

我进了饭店。

老板似乎早在等着我。不是一个人，围着一张桌子，坐了四个人。我一进门，四双眼睛“唰”地全盯住了我。

说实话，我有些害怕。我只是偌大京城里一个很不起眼的与文字较劲的外乡人，我可以无所顾忌、为所欲为地摆弄五千汉字，却没有足够胆量和智慧面对四个背景不明、充满敌意的彪形大汉。

害怕只是一瞬间的事，以我的常识，很多事，摆到桌面上，是可以讲清的。

我把证件拿出来，一人递根烟。

四个人阴沉着的脸松弛了一些。语气里却是不容商量的拒绝。

你去问问他们自己，这两个月，把我的饭店弄成了什么样子。做的菜，客人没法吃，厨房里又脏又乱，这个样子，生意怎么往下做。

老板说完了，就领着我进了后厨。

你看看这还像厨房吗？老板指着油垢有半寸厚的灶台说。确实让人倒胃口，白菜、萝卜、南瓜横七竖八地到处都是，颜色发黑的肉块上苍蝇飞来飞去。

这还不算呢，碗碟都洗不干净，好几次上面粘了乱七八糟的东西就端了出去，客人都吵着不结账就走。我这小饭店能经得起这样折腾吗？老板的嘴里像压满了子弹，不让我有还击的机会。

我没法还击。不是亲眼所见，我不会相信一个饭店的后厨几乎成了一个垃圾场。我有种预感，宋秋水的眼睛再一次毁了宋秋水。

但我不想这么轻易地缴械。

不是说偷了你们东西吗？

偷没偷，他们自己心里清楚。

我明白了，老板只是找了这个借口，要把宋秋水他们赶走而已。我的卑微而弱小的农民兄弟们，怎么会偷饭店的东西呢？只是，他们的惰性和习惯断送了他们的路子。而宋秋水，他的眼睛欺骗了他，他看不清这个厨房的脏乱会毁了他好不容易挣来的一个位子。

不管怎样，两个月的工钱得给他们吧，出来干都不容易。

不行，一分都没有。老板恶狠狠地说。

谈话没法再继续了。

我为宋秋水，为我的农民兄弟们，感到了莫可名状的悲哀。

宋秋水从我的脸上，已经看出了谈话的结果。宋秋水的愤怒那一刻到了极致。

今天晚上，我们一把火烧了这狗日的。宋秋水说。

对，出了这口恶气再说。几个小伙子纷纷赞同。

我吓了一跳。就近我找了个饭馆，请他们几个吃饭。

秋水，你放心，我一定给你把钱要回来。我给宋秋水倒上一杯啤酒。

你把情况大致写一下，签上你们几个的名字，我往上面送，不信找不着说理的地方。说这句话的时候，我心里还是有点底的，政府不是已经下了文件，要解决农民工工资问题么？我本想说说饭店卫生的事，让他们明白，这其中其实也有他们自身的问题。

可是，宋秋水突然地，就哭了。宋秋水哭得鼻子不是鼻子眼睛不是眼睛的。宋秋水先是趴在桌上哭，哭得双肩直抽。后来，宋秋水把头抬了起来，还是哭。宋秋水哭的时候，端起了面前的酒杯。满满一杯，黄澄澄的燕京啤酒，眨眼就进了宋秋水的肚。

我把酒杯端起来，叫秋水。干杯。宋秋水的酒杯就满了。宋秋水端了泛着酒沫的杯子和我碰杯，“咣”的一声，宋秋水的酒杯裂了，白色的沫就往宋秋水的手上爬，宋秋水甩都甩不掉，反把裂了的酒杯甩到了地上。于是，又是“咣”的一声，一堆玻璃渣子横是横竖是竖的，醉倒在宋秋水的脚底下。

我就想我该拥抱一下宋秋水呢。我太应该拥抱他一下了。可是我没有。我只是定定地看着宋秋水，看着满脸泪光闪闪的我的兄弟——宋秋水。

咱们回家吧。宋秋水目光迷离。

行，要到工钱，我送你回家。我不再劝阻宋秋水了。

不，工钱不要了，我只想回家。

我不再说话，闷头喝酒。

是啊，回家吧，秋天来了，到了回家的时候了。

四

虽然我还对讨回宋秋水的工钱抱着希望，却不得不送宋秋水回家，我怕日子长了，宋秋水真要出大事。况且，家里来电话，说今年的农村和往年不一样了，乱七八糟、名目繁多的各种摊派已经少了许多，包括稻谷在内的各种农产品的价格窜到了农民以前不敢想象的地步。乡亲们的日子经过多年风雨中的迷茫后，总算见着了一些让人欣慰的希望。

送宋秋水走之前，我带他到眼镜店去配眼镜。一开始，宋秋水死活不去。

种田的，戴个眼镜，人家还不笑话死我。

那有什么，到时找对象，人家欺你眼睛不好，找个丑八怪往你跟前送，你还以为得了个宝，人家不更要笑话死你么？我和宋秋水开玩笑。

这一说，宋秋水不好意思了，就随我进了眼镜店。

验光后，配镜。我问配镜师多少度。

1400。

出了眼镜店，我让宋秋水戴上试试。宋秋水拗了一阵后，终于戴上了。厚厚的镜片后边，宋秋水的眼睛睁得老大老大，放射出惊喜的光。模糊不堪的世界一下子清晰无比，宋秋水能不惊喜么？只是这一刻来得太迟了，整整迟到了十五年。命运就是这样，以它一个小小的把戏，就捉弄了宋秋水十五年，不，是一辈子。我的眼泪那一刻盈满眼眶。

秋天真的来了。城市的马路上落满了枯黄的树叶，凛凛的秋风穿梭在北方的街道，放肆地钻进每个人的身体。

宋秋水走了，我的心一下子落寞无比。工钱的事，杳无音信。我依然独守在这并不属于我的都市里，百无聊赖地打发日子。只有想象宋秋水戴着厚厚的眼镜片，昂首挺胸走在故乡稻香漫溢的田埂上时，我才觉着了些微的温暖。

苎麻疯长的时节

周光辉的嘴真是一张奇妙的嘴。放学路上，我们走在杉树林里，两只脚在厚厚的落叶上松鼠样跳来跳去，太阳从头顶上杉树叶的缝隙间把一个个光亮亮的圆巴巴扔到我们的脚下。走着走着，周光辉的口哨就响了。清亮，悠长，婉转。不像别人的，要么破铜锣似的震得人耳朵里边起茧子，要么钉子刮在铁上一样让人心里长毛。周光辉口哨一起，林子里的麻雀都不说话了，风也从田野里赶过来，在林子里跳舞。

还有吐泡泡。周光辉不吹口哨的时候，就把晶莹透亮的泡泡从舌头底下一个一个地吐到林子里，神奇的是，有时候还有两个，或者三个，结了伴一起从周光辉的嘴里跑出来。大大小小的泡泡在林子里随着风飞来飞去，有的落到树上，有的落到地上，有的一直飞，飞到阳光里，变了颜色，成为七彩。

周光辉跑着跳着，一路口哨，一路泡泡。我紧跟周光辉的屁股，瘪着嘴，腮帮子都硬了，还是没有声音，又把舌头在嘴里搅来搅去，没有泡泡，吐出来的只有空气或者唾沫星子。望着周光辉的背影，我无比仰慕，无比悲伤。

爹说，你不要和周光辉玩了。我低了头，没有吭声。

爹说，你听见没有。我抬头，说，听见了。

我其实也不想和他玩，如果他不会吹口哨，不会吐泡泡，我早和他拜拜了。他的成绩太臭了，上学期期末考试，他语文48，数学39，又坐了倒数第一的椅子。可是，班里没有谁的口哨吹得他那么好，没有谁的泡泡吐得他那么圆。我不和他玩，谁来教我这两门绝活呢？

我蹲在禾场里玩泥巴，把粘乎乎的泥巴掰碎，一点一点地砸向一只黑蚂蚁。老也砸不中，泥巴在蚂蚁的四周开花，蚂蚁不慌不忙，在泥巴炸弹的空隙里迂回前进。我懒得玩了，一大坨泥巴“啪”地砸下。蚂蚁不见了。

我想起了早上的事，心里乱得一团糟。

早上，天还没亮。爹说，跟我扯麻去。我只好使劲揉着眼睛，跟在爹后边。

到了苎麻土边，爹站住不动了。

苎麻是这个时节最壮观的风景。绿而肥的苎麻叶子挤挤挨挨，绵延不绝，铺向遥远的天边。苎麻排兵布阵一般，顶着叶子，根根直立。青绿色的麻秆丰润饱满，仿佛要溢出水来。这是一年里最好的二茬麻。五月份的头茬麻和十月份的三茬麻要么嫌嫩，要么过老，只有七月份的二茬麻正当壮年。

我家的苎麻总是最喜人。不光是苎麻，只要地里能长的，水稻，油菜，棉花，到了我家的地里，就和别人家的不一样，产量总要高出一大截。这是爹的本事。爹常对我说，你读书，就要像我这样，要搞就要搞好，比所有人都要好。我明白爹的心思，从一年级到五年级，第一名从来没从我手里溜掉过，周光辉也是，倒数第一名从来没从他手里溜掉过。可是，周光辉口哨吹得那么好，泡泡吐得那么圆，让我很难受。

爹不动。爹看见我家的苎麻整整一畦被齐根斩断。

用的一定是砍刀，长而阔，闪着寒光的大砍刀。苎麻们一点准备都没有，昨天太阳落水之前，它们还从爹的眼里感受爱抚和嘉奖。晚上，它们一定聚在一起，私语，微笑，为自己骄傲，为爹高兴。砍刀伸过来的时候，它们也许不疼，砍刀如此锋利，在觉到疼之前，它们已经倒地，身首异处。

太阳出来了。整整一畦，空空荡荡，斩了身子的苎麻贴着地面只留一寸，青绿色的汁液一滴一滴地冒出来，滚到地里。

爹转身，往回走。

走到家门口，爹说，你不要和周光辉玩了。

周光辉在外边敲窗户。我没有理他。爹让我不要和他玩了，我不能再和往常一样，他一叫，我就扔了饭碗，屁颠屁颠地跟在他后边。我把头埋到蛋炒饭里，耳朵捕捉到了周光辉远去的脚步声。

今天学校要收糠。校长说，学校喂的猪没有吃的了，每人从家里挑一担糠，没有挑的不能进教室。爹昨天晚上已经给我准备好了，两个箩筐都快装满了，我试了一下，有些沉，想倒掉一些。爹说，你干什么，这点东西都挑不动吗，我像你这个年纪，早都到山里找副业去了。我不是嫌它沉，只是觉得学校里杀了猪，我们连油花子都看不见，还不如省下来喂自己家的猪呢。爹不明白我的心思，说，你学习上拿第一，就凡事都要拿第一，你总不能比周光辉还挑得少吧。

周光辉竟在林子里等我。

周光辉挑着糠，从林子里钻出来，堵在我的前头。

我往左，他往左，我往右，他往右。

他把自己肩上的扁担和箩筐墩到地上，两只手抓住我的箩筐。我动不了了，但我不想停下，就抬脚踢他。他可以迟到，我不可以。今天早自习，轮到我带全班同学读课文了。

周光辉说，我只问一句话，你说清楚了，我就让你走。

我知道他要问什么，我不可能说清楚。我只有不停地踢他，他的腿上，胳膊上都是我的脚印。

是不是你爹叫你不和我玩了。周光辉两只眼睛瞪着我。

我不说话。

是不是你爹说我们家偷了你们家的苎麻。周光辉逼我。

他逼我，我也不会说。爹没说苎麻是谁偷的，就说不要和周光辉玩了，我怎么知道爹是不是怀疑是周光辉的爹偷的呢。村长到地里看了，什么也没说，就回去了。村长都不知道是谁干的，我爹怎么会知道呢。

村长走了后，我跟爹又到了苎麻地里。我很讨厌扯麻，要一根根的把苎麻从麻秆上剥下来，一不小心，麻秆断了，碎屑刺进手掌，钻心的疼。往年，爹是不让我扯麻的，只让我坐在家里的刮麻机前，给苎麻去皮，那要舒服很多，还可以偷懒。这两年，家家都疯了一样，除了留下两三亩地种水稻，剩下的全都种上了苎麻。我家种了七亩，周光辉家种了六亩。往年去了皮，晒干了的苎麻是两到三块钱一斤，这两年，价格也跟催了肥的苎麻一样，一天天地涨，涨得人心惊肉跳，头茬麻涨到了六块，最近有人在传，说还要涨，至少八块。爹说，真要这样，明年再加两亩地的苎麻，留一亩地种粮食，够吃就行了。

爹总是比别人看得远。别人还没缓过劲来，爹的稻田已经种上了苎麻，别人也把苎麻种上的时候，我们家的已经开始卖钱了。

爹说，周罗生就是这点不服气。周罗生是周光辉的爹。

他以为这个世道还是他们周家的世道。他造老子的谣，说老子故意不把皮去干净，说老子卖苎麻的时候，用喷雾器往苎麻里喷水，往苎麻里撒沙子。他是血口喷人呢。他自已在苎麻里头包砖头，被当场发现，反倒造老子的谣。看着吧，他们这么搞，麻价好不了几天了。爹一边扯麻一边说，自言自语似的。

你一定要给老子争气，好好读书，好多人都在看稀奇呢，晓得啵。我看了一眼爹，有点搞不懂。

你是个木脑壳啊，为什么偏偏要砍我们那块苎麻，你脑壳开点窍，好啵。爹突然有些火了。

太阳从东边一点一点地拱出来，平常这个时候，我们已经走到学校门口了。要迟到了。已经迟到了。我突然想哭。一坨硬硬的东西堵住我的喉咙。

周光辉有些呆，两只手伸开了，往后退了两步。

我没哭，我挑着我的糠，撞开周光辉，飞一样地跑。

我以为周光辉不会追我了。我以为我不说，他就不会问了。

我错了。他追上了我。他从后边再次拖住我的箩筐。我跑得太快了，刹不住，一下栽倒在地上。扁担横在我的背上，两个箩筐滚到了路边的水沟里。

我的糠完了。金黄色的糠一粒粒地跑出箩筐，跑到水沟里。水沟里的水欢快地向前流着，流向田野，流到河里。我的糠从我家的木仓里跑到我的箩筐里，本来是要跑到学校里那些猪的肚子里，现在改了道了，跑到河里，跑到田野里，有一些，进了小鱼儿的肚里了，我看见有鱼儿在追着咬呢。

我趴在地上，不想起来。我就那么趴着，看着我的糠一粒粒地逃走。

周光辉过来扶我，我甩开他的手。

周光辉就去捡我的两个箩筐。两个水淋淋的，空荡荡的箩筐。

周光辉说，你挑我的糠去学校。我挑你的空箩筐，在林子里等你放学。

周光辉把他的装了糠的箩筐墩在我的跟前。

我从地上爬起来，周光辉已经掉转头，往前走了。他一边走，一边吹着口哨，吹的是《王二小放牛》。我看见他突然往路边一拐，就不见了。

他进了林子了。

我挑上周光辉的糠重新上路。我的眼泪跌出来了。如果昨天扯麻的时候，爹不说那些话，我也许不会和周光辉闹成这样子，也许今天就可以学会吹口哨，吐泡泡了，周光辉早两天说过，我很快就会学会的。

你晓得周光辉的新屋为什么要比我们家的高么。爹说。

我赶紧点头。我再跟白痴一样，爹就得动手了。况且，这个事，我还真搞得明白。我们家的新屋刚刚盖好，周光辉家就开始挖地基了。请的泥工师傅还是给我们盖屋的那伙人，领头的是湘阴人，活干得好，人又本分，爹很喜欢他，他和爹也说得来。那天，湘阴人到我家喝酒，说了一些话，我全都听见了。他说，周罗生想把地基往前移，至少超过我们家半米。爹听了，有一会儿没说话，喝了一杯酒。湘阴人说，我劝他不要那样，那不是浪费地嘛，他不听。爹说，他周家是想永世都压着我们呢。我虽然不太明白，看爹渐渐发青的脸色，我知道他很恼火，早几天，村里还有两家为这种事打过群架的。湘阴人说，你放心，我想办法，让他改主意。后来，周光辉家的新屋果然和我们家的一般齐。听湘阴人说，他骗了周罗生一把，说地基前移，正好落在原来填河的松土上，房子会不结实。周罗生信了，说地基不移，但高度要超过我们家半米。新屋建起来，果然高了半米。

伢子，你不晓得早几年周罗生是怎么整我们家的。你娘喂了四只猪，得了饱食症，一晚上全死了，周罗生是队长，报了案，说我们对社会主义不满，故意把猪害死。派出所来人了，医院也来人了，当场化验。化验结果，就是饱食症，不存在放毒的事。他下得了手呢，差点把我们整死。现在好了，他想整我们也整不着了。

爹一口气说了那么多，突然轻松了似的，长长叹了一口气。

爹是轻松了，我却掉进一个黑洞里。那个晚上，我做了噩梦，梦见我和周光辉在一座山上打架，我抱住他的两条腿，把他摔到地上，他一个鲤鱼打挺，三脚两脚，把我踢倒，又骑到我身上，两只拳头下雨似的落到我的脸上。我起来，他倒下，他起来，我倒下。谁也不放弃，谁也不认输。最后，我赢了。我趁周光辉刚从地上爬起来，身子还在摇晃，一头撞过去，周光辉往后退，退，退，退，一脚踩空，跌落山下。醒来的时候，我一身冷汗，看见周光辉血湖血海的脸上，两只眼睛比牛眼睛还大，死死地瞪着我。

我一路上都想着这些事情。想着想着，学校就到了。我把眼泪擦干，把糠挑到学校的伙房。

花儿朵朵向太阳

如果你在我们村里待得久了，你会忍不住要去仔细地观察一些人。你不满足于远远地观望，那样只见得一个轮廓，高，或者矮，胖，或者瘦，挺胸，或者驼背。你总想看得更清楚，眉毛的浓淡，胡须的深浅，耳朵是否招风，鼻子是否酒糟，眼皮是单还是双，甚至头发里藏了几个旋。

比如，大喜和二喜。

大喜和二喜是我们村里唯一的双胞胎，大喜比二喜大了三分钟。三分钟，二喜也得管大喜叫哥。二喜常常不叫，尤其和我们一起玩的时候。二喜总是说，走，回家。大喜理都不理他。二喜去扯大喜的袖子，大喜胳膊一甩，气冲冲地说，叫声哥会死人啊。二喜还是不叫，转身就走。我们就说大喜，你真是，就三分钟嘛，何必。大喜说，不叫也就罢了，天天管着我，好像我得管他叫哥。这倒是个问题，一下子难住了我们。就有人说，没准还真是你娘搞错了，你才是二喜也不一定。大喜眼睛鼓得溜圆，瞪着发言的人，要吃人的样子。大家就都散了。

你倒未必关心谁是大喜谁是二喜。你关心的是大喜二喜管那个人一口一个爹地叫着，可他到底是不是他们的亲爹？

你不敢去问谢和平。谢和平天天把腰挺得板直，脸上挂着刀一样让人心冷。他当然最清楚，他面前天天晃着的两张一个模子做出来的脸是不是他自己下的种。第一眼看到他们爷仨，你就打起了肚算盘：三个人，两张脸。一张脸眉毛如炭，胡须似墨，鼻子酒糟，眼皮成双，一张脸眉淡胡须浅，鼻头顺溜眼皮单。脸是这样，全身上下都是这样，三个人，两副模板。

你当然不敢去问谢和平。据说，那天晚上，他在生产队的猪棚外边站了一宿。风像一头待宰的猪扯了嗓子嚎，雪跟个巫婆似的飞天舞地。他把自己裹在棉袄里边，腰板挺得笔直。那之前，他的腰就弯不下去了，地上有钞票他都捡不了。你说，他那是腰椎间盘突出，搁现在，动个手术，就好了。谢和平那时没有动手术，只好让腰一直就那么直着。王桂花进了谢家的门没几天，他就直着，门板一样地直着，直到大喜二喜呱呱落地，直到大喜二喜向日葵一样蹿过他的腰，蹿过他的胸，蹿过他的肩，蹿过他的头。

王桂花也是清楚的，她是大喜二喜的娘，她不清楚谁清楚。谢和平站在猪棚外边，她或许不清楚，她自己躺在猪棚里边，总是清楚的。猪在猪圈里，她在猪圈外。猪在圈里扯起猪婆腁，她在圈外瞪着两只牛眼睛。生产队集体养的十头母猪有三头要下崽了，队长每天要派人在猪圈里守夜。她不肯去，队长说，一家守一天，不去就要扣工分。她只好去了。她给谢和平洗了脚，也给自己洗了脚，打个手电筒，搂床被子就去了。

你想都没想过要去问王桂花。除了谢和平，你第二个想到要问的是唐建生。

你真去问了唐建生。他不说。他额上扯出几根青筋，两片嘴皮子嗦嗦地动，就是不吐一个字。不说没关系，你递了一颗好烟给他。你终于近距离地很仔细看到了唐建生的脸。无须再问了，大喜二喜，和眼前这个男人，确是一个模子，就连发怒时额上青筋的根数和嘴皮子抖动的节奏，都是一样。唐建生不说是有苦衷的。他找过谢和平。大喜二喜蹿到谢和平胸口那么高的时候，有人怂恿唐建生把大喜二喜要过来，说要不回两个至少也得要一个。唐建生心就活了，自己老婆进门十多年还是肚子瘪平，大喜二喜是自己的种，为什么就不能要回来？进了谢和平的门，看见王桂花闪身进了灶房，喂猪去了。谢和平直腰板脸也不请他坐。唐建生抖抖嘴皮子，说，大喜二喜……大喜二喜……大喜二喜……说了三遍，正要转入正题，妈呀，抱着脑壳，转身就跑。谢和平已经抄了家伙，手里不知何时就多了一把锄头。亏得腿快，亏得谢和平是个直腰子，要不，唐建生的脑壳早被锄掉了半边。

都说是村长（原来的生产队长）有意安排的。王桂花前脚进，唐建生后脚进。都说村长白天和谢和平、王桂花、唐建生谈过话。你去问村长，村长鬼得很，抽了你的好烟，只是给你笑，笑得你云里雾里，脑壳里灌了浆似的。

你觉得我们村子越来越有意思了。你像一头猎犬，拱着你的鼻子这里闻闻，那里嗅嗅。一个又一个身份模糊，面容暧昧的少年排着队进入你的视野。

比如黄志军。

黄志军的爹是村里小学的数学老师。黄老师是我们村里唯一戴眼镜的人。上课时戴着，下到地里，他还戴着。下到地里的黄老师常常把眼镜弄丢了，眼镜丢了，他就把眼睛瞪得铜铃一样，两只手在泥水里摸来摸去，摸到了，就在清水里洗洗，在衣服上擦擦，在空气里甩甩，再架到鼻梁上。

你说，黄志军肯定不是黄老师的崽。黄老师长个国字脸，方方正正，黄志军呢，脸尖尖的，两边刀削了似的。我不得不承认，你是一头优秀的猎犬。你来我们村里才几天啊，黄志军的秘密都被你探到了。

都说黄志军是村长（生产队长）的崽。谁也不会轻易就告诉你的，但我相信，要不了多久，你就会搞明白。

那时候，队长的权力是很大的。他对谁不满，就给谁排最累最脏的活，他看谁不顺，就随便找个理由扣了谁的工分。黄老师那时候还不是老师，戴副眼镜像个人物似的，以为自己比别人多读了两年书，拉个屎非要急急火火地从地里往家里跑。队长烦他烦得要命，人家都是跑到棉花树丛里脱了裤子就解决，你的屁股就那么金贵。还有，黄老师喜打喷嚏，那也罢了，只是他的喷嚏声音太大，一个村都听得见。队长在那里排工，或者点名，说到要扣谁谁谁的工分，他的喷嚏就响了，平地里起个炸雷一样，滚过来滚过去，引得阵阵哄笑，总是把好端端一个场子搅了。

当然，队长绝不会因为拉屎和打喷嚏，就要在黄老师老婆李翠英的肚子里种上自己的种。慢慢地，你会发现，村子里长着尖尖脸的少年并不只有黄志军，比如刘三皮，让他和黄志军站在一起，俨然就是亲兄弟。多年前的事似乎有些清晰了，队长曾经诲人不倦，撒豆成兵。

可以想象的是，队长在李翠英的肚子里下种时，掺杂了许多对黄老师的不满和愤怒，他甚至是以有些恶狠狠的姿势进入了李翠英身体。据说，队长从来不会强迫哪个女人，他的字典里没有“暴力”二字。李翠英是个例外，我想，他一开始一定也是温柔的，优雅的，只是随着事情的进行，他想起了黄老师提着裤子急急火火奔跑的样子，想起了那一声接一声炸雷样滚过来滚过去的喷嚏，他觉得不狠一点，不足以解气。

黄志军就是在队长那次恶狠狠的播种里落地生根。

黄老师并不知道。那个夜晚，他在遥远的芦苇场里戴着眼镜收拾了一天芦苇后，鼾声连连，一个接一个的好梦让他快乐无比。回到家里，李翠英的肚子已经高高隆起，又过了几个月，他欣喜若狂地发现，李翠英给他生了一个带把的。已经生了三个女儿了，黄志军的到来确实让他如释重负。

我知道，你从黄志军的身上已经嗅到了村长的气味，你的目光越来越多地盯上了村长。他抬头挺胸，笑容满面地在村子里的大路小路上走来走去，时不时停在一些少年的跟前，拍着他们的头，问一些可有可无的问题。你常常看着他踌躇满志背着手的身影，啧啧有声。

黄老师，依旧把一个一个的喷嚏丢在村子里的空气里，时时震动着别人的心房。

我知道，总有一天，你会盯上我的三叔。你已经把解开那些少年的身世之谜作为你继续在我们村子里待下去的唯一理由。

你说，你三叔是你们村里最幸福最有本事的人。我知道你指的是什么，让我纳闷的是你从哪里找到的线索。我甚至怀疑你在跟踪我三叔。你说，昨天我看见李黑牛了。这让我吓一跳，李黑牛十年前就搬到镇上去了，你没去镇上，怎么会遇上他呢。你含颗烟在嘴里，神秘兮兮地笑。

你说，李黑牛是不是你三叔的崽。我没法否认。谁都知道的事情。只要见过我三叔和黑牛，哪怕只一眼，就能做出精确的判断。

知道你三叔为什么不娶老婆吗。你问我。我摇摇头。听爹说，三叔年轻时见过许多女子，一个都没看上，一年一年地拖下来，就拖成光棍一个了。你说，你三叔是个人物呢，他不娶老婆，却夜夜快活。你说这话，我有些生气，毕竟他是我三叔，再说，你这样说话要有根据的，我怎么从来没听村里人讲过我三叔这些事呢。当然，李黑牛除外，那是多年前的事了，十年前他们一家子不是搬走了吗。

李家搬家时，黑牛已经五岁了。头天，我们都在黑牛家的杂货铺前玩泥巴，黑牛什么都没说，一坨坨泥巴摔在地上，爆仗似的，耳朵都震聋。黑牛爹倒是出出进进的，板着个脸，我们都猜肯定又是谁从黑牛娘手里拿了货没给钱。他是不赊账的，谁都不行，黑牛娘说，乡里乡亲的，谁不有个急的时候，人家又不是不给。黑牛爹说，给个屁，你看看那本上记的，前年拿的白糖，现在还挂着账，你个败家子，总有一天，这铺子要让你败个精光。那天，两个人又吵起来了。开始声音还小着，两人压着喉咙你一句我一句地戗，后来，声就大了，黑牛爹吼得屋顶都要翻了。又听得噼噼啪啪地响，我们想，黑牛爹又找床铺撒气了，黑牛爹火气一上来，就把巴掌拍在床铺上。

第二天，我们才知道，黑牛爹的巴掌不光拍在床上，还拍在黑牛娘的脸上。拖拉机停在杂货铺子前，黑牛娘一只手捂着脸，一只手搂着被子、衣服，出了进，进了出。黑牛很够朋友，从铺子的抽屉里捧出一把一把的瓜子花生送到我们手里，嘴唇上挂着两条鼻涕龙，一抽一抽的。

十年没有见过黑牛了，我只记得他走的那天的样子。你说，要知道他现在的样子，去看你三叔就行了，一模一样。这我倒信，黑牛五岁的时候，我们就看出来了。

你说，你三叔昨天还和黑牛娘说了话。你咋知道。我问。

也是巧得很，我昨天上你三叔铺子去买烟，一眼看见黑牛坐在那里。我没见过啊，想这是谁呢？正想着，你三叔从里面出来了，门缝里我瞧见了黑牛娘。你三叔胆子够大的，这事要传到黑牛爹那里，他三个脑壳怕也保不住一条命。

我就笑。我笑你太小看我三叔了，他没那个胆，敢做那个事吗，再说了，黑牛爹十年前没要了他的命，现在还会翻这旧账吗。你也笑，说是这个理。

知道你三叔现在和谁好着吗？我摇头，真不知道。

三个。你把三个指头伸到我眼皮底下。

你这人，越来越不像话了。我站起来，懒得搭理你。

不信啊，你等着吧，没准哪天又蹦出几个黑牛来，你的堂弟弟们排着队来认你呢。

呵呵，就算我三叔有那个胆，怕也没那个能耐再造几个黑牛了吧。他都五十三了。

你总是要走的。你说，你们村子是我走过的最好玩的村子。还有多少是我们不知道的呢，他们长在谁的家里，他们是否清楚自己的来和去？你自言自语。

这确实是个大问题。

鬼影憧憧的村庄

一

印象最深的，过完年后，家家要请瓢二姑姑。却不是谁家都能请来的，李三拐家就不行。天一黑，住村东头的李三拐一条腿长一条腿短，一拐一拐地，拐到村西头我家里，求我娘把他的事捎带着问一问。

净手，焚香，烧纸。八仙桌摆在堂屋正中，白亮亮的大米铺上浅浅一层，黄灿灿的葫芦瓢倒扣着抬过来，瓢把上用红绸系根筷子。桌子两边，一边一个，抬着葫芦瓢。我想抬，娘一巴掌拍在我的手上。娘说，红花妹子（未婚少女）才能抬。两个堂姐姐冲我鬼笑。

瓢二姑姑瓢二神，
瓢二姑姑有灵神。
别人请你问别事，
我家请你问年成。
问得年成好，
打发你红绿袄。

问得年成差，

打发你红绿花。

娘手里拿炷香，围着八仙桌转圈圈，边转边唱，好听极了。李三拐说，我也是这么请的，我的米比你还铺得厚呢，怎么就死活请不动呢。娘狠狠地瞪了李三拐一眼，他就把嘴闭了。

来了，来了。李三拐叫起来。娘摆摆手。一屋子人，全都静了。空气里骤然阴气弥漫。我躲到门后边，大气不敢出。娘把我扯出来。

娘说，你真来了吗，真来了，你就再点点头。瓢把上的筷子就动，上上下下地动。娘说，好了，我知道了，今天请你来，要问三件事。李三拐扯娘的衣角，压着嗓子说，还有我的，我的那个事。娘不理他。

第一件，我儿子今年考初中，考得上，你点三下，考不上，点两下。瓢二姑姑说，能考上，我看见她点了三下。

第二件，我们家的水缸是谁偷的，写个姓就行。瓢二姑姑说，姓李，我看见她在大米上划了一个大大的李字。李三拐叫起来，不是我偷的。娘说，村里姓李的就你一个啊。娘还没说完，瓢二姑姑又写了一个字，义。李三拐说，说了不是我吧。李三拐话还没完，瓢二姑姑写了第三个字，新。

第三件，李三拐今年要结婚，他堂客叫么子名字。李三拐腿一软，差点跪在娘的跟前。瓢二姑姑一秒都不停，写了三个字，张翠莲。李三拐的眼睛冒出绿光来，呵呵，瓢二姑姑都定了，她爹还敢不同意？娘说，赶紧回去准备新房吧，为问你这个事，家里年成都没问。李三拐讨好地笑着，让嫂子费心了，我知道一年只能问三件事，你放心，翠莲进了门，我给你家干三天活。

娘又燃了一炷香。两个堂姐姐抬着瓢二姑姑跟在娘身后，走到屋外。屋外大雪纷飞，爆竹轰响。娘把一堆红红绿绿撒向半空。那是娘一个冬天剪好的红绿袄和红绿花。

瓢二姑姑走了。

一年开始了。

二

我考上了初中，张翠莲进了李三拐家的门。只有我家的水缸没有影子，爹和娘说，算了吧，就凭瓢二姑姑的话，李义新会承认吗？娘想想也对，骂了李义新几句，就不再催爹去要水缸了。

夏天快要过完的时候，爹和娘商量，隔壁要搬家了，我们搬不搬。娘说，搬到哪去呢，哪里还有空地方。爹看着屋前玩泥巴的弟弟，脸上挂了一层霜。

满细死了。满细是张翠莲带到李三拐家的儿子。满细只有六岁半。

满细死了，爹就说要搬家，因为满细是被落水鬼拖到水里，带到阴间的。

满细死之前，已经死了三个了。王大强、铁牛、周伟明，一家挨着一家，一年接着一年，那一年本来是要断了，如果李三拐不娶张翠莲做堂客，或者张翠莲不带满细过来，落水鬼可能就跑了，据说，落水鬼不会隔家隔户找，下一家没有合适的，就会转到别的村子。

不搬家是不行了。隔壁刘文革的弟弟明年六岁半，我的弟弟后年六岁半。明年和后年的事，说来就来了。

满细从水里捞上来的时候，睡熟了的样子，嘴角还挂着笑。王大强死的时候就是这样子，我那时纳闷得很，是不是他们根本就没死，只是和我们开个玩笑呢。王大强那时就老是开这种玩笑，说着说着话，往地上一倒，双眼紧闭，怎么拨弄他都不睁开，嘴边还冒白沫。娘说是羊角风，我不觉得那是什么病，因为过不了多久，他又从地上爬起来了。

不像是玩笑了。王大强、铁牛、周伟明一个一个地被装到木板箱子里，被他们的爹娘送到几十里外的野地，再也没有回来过。满细也要装到木板箱子里了，张翠莲不让装。她从灶房里把煮饭的铁锅拿出来，罩在地上，让满细趴在锅底，一双手，抓着满细的衣裳，一下一下地摇，摇得满细的脑袋摆来摆去，忽上忽下，忽左忽右。满细的脸色越来越暗，越来越不好看。李三拐牵了水牛过来，从张翠莲手里抢了满细，让他趴在牛背上。水牛走来走去，一圈又一圈，走到太阳落水了，走到鸡鸭进圈了，满细还是没有醒过来。李三拐就把满细放到刚刚做好的木板箱子里。张翠莲不再抢满细了，瘫坐在箱子边上，脑壳伸到箱子里边，两只手在满细浮肿青紫的脸上摸来摸去。

满细死后，越来越多的人看见了落水鬼。李三拐说，满细死的前一天，落水鬼跟着他进了屋。那天，李三拐走亲戚回来，走夜路，过村里的石板桥时，看见黑黑的一坨从桥上跃起，直入水中。回到家时，打开门，猛回头，一只全身墨黑的大公鸡，比人还高，看着他直笑。李三拐说，我当时没敢和堂客说，怕吓着她。又有人说，王大强的爹晚上睡在屋外乘凉，早上起来，发现门板浮在屋后池塘里，说是多亏了王大强把他爹扯到床上，否则，落水鬼就把他爹也带走了。

我和刘文革跟在大人们身后去捉鬼。大人们一人拿个手电筒，到每家后面的池塘边上照。照来照去，什么也没有，只有一个癞蛤蟆从脚底下“嗵”地跳到水里，吓了我们一跳。

没有捉到，鬼似乎越来越多了。天一断黑，我就不敢动，坐在灶房里看娘刷碗，喂猪。爹洗完脚，说，把我的布鞋拿过来。我磨蹭着，身子一点点地站起，一点点地移到灶房门边。进了房间，黑咕隆咚，我的心脏像是跑进去一只四处逃命的老鼠，恍惚间，看见满细两只绿荧荧的眼睛从床后边直射过来。我两只手抖抖索索地，在地上摸到爹的布鞋，风一样地跑出房间。每天给爹找布鞋，成了我那些年的心病，折磨着我，撕扯着我。爹不知道，谁也不知道，鬼影憧憧的夜晚，一个少年到底会有多少恐惧？现在想起来，仿佛还看见自己，在暗夜里奔跑如风。

刘文革家搬了。爹说，他们搬了，我们就不搬了。娘说，不会有事吧。爹说，明年这时候把他送到他外婆那里去。弟弟在屋外玩着泥巴，没有听见爹和娘的话。

三

还没到第二年呢，李三拐家里又有鬼了。

李三拐先是坐在床上，身子缩成一团，两只手紧紧抱住脑袋。李三拐说，猴子，脑壳里有只猴子。张翠莲扒开他的手，哪有猴子，没有猴子啊。

李三拐一把推开张翠莲，从床上滚下来，滚到墙角。猴子，猴子要带我走呢，我不走，这是我的家，我不能走。李三拐声音越来越尖利，刺破了墙壁和屋顶，刺破了村庄上的天空。

猴子精钻进了李三拐的脑壳。

精怪早就盯上了我们的村子。

双抢那阵子，村头狗汉的妹妹突然就死了。说村头狗汉的妹妹天天要洗脑壳，一天不洗就痒得在地上打滚，开水往头上一淋就不痒了，狗汉爹说她偷懒，抓了头发就往田里拖，一拖，头盖就掉了，脑袋里面一窝窝的全是又肥又亮的蚂蟥。都说狗汉的妹妹是让蚂蟥精寻上了。

猴子精也早进了我们的村子。我在《疯人二题》里写过的谢仨儿的爹，就是被猴子精寻上的，没想到一年之后，猴子精故伎重演，又寻上了李三拐。

李三拐越来越不行了。张翠莲不在家的时候，他就把头往墙上撞，撞得血湖血海，或者两只拳头照着脑壳鼓一样地捶。谁拉他都拉不动，他反倒把拉他的人推个狗啃泥。就有人去寻张翠莲。总在满细的坟头寻到她。说是坟，只是一个小土堆，土是新土，草还没有长成。周围王大强、铁牛和周伟明的倒是已经草色青青。青草下面，老鼠成群结伙，窜来窜去。几个老鼠洞隐约可见，老鼠们就在这里安居，嬉戏，繁衍，与土堆里的六岁半的满细们共度时光。还有乌鸦，落在附近的杨树上，梳理羽毛，偶尔飞起，在天空划一道黑色的弧线。

“发马师”过来了。她坐在李三拐的床头，仰面望天，全身颤抖，先是微微地抖动，越来越厉害，后来床铺都晃动起来。突然前倾，头叩到床上，全身静止。再抬头时，嘴角挂了一堆白沫。一个陌生的声音仿佛天边传来，男的，像个老头，还咳嗽。说，蛤蟆精，找到它，烧死它。蛤蟆精，找到它，烧死它……念了许多遍，我两条腿都站麻了，她才收场。收了场，她拍拍屁股，一句话不说，出门就走。

一屋子人在李三拐家里翻腾，衣柜搬到屋外，床铺移到堂屋，谷仓开锁，阁楼腾空。蛤蟆精找出来了。张翠莲捉到的。她从灶房里一堆棉花秆下边，把它提溜出来。绿色，闪闪发亮的那种绿，巨大无比，有普通蛤蟆两只那么大。

一屋子人看着张翠莲把蛤蟆精扔到禾场上的火堆里。看不见蛤蟆精在挣扎，只有一股焦煳的味道瞬间飘散在村庄上空，飘进每个人的鼻孔。

烧了蛤蟆精，李三拐还是害怕猴子精。撞墙，捶脑壳，一天比一天发狠。

村里的议论越来越多了。

什么蛤蟆精，张翠莲和“发马师”串通好了，捉个大蛤蟆放在灶房里。张翠莲才是那个猴子精。

我在场的时候，大人们说到这里就不说了，我脑壳都想疼了，也想不明白，张翠莲怎么会是猴子精呢？她是满细的娘，是李三拐的堂客呢。

后来，我终于一点一点地偷听到了。说张翠莲和前夫结婚之前在自己村里就有了相好，结了婚，和相好并没断，按大人们的话，是偷人。前夫是乡里搞审计的，天天在外面东奔西跑，不知道这档事。有天深夜回家，正好赶上张翠莲在偷人。前夫气不过，又爱惜一个乡干部的名声，不想扯破脸皮，就在一个早上，提着放了一瓶钾铵磷的公文包出了门。出了门，就再没有回来，在洞庭湖边上一堆草地里，把甲铵磷灌到肚子里。大人们说，张翠莲的前夫是让农药鬼勾了魂，扯到了阴间。

说李三拐也是。那天轮到李三拐为村里的稻田看水，半夜里突然下雨，他就回家拿雨衣。进了房，看见了张翠莲在偷人。农药鬼没有勾上李三拐，猴子精倒是寻住了他。村里人说，猴子精也要拖他去阴间的，他不肯去，猴子精也有耐心，就等他，天天和他磨。说猴子精天天在李三拐的脑壳里放录像，放张翠莲偷人的录像。说李三拐怕是不远了，他一个拐子，斗得过猴子精么？

四

二十年过去了。

忆起我的那个村庄，满脑壳都是鬼。还有好多呢，专门祸害大肚子女人的血糊鬼，害死周四婆婆的吊颈鬼……记得最清楚的，还是落水鬼和猴子精。

记住落水鬼，是想记住王大强、铁牛、周伟明和满细。记住猴子精，是因为不断从村里人的电话里听到李三拐和张翠莲的消息。有人说，在洞庭湖边的芦苇场里见过他，夏天也穿件破棉袄，头发有一尺多长。有人说，在岳阳城里见过他，蹲在垃圾桶边上啃香蕉皮（李三拐几乎就是寻着谢仨儿的爹的足迹四处流浪，这常常让我觉得不解）。张翠莲早就不在我们那个村了，说是到广州做保姆，白了，也胖了。

也常常想起瓢二姑姑，她不应是鬼，该算仙了，穿红绿袄，戴红绿花的仙。不知她现在还去不去我们村里，她每年还会给所有请她的人承诺三件事么？她承诺让李三拐娶了张翠莲做堂客，却没有承诺满细不被落水鬼拖走，没有承诺不让猴子精钻进李三拐的脑壳。如果李三拐问到了这些，她会承诺么？

信也好，不信也好，记住那些鬼，就记住了那个村庄，和村庄里的人。

暗夜里的紫云英

一

那时候，我最喜欢每年的三月，因为遍地都是紫云英。放眼望去，是无边无垠的绿。绿在沉寂了一个冬天的稻田里蓬勃生长，绿在温暖的风里摇曳多姿。我和细牛每天牵着黑色的水牛在田埂上东张西望，寻找水沟里的蝌蚪。蝌蚪成群，落在我们的手心里，四处乱撞。缰绳从我们的手里滑落，水牛前行，朝着紫云英的方向。我和细牛扔了手中的蝌蚪，才知道自己犯了大错。水牛的头埋在茂盛的紫云英里，推土机一样，推平了一大片。紫云英被齐根斩断，受伤的身体流着水牛的唾液。我们捡起缰绳，水牛抬头一笑。我和细牛各用一根绽着芽苞的树枝，抽在水牛黑黑的背上，发出一声声闷响。打完了水牛，就往家里走，走之前，我们没忘了在紫云英里打个滚，滚得满身都是绿。

李婶婶家里的水牛死了。

水牛死了，李婶婶的儿子细牛跪在堂屋里，低头流泪。

李婶婶家里的水牛死在细牛的手里。太多的紫云英聚集在水牛的身体里，一根一根杵在肚子里，来不及变成牛粪。水牛得了

"青草胀"，肚子胀得像座碉堡。碉堡爆炸的时候，大水牛山一样的身体訇然倒地。

李婶婶的家就在我家的隔壁，我目睹了大水牛的死亡，也目睹了我的好伙伴细牛在李婶婶的哭骂声里鼻涕横流。那时候还小，理解不了一头水牛对一个家的重要。现在想起来，李婶婶家的水牛之死，实在是雪上加霜了。

细牛的爹是一个月前去世的。死于血吸虫晚期。那时候，细牛的爹大着个肚子，像怀了个小孩似的。我们都笑细牛，说他爹要给他生个小弟弟。大着肚子的细牛的爹还一天都不肯歇，早上星子还没落就挑着箢箕去了田里。正月十五还没过，年就算没过完，别人家都在太阳底下支个桌子，摔扑克，三打一。细牛的爹把冬天里拾来的牛粪一担一担地挑到稻田里，沤上肥。怪不得细牛家田里的泥总是比别人家的黑，比别人家的臭，细牛家里的稻子每年都比别人家的长得好，别人一亩地收七百斤，他家的，一亩地至少八百斤。

细牛的爹倒在田埂上。

抬回家的时候，细牛爹说没事，躺在床上却不能动。就往医院里送，心脏在路上就停止了跳动。医生说，脾脏破了，大出血。

细牛的爹死了，细牛家的水牛也死了。细牛家里只有他和李婶婶了。

二

紫云英的花一夜间就开遍了。紫红的小花在无边的绿里星星点点，空气里一阵一阵地香气扑鼻，熏得人全身麻软。如果黑夜里出来，听蛙鸣声声，流水潺潺，人是要醉的，恨不得枕着紫云英，一觉到天明。

家家都要做秧田了。稻种一粒粒地挤在温暖的草堆里，个个顶出了白色的芽苞。它们等得有些不耐烦，草堆虽然暖和，毕竟只是草堆，就像孩子不能总是待在母亲的子宫里。它们盼望阳光，盼望泥土，它们要下到秧田里，长成秧苗，长成禾苗，然后抽穗，扬花，给农人带去满满一仓黄澄澄的粮食。

我和细牛常常晚上出来，他打着手电筒，我拿个竹片夹子，提个竹篓子。我们捉鳝鱼。那时候，鳝鱼笨得要死，手电照在它身上，一动不动，夹子下去，它也不动，它不动，我就把它放到竹篓子里，一晚上能夹好几斤呢。听说现在不行了，鳝鱼没那么多了，也变得聪明，一晚上弄不到几条。

我一边夹鳝鱼，一边问细牛，你家里大水牛死了，你们家的秧田怎么办呢。

细牛说，好几个人都和我娘说过了，我们家的田他们包了。刘瞎子说他明天就牵牛过来。

那要给钱吧。我说。

不要钱的，他们都说是帮忙。细牛边说边笑，早忘了李婶婶骂他那档子事了。

刘瞎子并不是真瞎。只是右眼往上翻，白的总比黑的多，看人像是没看，其实他眼睛比谁都好使。好使也不管用，四十了还没有娶上老婆。听说见过几个，一看他那样子，就再没有第二回了。

第二天，刘瞎子真的牵牛背犁到了李婶婶家的田里。李婶婶跟在后面，挑了一担化肥。

一个村的人都在自己的田里忙活着，男人赶牛耕地，女人施撒化肥。见到刘瞎子，都站直了腰，眼也直了，看李婶婶家的田里那一片绿绿红红的紫云英。细牛的爹弄出来的紫云英也比别人家的好，长得高，也长得密。

三

李婶婶和刘瞎子好上了。大家都这么说。

都说就是刘瞎子给李婶婶做秧田那天的事。我有些不信，那天晚上，我和细牛也去捉鳝鱼了，我们就在细牛家秧田边上转。细牛说，我们家刚做了秧田，田里的鳝鱼都跑到水沟里了。我觉得有道理，就一直在那里捉，捉了大半篓子。如果刘瞎子和李婶婶在那里好上，我和细牛会不知道吗？

可是，看见的人说得不能让人不信。说他也是捉鳝鱼，走到李婶婶家的秧田边上时，看见紫云英在起起伏伏地动，仿佛洞庭湖里起了浪，一波一波，连续不断。

我以为起风了，可是没有，我手里举着火把呢，火都不动，还会有风吗？我怕了，是鬼来了吗？冷汗湿透了我的衬衣，火把差点掉到沟里，我的腿突然发软，好像要往下跪。我想跑，刚要转身，就看见了。呵呵，一坨白色的东西在李婶婶家的紫云英里滚来滚去。我走近一点，把火把也伸过去，那坨东西不滚了，紫云英也不起波浪了。虽然不动，我却听见了刘瞎子出粗气的声音。我和刘瞎子一起做过事，他出粗气我还听不出来？你问我怎么知道刘瞎子是和李婶婶好？那还用问吗，李婶婶不和他好，他会牵牛背犁给她做秧田？他爹跳起脚在家里骂呢，说他自己家的不做去给别人做，是吃饭不晓得软硬，屙屎不晓得香臭。

那天晚上，我又去找细牛捉鳝鱼。细牛躲在屋里不出来，喊死了他都不开门。我把手电砸在门上，又用脚踢，他就出来了。眼红红的，脸上一道一道，不知道是眼泪还是鼻涕。我把手电筒往他手里塞，拉他往门外走。他不走，一只手死死地抠着门框。我说，你搞么子鬼，讲好了去捉鳝鱼的。细牛不说话，眼泪又出来了。这时，李婶婶进来了。李婶婶看看我，又看看细牛，没有说话，把手里的锄头放在墙角，转身到灶房里去了。我看着李婶婶的背影，她提了一桶猪食，喂猪去了。我扯了一下细牛，细牛抠着门框的手就松了，跟在我后面。我们又去捉鳝鱼了。

四

秧田做好了。一畦一畦，切得规规整整。李婶婶家和往年一样，比别人家的都要多一畦。细牛爹在的时候，就是这样的，别人家一般都只做五畦，他做六畦。细牛家的田比别人家的多，细牛爹把村里周满疯子家的田也包了下来，每亩田给周满疯子家里交四百斤稻子。细牛爹死了，村长和李婶婶商量，周满疯子家的田让给别人吧，李婶婶不同意。李婶婶对村长说，三个人能做，我们两个人也能做。村长一点办法都没有。

秧田做好了，就要下种了。下种前的秧田上边要铺上一层剁碎了的紫云英。村里男男女女都带个小木凳，坐到了紫云英跟前。男人持弯刀，把紫云英割了，一堆堆地放在女人的身边。女人持菜刀，把紫云英放到砧板上，一刀一刀剁得粉碎。剁得越碎越好，功夫好的女人，剁出来的紫云英一片整叶都没有。刀法不行的女人，种子下到田里，几天就看出来了，秧苗还没长出来，紫云英倒是活了，一根一根支在田里，长得好的还顶个花在头上。

村里公认，李婶婶剁紫云英的功夫没人比得上。

细牛爹死了，细牛就持了弯刀。细牛撅着屁股，脑袋伸到紫云英里，吭哧吭哧地割着，大人们都笑，我也笑。李婶婶不笑，低着头，铿铿锵锵，把砧板剁得山响。

村长从田埂上走到李婶婶家的田里，走到李婶婶的身边。李婶婶把菜刀扔了，站起来，和村长说话。说了一会儿，就跟着村长往家里走。细牛手里的弯刀停在紫云英的身体上，盯着李婶婶和村长的背影。

我们收工回家的时候，李婶婶家里坐满了人，屋外也站满了人。

细牛的二叔手里拿根扁担，在空气中挥来挥去。细牛的二叔嘴角泛着白沫，骂着很难听的话，大意是说你们看什么看，有什么好看的，小心眼睛流脓，嘴上生疮。他越骂，人越多，还有人要抢他的扁担。

是细牛的二叔把村长叫过来的。刘瞎子到处放风，说李婶婶答应了他，要和他结婚。细牛的二叔去问李婶婶，李婶婶不吭声。李婶婶不吭声，他就把村长喊过来，要村长给个公道。村长就把李婶婶和刘瞎子都叫到李婶婶的家里，行使他的职责。我从大人们的腿缝里钻进去，看见李婶婶和刘瞎子坐在村长身边，李婶婶坐在右边，刘瞎子坐在左边。李婶婶的右边坐着细牛的大叔，刘瞎子的左边坐着刘瞎子的爹。

五

骗子，骗子，不要脸的骗子。

刘瞎子的爹满村疯转的时候，秧苗已经从柔软温暖的紫云英铺成的被子里伸出了脑袋。露珠挂在青绿的秧苗上，太阳出来的时候，晶莹透亮。蝌蚪们的尾巴不见了，黝黑滑溜的小腿踢着蹬着，或在水里游弋，或在地上跳跃。

紫云英不再生长，不是不想，是农人不让，它们在地上的日子已经结束，即将转入地下，在泥土里完成最后的使命。这是它们的宿命，种子撒下去的时候，它们就明白，稻田里不可能总是生长紫云英，稻田是稻子的天下。只有稻子撤出的时候，它们才抽个空子疯长一阵。紫云英是稻田里的过客，匆匆而来，匆匆而去。

农人们牵着水牛，扶着木犁，走向稻田。木犁前端闪着锋利白光的犁刀深深插进地里，插进紫云英根部以下。黑色的泥土沉寂了一个冬天后，转个身翻到紫云英的头顶。泥土压抑得太久了，转身的时候啪啪脆响，快意十足。水牛们抓紧最后的机会，时时偏过头去，叼一口紫云英，农人看见了，就把鞭子狠狠地抽在它的屁股上。

刘瞎子把牛牵到李婶婶家的田里，木犁还没套上水牛的脖子，刘瞎子的爹就来了。刘瞎子的爹扯过儿子手里的缰绳，牵牛就走。刘瞎子去抢，被他爹胳膊一拐，身子滚到田里，扑到厚厚的紫云英上面。

她是骗子，不要脸的骗子，你真是瞎了眼了。

她说要和你结婚，是骗你给她做事，你把事都给她做了，她又不说要结婚了，你的眼睛长到天上去了啊。你以为她真看上你了，她和王四癞子也说要结婚呢，王四癞子给她修柴油机不收钱，王四癞子半夜给她刮痧。你是猪脑子啊。

刘瞎子从地上爬起来，坐在李婶婶的紫云英里。刘瞎子呆呆地望着他爹牵着牛越走越远。

一阵风吹来，满地的紫云英又起了波浪。刘瞎子觉得冷了，他是赤着脚下到田里的。他把两条腿缩到屁股底下，两只胳膊抱在胸前，继续坐着，坐得暖和一些，也舒服一些了。

六

插秧了。

秧苗长成了禾苗，禾苗就不能再在秧田里待下去。秧田太小，挤挤挨挨。稻田都已做好了，禾苗们等着农人给它们搬家。紫云英没有了，江南大地不再是无边无垠的绿，浅浅的水铺在稻田里，闪动着粼粼的波纹。青蛙鼓着肚皮放肆地叫，燕子舞着剪刀一样的翅膀，把春风裁了，把阳光裁了。

李婶婶家的秧苗长势最旺，茎秆粗壮，叶片宽阔，和往年细牛爹莳弄的一点不差。可是，李婶婶家里的紫云英还长在稻田里。花开过，就败了，一片紫云英抱在一块，独自衰老。根茎渐渐萎缩，叶子无声地坠落。那个春天，我第一次看见紫云英从婴儿，到幼年，到壮年，再到老年，自然生长，自然老去。老年的紫云英被日光晒干了，被风儿抽干了，面容憔悴，形体塌软。

我去找细牛，细牛家里的大门上挂了一把大铁锁。

刘瞎子的爹去找李婶婶，李婶婶家里的大门上挂了一把大铁锁。

刘瞎子的爹在大门上狠狠地踹了两脚，撂下一句话，看你躲到什么时候去，不把工钱算清楚，我天天都来。

后来，村长找人收拾李婶婶家的田，虽然晚了一些，收成减一些，还是差不到哪里去。细牛爹把地弄得那么肥，李婶婶种的秧也不赖。

村长说，李婶婶不会回来了。她到岳阳城里享福去了。

大家都张着嘴，长长地“哦”了一声。原来，李婶婶剁完紫云英，下完稻种，就带着细牛坐一夜的船，去了岳阳。岳阳城里做工的乡亲回来说，李婶婶找了一个医院里做清洁工的男人，听说比她大十五岁。男人有房子，有工资，还说细牛长大了，就把工作让给他。

十八年过去了，我好想细牛，不知他是不是在做清洁工，不知他会不会想我，想我们一起在暗夜里，闻着紫云英的香味，捉起一条一条的鳝鱼？

我不会想李婶婶的，不知道村里会不会有人在紫云英开花的时候，念叨起那个剁紫云英时刀法高超的女人？

蜜蜂飞过花丛

九三年的春天，校长说我已经无药可救。我把大把大把的睡眠撒落在敞亮透明的市重点高中的教室里，激怒了每一个对我寄予厚望的老师。五颜六色的粉笔无数次精确地轰炸了我毛茸茸的脑袋，我嘴角源源不断的口水还是浸透了所有的课本。我的屁股常常整天整天地贴不到椅子，一个又一个刁钻古怪的问题冲锋枪似的扫射着我的耳朵，这也阻挡不了我准确无误地说出答案之后波涛般汹涌的呼噜。

每天的夕阳都是新的。夕阳诞生的时候，我和唐大明已经没入学校后边那片黄得耀眼的油菜地里。我捧着装了蜜蜂的罐头瓶，唐大明提着黑壳子的录音机。音乐响起的时候，唐大明的头上已经扎好了红绸带。我们总以为蜜蜂已经死了，它坐在瓶底，翅膀耷拉着，没有一点生命的迹象。我们的兴奋多于忧愁，等待一只蜜蜂的死亡来得多么不易。我们小心翼翼地翻转罐头瓶，唯恐一失手，它又活过来了。可是，它总是活过来了。它从瓶底滚落，身子贴紧泥土，一眨眼，就把翅膀扇得呼呼的，一个跃升，金黄色的身子隐入夕阳。唐大明像我一样失望，但转瞬即逝。他已经舞起来了。

很多人以为我和他们一样。除了唐大明，谁也不知道，我夜夜无眠，只是因为一只蜜蜂。很多人都是无眠的，很多人都在被窝里打着手电筒。教室里黑板的右上角红字黄边地写着：离高考还有九十九天。一个夜晚过去，九十八天。再一个夜晚过去，九十七天。一个晚上能多搞一分，就能多搞九十九分。我也想要那九十九分。去年，校长让我剃掉胡子照了卡片照，贴到少年班的招生报名表上，年龄从十八岁降到十五岁，校长给我报的是华中理工大学。我考了，差重点线四十分。如果今年能多搞九十九分，我就将超出重点线五十九分。我的天，清华，北大，还不跟玩似的。

捉到一只蜜蜂并不容易。我们总是自以为是地释放一只看似死亡的蜜蜂，在悔恨声里再去捉另一只停在黄色花朵上的蜜蜂。童年的时候，捉到一只蜜蜂是多么容易。它们总是停在每堵墙的壁缝里，小棍伸进去，掏两下，金黄色的身体就滚落到装药片的玻璃瓶里了。在油菜地里捉蜜蜂，让我们气喘吁吁，汗流满面。唐大明从家里带来了网兜，蜜蜂们终于一只接一只地束手就擒。

半夜，唐大明总是从自己的床上爬起，轻手轻脚地溜进我的被窝。唐大明揿亮手电筒，世界无比光明。两个侧躺着的少年在九三年的黑夜里睁着两只灯笼一样的眼睛，看蜜蜂坐在身体与身体的空隙。

捉蜜蜂之前，唐大明总要跳上两首曲子。白不白蓝不蓝的牛仔裤紧绷着他的屁股，头上的红绸带火一样地飘飞。他的身体宛若水蛇，在油菜花的波浪里随心所欲。他的眼神如痴如狂，高高昂起的时候粘住了蓝天白云，低头俯视的时候蚂蚁也忘记了移动。我不会，我只好坐在地里，盯着他，和他身体四周无数飞舞的蜜蜂。

蜜蜂的纠缠丝毫影响不了我对每周一次模拟考试的全胜战绩。所有的题都和我亲近，我和它们在九三年之前的那个春天已经成为最亲密的朋友。在一次全校学生大会上，校长把一朵硕大无比的红绸编成的花戴在我的胸前，我和其他五个同学一起，头顶着“学习标兵”的光环，把排骨一样的胸脯高高挺起。我听见身后传来校长的声音。校长和身边的老师交头接耳。校长说，这个家伙天天睡觉还拿第一，天生就是读书的。我差点笑出声来，他不知道，一年前的我，已经做过了所有能找到的题。看着台下黑压压的人群，我想起了我床上被子里的那只蜜蜂。

校长在去油菜地里的路上拦截了我们。罐头瓶在我的手里，蜜蜂在罐头瓶里。校长看着我，看着唐大明，看着一动不动的蜜蜂。我看着唐大明，唐大明看着我。蜜蜂也许已经死亡。我们无处逃遁。是的，那就是我们干的。所有人都在愤怒，只有我们在行动。几天前的一个风雨之夜，我打手电，唐大明揣了一盒粉笔，在学校宣传栏的所有黑板上，一笔一画地刻下最恶毒的诅咒，最淋漓的宣泄。所有的词语只指向一个人，一个暴君，一个贪污犯。所有的笔画都是利剑和匕首，足以毁灭一个人的肉体和灵魂。罪证赫赫，刻在第一块黑板上：一、封闭学校大门，不准外出就餐；二、饭票、菜票由分离改为一体，吃不饱，吃不好；三、推荐入党，不看表现，只看家长的权势和地位；四，评选省级三好，收受家长贿赂。

校长看着我们，是没有用的。唐大明用的是左手，笔迹根本对不出来。我们坚信，只要咬定了不承认，谁都拿我们没有办法。虽然越来越多的目光总是集中到我们的前胸后背，我们还是一如既往，去油菜地里，捉蜜蜂，和跳舞。

迄今为止，我从来没有见过蜜蜂的死亡。童年的时候，差一点就见到了。有人提议把从壁缝里掏出来的蜜蜂从玻璃瓶里倒出来，最后起飞的那一只，接受火的惩罚。火柴“哧”地着了，硝烟的味道弥漫在空中。从十几双眼睛里射出来的渴望和焦急聚集在一个个小小的躯体上。蜜蜂一只接一只，跌跌撞撞地离开地面。它们预感到了危险的来临。五只，四只，三只。蜜蜂越来越少。火柴换了三根。两只。剩下两只。它们还没有起飞，是比别的蜜蜂多了翻身的时间。只有它们，从瓶子里滚落的时候，仰面朝天。别的蜜蜂已经飞过花丛，它们还没把身子正过来。这是它们的宿命。没有谁非要它们以非正常的方式落地。一样的过程，不一样的结局。命运和两只蜜蜂开了一个玩笑。残酷以一种突如其来的方式赤裸裸地展现在一群孩子的眼前。它们必须搏杀，意志的，信念的。体力早已在翻身时耗尽。它们静止在地上，身躯在抖动。所有人都迫不及待。等待一个结果总是考验人的耐心。有人再次提议，让两只蜜蜂一起死亡，有人非常严肃地阻止了这种愚蠢至极的行为。火柴一根接一根地烧完，又一根接一根地点燃。蜜蜂无动于衷，我想它们一定听懂了我们说的话，没有胜负的结果是它们对我们的惩罚。人群渐渐散去，充满惆怅。我最后走开，走的时候，我恋恋不舍，频频回头。第三次回头的时候，我看见两只蜜蜂突然振翅，同时跃起，眨眼间，就消失在了我的视野。

多年以后，到处兴起一种游戏。“两只小蜜蜂呀，飞到花丛中呀，嘿!”，石头——剪刀——布，赢了，就做出打耳光的样子，“啪、啪”，左一下，右一下，输了，就顺手势摇头，作被挨打状，口喊“啊、啊”，如果猜和了，就要“啵、啵”，做出亲嘴的样子。动作及声音如果出错，则要罚酒!

我和唐大明在一次同学聚会上也玩这个。十二年了，我们第一次聚会。很多人来了，有些人没来。刘姓同学骑摩托车被货车撞飞了，贺姓同学出差时溺死在游泳池里（身上带了两万块现金），章姓同学大学毕业即肝癌晚期，还有两个，因为大学毕业工作不尽如人意，精神恍惚，见人就打。

校长也没来。我们毕业两年后，得了胃癌。校长最后一句话是在成绩张榜的时候对我说的。他说，你还可以考得更好。除了我和唐大明，没有谁记得十二年前的那个春天到底发生了什么。我在那年的高考中不出所有人的预料，以全校第三名的成绩进了重点大学（加上省级三好生的二十分），唐大明在校长的建议下考上了省师范大学的艺术系。

唐大明说，那件事，校长肯定查得出来。我说，是的。

“两只小蜜蜂呀，飞到花丛中呀，嘿!”我出石头，唐大明出布。“啪、啪”，左一下，右一下，我摇头，一边叫着“啊、啊”。那天，我们一直玩着那个游戏，从酒桌上玩到宾馆，从天黑玩到天明。

突然想起两位老师

妻找了一个学校，裕中小学，做代课老师。面试的时候，我陪妻一块去见校长。我们去的时候，不到上课的时间，学生们三个两个地在走道里奔跑，打闹。他们跳脱的身姿搅动了我周围的空气，也搅动了我的内心。我瞬间懂得了，为何妻愿意放弃收入颇丰的外企工作来做这薪酬微薄的代课老师。铃声响起，孩子们跑得飞快，走廊里刹那间空空荡荡。只剩下我们两个。校长在接电话。我和妻在走廊里无所事事。墙上贴满了孩子们的作品，绘画，或者文章。绘画多是太阳，花朵，文章多是爸爸，妈妈。我们一张张地看过去，从头看到尾。我们都没有说话，说话的是教室里的孩子和老师。孩子们说，老师好。老师说，同学们好。我从窗子里看见了那些说话的孩子和老师。仿佛看到了二十多年前的我，和我的老师。

我的第一个老师姓熊。叫熊长青。记得熊老师，只是记得一件事。背诵课文的时候，我背了第一句“锄禾日当午”就卡了壳，我记得下一句是“汗”开头的，“汗”之后我就想不起了。熊老师从来都不发火的。我不知道那天熊老师怎么突然就火了。现在想起来，她也许是对我太失望，我从来没有让她失望过的。

也有一种可能，她失恋了。作出这种猜测的根据，是离开家乡之后，从家里人的电话里断断续续听说过熊老师的爱情史。和许多人谈过恋爱，却三十岁还是孤身一人。如果真是因为失恋而发火，我想一定是初恋。初恋的人抛下万千盟誓，终于离她而去。六七岁的年纪自是不懂得初恋失败者的心痛，如果懂得，我们也许会揪出那个负心汉，让他跪在板凳上，用针尖扎他的手掌，一下，两下，三下，直到他答应娶了熊老师。就像那天熊老师惩罚所有没有背出课文的人，一下，两下，三下，直到我们都能流利地背出“锄禾日当午，汗滴禾下土。谁知盘中餐，粒粒皆辛苦。”不懂得，就只有怨和恨。我的怨和恨超过其他人。我跪在板凳上的时候，偶一回头，看见爹在窗户外边。爹那天到学校办事，从教室外边经过的时候，无意中看到了我的洋相。爹的心痛一定不亚于熊老师。爹一直认为我是能吃公家饭的，爹是地主之后，上到四年级就不能再上了。爹一直对我说，你一定要读出去，我穷得讨饭也要让你读出去。可是爹却看见我跪在凳子上，看见熊老师用针尖扎我的手掌，扎了三下才把课文背出来。

多年以后，我是有见到熊老师的机会的。到长沙出差，同学告诉我，熊老师也在长沙，常常念起你，去看看吧。我犹豫了很久，也有些琐事纠缠着，终于没有去成。同学说，熊老师还是单身，一直是单身，现在在一家银行上班，一个人住着一百六十平方米的房子，常常把在长沙的学生叫过去，说话，吃饭，喝酒。同学说，熊老师还像我们上学时那么漂亮，四十岁了，根本看不出来。我相信同学说的。那次离开长沙之后，再也没回去过，便常常生出悔意，想再有机会的话，实在应该去看看她，熊长青老师。

陈再良老师，我后来是见过的。那年和妻一起回家探亲。长途汽车开到镇上，已是日暮时分。七八辆摩的围住了我们，有的已伸出手来抢我们手里的行李。我扫了一圈，就看见了陈老师。他在最外围，没有往前挤。他坐在摩托上，戴了一顶黄色的军用棉帽，两只手抄在棉袄里，目光散而呆。我看到他的时候，他也看到了我。他立刻从车上下来，抽出两只手，浅浅的笑迅速在脸上铺开。我后来总是奇怪，陈老师怎么一眼就认出了我。他教我时是二十多年前的事，那之后我们再没见过。高中同学十年之后相见，都说要在大街上绝对认不出我了。岁月早已改变了我们，身体的和内心的，呈现到脸上，完全是另一个样子了。他却瞬间就认准了我，没有片刻犹豫地叫出了我的名字。反倒是我，有些恍惚，知道是熟悉的人，熟悉的面孔和笑容，却终是想不起名字。到了家以后，爹讲起，我才大醒，他就是陈再良。

他从摩的司机们的背后挤到我和妻跟前，拿过妻的行李。其他司机有些吃惊，有一个大声呵斥他，你搞么子，抢生意啊，老子等了两个钟头了。陈老师不接话，抬头看我。我说，就坐他的了，你们让开。他是单骑，你这么多行李装不下的。我抬头看着陈老师，确实如此，摩的有两种，一种带拖斗，叫慢慢游，一种不带拖斗，就是陈老师那种单骑。陈老师说，你，他指着刚才呵斥他的那个，拿上行李，跟着我。陈老师把我和妻领到他的单骑跟前。坐稳了哦。摩托“突突”着，风一样驶过。我搂着陈老师的腰，妻搂着我的腰，我们都没有说话，只有风的声音在我们耳边呼啸而来，呼啸而去。到了家，我给陈老师钱，他不要，爹给他一包白沙烟，他接了。另外那个司机，陈老师也不让我们给钱，也只接了一包烟。爹说，吃完饭再回吧。陈老师摆摆手，说，再到镇上看看，快过年了，生意多些。就走了。在渐渐四合的夜色中，陈老师朝我挥手，还是那些浅浅的笑，在脸上铺开着。

陈老师那时教我们数学，课间最喜和我们一块玩。我那时很笨，很憨，对于玩，总是不开窍。比如“抓子”，人家五颗石子，一颗抛向空中，四颗留在地上，手掌轻翻，眨眼间，五颗石子全到了手里。我却总是抓了空中的丢了地上的，抓了地上的跑了空中的。陈老师也玩得好，他常常带我单练，看我一颗一颗地抓稳，一直到五颗子，一颗不落落进手掌。陈老师这时领我到同学中间，说，你们看张利文，他抓得才好呢。他就撺掇我和大家比赛，开始我输得多，后来全是我赢。还有“跳房子”，踢毽子，跳橡皮筋，我们那时都玩，男孩女孩都玩。

记忆的模板上一直刻着的关于陈老师的影像，是一个弯腰弓背，端着脸盆，急急行走的影像。那天的雨是我记忆中最疯狂的一场雨，也许有更疯狂的，只是我没有感知。教室里竟也是雨，一些雨的线，这里挂一根，那里挂一根。我们搬着课桌左右腾挪，猴子炸山样，觉得好玩。陈老师从宿舍拿了几个脸盆，每根雨线下边放一个，却不够，只好这根线接一阵，那根线接一阵，适时地掐断每根线，不然，总有一根线会把地面滴成烂泥。我看着陈老师，他在那些雨线编织的帘子里弯腰，起身，小跑，隔一阵就会跑到教室外边，倒水。他的头发很快就湿了，衣服也很快就湿了，他却一直在弯腰，起身，小跑……

爹说，陈老师是民办老师，转正没有转成，就养黄鳝。黄鳝死了大半，就养脚鱼。脚鱼一个晚上被人偷个精光，就开摩托。开摩托，生意总被别人抢，还常常挨打。不知道他的摩托会不会一直开下去。

妻和校长谈完，有些抑不住的兴奋。妻说，明天就上课，三年级和四年级。我为妻高兴，这是她想做的。她一直都想做老师。她不必用针尖去扎背不出课文的学生，她也不用弯腰急行去掐断根根雨线。她会是一个好老师，像熊老师那样，不当老师了，常常念起的还是她的学生。她会是一个好老师，像陈老师那样，多年之后，容颜尽改，却只凭一眼就能认准他的学生。

父亲，那些看得见和看不见的伤

迄今为止，父亲的身体还很好。没有癌细胞和医生能够侦察出来的其他病菌，没有腰椎间盘突出和其他骨骼肌肉方面的病症。六十岁的人了，走路风一样快，我总是跟不上他的步子。我知道，这与他一辈子和土地的交往有关。他把他的身体完全交给土地，土地也给他以最善意的回报。可是，我清楚得很，父亲的伤，看得见或者看不见，都以一种历史的方式长留在他的身体，它们曾经以致命的姿势让父亲差一点离开他的土地和他的妻儿。

而这些伤，都与我有关。

一

父亲有恐高症，这是我没有想到的。也许我应该想到，因为我自己就有，上到高处，我从来不敢往下看，眼睛只盯着自己的脚下，偶尔眼睛一抬，心立刻就空了，两条腿仿佛被抽去了骨头，直往地上缩。父亲的，比我严重得多。第一次到北京，母亲笑得眼泪都出来了。两个人到街上逛，要过一座天桥。父亲上了，却不走，立在那里不动。母亲已经走了一半，回过头来找父亲。父亲一只手扶住栏杆，另一只手伸得老长，朝着母亲挥舞。

母亲想了半天，明白过来，只好折回来，牵住父亲的手，一步一步从天桥上移过去。母亲笑，我也笑，父亲真是好玩得很。

扯这个闲篇，与父亲的伤有关。我不明白的是，父亲的恐高，是与生俱来呢，还是那次伤的后遗症。

我十岁那年，家里准备盖新房，茅草屋要换成大瓦房。先要烧窑，做了泥坯的砖，装到土窑里，烧上十天半月，红通通地出窑，就可以盖房了。父亲的伤是在上窑的最后一天发生的。

泥坯的砖一块一块地往窑里装，窑一点一点地往上长。长到最后那一天，已经有十多米高了。前面那些天，父亲有没有挑砖上窑，我的记忆已经模糊，也许有，帮忙的人太多了，我没有留意，也许没有，窑底下也有许多活需要干，还要指挥调度。最后那天，上完最后的几担砖，窑就要封顶了。天阴了下来，乌云在头顶盘旋，隐隐的雷在天边滚来滚去。

父亲上窑了。满满的一担砖，稳稳地压在父亲的肩上。父亲一只脚踏在了吊板上，有些停顿，几秒钟的工夫。继续走，一脚一脚地朝着吊板的最高处，朝着窑顶的方向。我仰头望着父亲，眼睛追着父亲的两条腿，脖子渐渐有些酸了。

现在回想起来，如果我干点别的，不在那里傻站着，傻望着，事情就不会发生了。没有谁吩咐我干活，我的活都是父亲派的，可是现在，父亲在上窑，父亲上窑，我就无所事事了。

一滴雨。一滴雨掉在我的脸上。我并没有意识到那是一滴雨。我揉揉眼睛，在脸上擦了一把，继续仰着头，追着父亲的两条腿。已经上到了吊板中间的父亲，步子明显慢了下来，吊板有些晃动，父亲似乎又停了，几秒钟而已。

两滴雨。一滴掉在我的左脸，一滴掉在我的右脸。三滴。四滴。我把眼睛扯回来，望向天空，雨滴已经扯成线了，从高空扯到地上。我有些呆了，也急了。上窑的前一天，我听父亲和母亲说过，这几天千万别赶上下大雨。雨一大，进了窑的泥坯砖就会被雨泡软，成泥，那就要出大事，不光几千块一块一块手工做出来的泥坯要完蛋，即使重做，再上一次窑，盖的房也会打折扣，败了家里的风水。现在知道，后一种担心完全是迷信心理在作祟。当时不懂，只是急了。

没有谁知道我急了，几十个过来帮工的乡亲各自做着封窑的准备工作，母亲在灶房里做饭，大碗大碗的菜已经摆到了桌子上。我四处张望，没有一个人在意这些要出大事的雨滴，全都弯着腰干他们该干的活。哪怕有谁抬一下头，说一声呢。天地寂静得很，除了雷声越来越近，和雨滴掉在地上的声音。

我哭了。十岁的我，表达着急的方式，只有哭。

哭了，我还喊着。我的哭声和喊声突然爆发。

我扯着喉咙，喊声穿透越来越密集的雨线。

爸，下雨了，下大雨了。

我的哭还没有结束，母亲从灶房里冲出来，一把把我抱住。其他的人，都直起了身子。

父亲，只有几步就到了窑顶的父亲，从高高的吊板上晃悠着身子，一头栽下。我透过泪光，看到了父亲的坠落。满满一担泥坯的砖，从父亲的肩头首先滑落，砸在地上，一声巨响。

父亲也在地上了。

母亲推开我，冲向父亲。所有的人都扔了手中的活，冲向父亲。只有我，抹着眼泪，呼天嚎地。

母亲后来告诉我，父亲命大。如果他的脑袋落在先掉下来的泥坯砖上，就不是一条腿的事了。

父亲的一条腿从此就伤了。

伤了腿的父亲在大家的搀扶下慢慢站起来，一步一步地往家里移。父亲经过我身边的时候，看着我笑。父亲的裤管里流出红红的血，可是，父亲看着我笑。我很少看见父亲笑，父亲在我眼里，从来都是板着脸的，动不动就是骂，字写得草了，活干得慢了，在外面玩得疯了，父亲都是骂。那天，父亲却笑了。母亲也笑，所有的人都笑。只有我，忧心忡忡地看着越来越大的雨，眼泪横流。

写这文字的时候，我再次想起父亲的恐高症。如果父亲的恐高是与生俱来的，那天上窑，他需要多大的勇气呢？我问父亲，父亲说他自己也不知道以前怕不怕高，可是，上窑的时候，最后的几担砖是不能让别人去的。这是规矩。

规矩。我长久无语，这两个父亲随口说出的字眼，在父亲的心里是什么都不能替代的。它意味着责任，作为一家之主的责任。看不见也数不清的各种各样的规矩牵引着父亲，让父亲一步一步地走着属于他的人生。

二

父亲的另一次伤，是在手上。右胳膊，粉碎性骨折。我没有亲见，可是同样与我有关。

二伯是亲见了的。二伯说，你父亲命硬得很，我以为，他那次是躲不过了的。

那年，我已经上高一了，放了寒假，冰天雪地的，哪也没去，和弟弟妹妹们一起围着火炉打扑克。父亲没在，和二伯赶着板车去芦苇场里拉芦苇。拉一车能赚五块钱，拉得多还能加。二伯说，那天他们一人拉了五车了，雪越下越大，二伯就和父亲商量，不拉了，回家准备过年吧，年货还没买呢。父亲却不干，要再拉一车，说牛伢子下学期的学费还没有凑齐，过了年就要呢。二伯是犟不过父亲的，就又满满地装了一车。

天已经有些黑了，雪花飘满整个天空。母亲一次一次地从灶房里走到屋外，向远处张望。明天就大年三十了，说好了，今天要回的，怎么到现在，影子都没有呢。母亲一边说着，一边就把伞往我手里塞，去路上看看，看你爸回了没有。我的两条腿放在火炉上边抽不出来。那么大的雪，肯定今天不回了。我气鼓鼓地对母亲说，把手里的扑克摔得山响。母亲就不再坚持，骂了一句“懒鬼”，又到灶房去了。

现在想来，或许就在母亲骂我的时候，父亲就出事了。因为我们玩了五把扑克以后，父亲就回来了。父亲坐在二伯赶的板车上，披着满身的雪回了家。二伯停了板车，就叫母亲。快过来，扶他进屋。我就看见二伯托着父亲的一条胳膊进了堂屋。父亲坐下，脸色煞白。父亲一定也是吓坏了，他的心里还留着死神的阴影吧。

二伯叫母亲托住父亲的右胳膊，转身就走，说他去请医生了。

母亲的眼泪一下子涌出来，我们三个看着父亲，愣着，不知道出了什么事。父亲也不说话，脸上冒出一颗一颗的汗珠子。

医生很快就来了，接过父亲的胳膊看了看，说，这样太危险了，赶快送镇医院吧。母亲就又把父亲扶到二伯的板车上，自己也坐上去，两只手托着父亲的胳膊。板车迎着雪花，直奔镇医院。

第二天就过年了，父亲和母亲却都不在家。我把母亲做好了的饭菜端出来，招呼弟弟妹妹吃饭。妹妹抹着鼻子，说不吃。我和弟弟就都骂她，逼着她扒饭，自己也埋着头，把饭往嘴里送。

母亲深夜回了家，我们都还没睡，妹妹趴在火炉边上打瞌睡，我和弟弟要把她弄到床上去，她不动，眼睛红红地，瞪着我们。母亲进了屋，看着我们，看着看着，就把妹妹搂在怀里，眼泪落在妹妹的脸上。母亲流着泪说，你们一定要争气，把书读好，你们的父亲，今天是捡了一条命。

后来，我才从二伯那里知道了整个事情的经过。

运芦苇的路上，要翻过一道堤坝。下了雪，路滑，父亲那一车也装得太满。下堤的时候，拉板车的水牛脚下打滑，一下子没有收住，笨重的身子往堤下冲了出去。父亲一只手扶着板车的扶手，一只手紧拉缰绳，却拉不住，水牛受了惊吓，竟然撒开蹄子狂奔起来。父亲的身子就也收不住了，一下滑倒在雪地上。几百斤重的一板车芦苇紧随其后，眼看就要从父亲的身体上碾压过去。

父亲却只是伤了胳膊，这真是不可思议。二伯说，他魂都吓没了，却一点办法都没有，眼睁睁看着父亲躺在板车下面，把命丢在那里。

板车飞驰而去，钻进浓密的雪里。父亲躺在那里，一动不动。二伯过去看时，父亲眼睛睁着，嘴里说着话，手，我的手，动不了了。二伯说，他真是傻了，不敢相信，把父亲扶起来，除了一条胳膊不能动弹，都是好好的。原来父亲正好躺在板车的两个轱辘中间，只有一条胳膊，留给了板车。

父亲是正月初五回的家。年已经过完了。过了三十多个年了，其他的我都模糊，唯有那个年，父亲没在家的那个年，深深刻在我的心里。也是那个年，我和弟弟妹妹似乎一下子长成了大人，学习上再没让父母费过心，干活，也不再偷懒了。

三

父亲的第三次伤，留下了永久的纪念。右手小指关节折断，至今不能伸直。

那几天，父亲一直很兴奋，说话时声音响亮，总是带着笑，走路时抬头挺胸，见谁都招呼，真有些扬眉吐气。父亲的兴奋源于我，我已从学校查到了自己的高考分数，高出重点本科录取线四十分，这样的成绩上军校是一点问题也没有。军校，不只是不要学费，每个月还有几十块的津贴，那是多好的事啊。所有的劳作终于等来了结果，这是父亲梦里都想了好多遍的最好的结果。

我至今认为，是父亲过于沉醉在自己的兴奋里，才导致了事情的出现。他只顾兴奋，一遍一遍地为他的儿子设计着光辉灿烂的前程，一遍一遍地咀嚼着苦尽甘来的巨大喜悦，丝毫不会想到，事情就在不远的前方等着，将要给他致命的一击。

天很热，太阳把光线疯了一样洒在无边的稻田。父亲把柴油机装到拌桶（湘北用来收稻子的工具，柴油机作动力）上，我给父亲打下手，扳手，钳子，一件一件地递过去。装好了，父亲就接过我手中的摇手，套在柴油机上，顺时针，一圈一圈地摇。开始很慢，渐渐就快了，越来越快，我分不清父亲的手和摇手了，两者融为一体，高速运转。

柴油机没有反应。这是一台很老式的机器，别人淘汰下来的，父亲用极低的价格买回来，修了修，还能用。可毕竟是老了，就像一个风烛残年的老人，所有的细胞都在衰老或者死亡。别人家的都换了大功率的新机器，发动时，摇手很随意地转上几个圈，就突突突地欢叫开来。我们家的不行，使出浑身的劲，摇手转上几百圈，它一点动静都没有。换了平时，父亲摇着摇着就不摇了，抬回家去，这里拆开瞧瞧，线断了就接上，那里卸了，换个零件，或许就好了。那天也是邪，父亲一直不停手地摇，他很自信。他的自信有些盲目，他以为他的儿了考上大学了，机器就不会坏。他的兴奋让他高估了那台破机器。

我看了着急得很。汗珠子流成了线，一道一道地从父亲脸上划过，砸到地里。我想劝父亲不要摇了，手都摇断了，它也不会动。其实，二伯家的新机器刚刚熄了火，就在那里放着，借过来，就解决了。我心里这么想，却不敢说。父亲的脾气，我是知道的，自己的再破，也不向别人开口，即算是自己的兄弟。

我伸出手，想替父亲。他不让，把我的手推开。我一屁股坐到田埂上的树荫里，用斗笠扇风。我盯着父亲被汗浸透了的背心，看他肩膀一耸一耸地摇着他的破机子，心里烦躁得很。我下了狠心，明年双抢，我要省下大学里的津贴，给父亲买一台锃亮锃亮的新机器，让父亲摇手一挂，好玩一样转两圈，就比谁家的都叫得欢。

破机器竟然响了，像是老牛发出的一声长长的“哞”，把我吓了一跳。我把斗笠戴在脑壳上，往拌桶边上走。我听见父亲大叫一声。父亲的叫声甚至掩盖了柴油机的声音。

父亲的伤，就在一瞬间发生了。

我看见父亲坐在水淋淋的地里，一只手紧紧地抓住另一只手。血从指缝里流出来，一道一道的。我扯开嗓子喊隔着一丘田的二伯。

机器还在响，这下子，它倒叫得痛快起来。我把油门拉下，熄了火。二伯过来，从衣服上撕下一块，给父亲包扎，父亲的伤在右手的小指，血从那里放肆地流。

父亲痛得有一阵子不说话，缓过劲来，连说好险好险。原来，这破机器突然一发动，父亲的胳膊已经没有多少力气了，摇手就握不住，那么高的速度旋转着，摆脱了父亲的手，就脱了缰了，被机器带着转了几圈后，子弹出膛一样，朝着父亲的方向，飞了过去。那是多大的力量呢？父亲说，幸好没有击中脑壳或者胸部，本是朝着胸的方向去的，以致命的方式。父亲的手挡了，下意识地伸出手拨了一下。摇手，拐了个弯，飞向地里，插进地里有两寸。伤，于是就停在了手指上。

现在想来，我还后怕不已。父亲第三次与死神错身而过。

每次看见父亲那只总是弯曲着的右手的小指，我就想起了父亲的那些伤。有些看得见，它们在父亲的身体上留下了永久的痕迹，以一种怪异而执着的姿势时时提醒着我；有些看不见了，岁月将它们磨蚀，抹平，仿佛从来不曾存在。还有的，我根本无从知晓。

纸上的祖先

在我们那里，地下的祖先每年总是有一天要活过来的。男男女女，白发或者黑发，呼儿携伴，或跋山，或涉水，齐齐地从阴间赶来，赴一场阳间的宴会。

我们张家的祖先把日子定在农历七月十二。隔壁柳家是十三。也有十四或十五的。差不离都在那几天。都把那一天叫做“七月半”。七月半，祖先还乡，后人还愿。

都说柳金娥看见过我家的祖先。奇怪的是，那天我和柳金娥在一起玩泥巴，她是柳家的，看见了我们张家的祖先，我是张家的，却连自己祖先的魂魄都没看见。这件事让我耿耿于怀许多年。娘说是我火焰高，神鬼不入我的眼，柳金娥火焰低得吓人，所以能看见别人看不见的东西。火焰是什么？我搞不清，娘也搞不清。搞不清，我就很是羞愧：我竟然连女的都不如。

柳金娥说，走最前边的脑壳顶上落了雪一样，眉毛胡子都是白的，嘴里含了烟，走路一拐一拐，一脚深一脚浅。娘对我说，那是你曾祖父，坐牢时把腿打跛了。柳金娥说，紧跟着的是个高个子，好高好高，过门槛时还要低脑壳，咳嗽，咳得胸脯子一抽一抽的。娘说，那是你祖父，肺癌死的，死在你曾祖父前面。柳金娥说，还有好多，一条船坐满了，那船就停在你们家菜园子前面的水沟里。你娘把鞭炮点燃，通通通，吓得他们要死，跳起脚往岸上跑。

什么时候问她，她都这么说，一次比一次详细，一次比一次生动。她还说，就那一回，六岁那回，以后再也没见过。她自己家祭祖，柳婶把她按在门槛上好生瞅着，她却什么也没看见。

七月十二，天刚麻麻亮，爹就在灶房里吆五喝六。公子哥似的大叫鸡被反剪双翅，在爹的手里玩命扑腾。爹左手捉鸡，右手握刀，却迟迟不下手。娘正洗着脸呢，接鸡血的大瓷碗还没拿出来。爹就有些恼，吃了枪药样把刀背敲在大叫鸡的脑壳上，大叫鸡安静了不到两秒钟，接着扑腾。爹吼了起来，不洗脸会死人啊，老子杀完鸡要上街买贡果。娘把手巾囫囵着往脸上一抹，紧跑着从碗柜里端出大瓷碗，放在爹的脚下。红红的鸡血"噗"地射出，天空微微一抖，大亮了。

祖先们来了。晃荡了一年，风餐露宿，肩月披星，终于又回了。

娘把他们请回来的。爹上街，娘就擎了三炷香，站到了菜园子前面的水沟边。娘弯腰含首，微闭双目，手掌合什，青烟缭绕中就把祖先们请了。其时，天地寂然，鸡鸭噤声，水沟里风行水上，波光潋滟。

我相信我在冥钱包的封面上写下他们的名字时，他们就在我的身边。他们抄着手，挤在我的身前身后，看我洗笔，倒墨，铺纸。又是一年，我的字依旧横不平竖不直，仿佛一条一条的蚯蚓在雪白的纸上拱来拱去。这没有办法，自从三年级开了书法课，每年的这个任务就给了我。先前，爹都是请村里的黄老师来写，黄老师的字横是横竖是竖撇是撇捺是捺，该在地上的绝不会翘到天上去，该在天上的绝不会滚落到泥土里。本事，这就是本事。爹常常弯了两个指头敲着我的脑壳说。我也想要黄老师的本事，一年一年地，却始终不见长进。这似乎成了爹的心病，爹一开口就要骂，越骂我越慌，越骂蚯蚓拱得越厉害。

爹骂得最多的一句话，丢你祖宗的脸。我很想回他一句，你不丢祖宗的脸，你自己写啊，黄老师何时让他的崽写过。我不敢，他是我爹，我是他崽，他说我丢祖宗的脸那就丢吧。

纸是制式的，带着表格，印了字，我只需填空。比如，我写给曾祖父的。左边的空白处填上“故曾祖考张公厚生老大人”，后面印了“坟下受用”的字样，往右依次填上“利文”、“利武”，后面也是跟了字，两个，“敬上”。再往右，在年月日的空隙里写上公元一九九二或者一九九三，七，十二。

张厚生。每年，我总是从曾祖父开始写。曾祖父之前应是太祖父，叫什么名字，我无从知晓。爹从来不讲，爹是否知道呢？或许，曾祖父之前的先人们是不缺钱花的。娘说，祖先们缺钱了就会托梦，娘说梦里见得最多的就是曾祖父。他总是着破衣烂衫，赤着脚一拐一拐地走到门口，不进家门，两只手伸得老长。他是冻了，饿了，钱花光了呢。娘每次说到这里，眼角就蹦出泪来。娘搂我到她怀里，摸着我的脑壳说，要不是他，哪会有你呢。

爹和娘对曾祖父的感激刻进了骨头缝里。每年给曾祖父的钱总是最多，十个包，祖父是八个，叔祖父五个，女祖宗们都是四个。

娘进了张家的门，六年没有生育。爹说，那时候已经死心了。和村里人吵架，再是理直，再是气壮，人家回一句“绝子孙的”，就立马蔫了，抱着脑壳蹲在了墙根下。是曾祖父拯救了爹，拯救了娘。在梦里，娘说，我挑着箩筐经过菜园子，他从篱笆后边伸出手来，挡住我，黄糊糊的一闪，就有东西进了我的嘴，卡住我的喉咙。我想吐出来，弯了腰使劲咳，他绕到我背后，两只手搭在我肩上，猛劲一扳，我脑壳一抬，喉咙通了，肚子里有东西“通”地掉下。娘说，像是一个小南瓜。

那个月就怀了你，你说不搭帮他搭帮谁。娘对我不屑的神态很是反感，说着说着就要动气。爹在一旁趁火打劫，这是个忘眼崽，我们百年之后他只怕一张钱都不会给。

给不给钱倒真是不一定，不过，对于曾祖父，张厚生，我会记他一辈子的。

我喜欢这个名字。我一年比一年地喜欢这个名字。我甚至会偷偷地把给叔祖父的冥钱包减下两个，转送给他，张厚生。厚德载物，生生不息。谁给他取的呢？他的爹，我的太祖父么？那他一定是个有胸怀的人。他把这个名字安在他儿子的身上，就是把一颗心种植在他的身上，那是多么宝贵而坚强的一粒种籽，风愈猛，雨愈烈，它愈是硬实，愈是不屈。

长久以来，我对我的故乡总是不满，尤其是从故乡一步一步地走出来，上县城，赴省城，直至京都。鸟都不生蛋的地方啊，到县城都要走一天，天不亮泥巴糊糊地赶到镇上，坐上尘土弥漫的汽车，肠子都要颠出来。到了另一个镇上，换轮船，鱼腥味铺天盖地，熏得鼻涕横流，再换汽车，再换轮船。到了县城，天已断黑，看灯火通明，街道宽广，忍不住就要放声大哭。

张厚生，我的曾祖父，当年却硬是在一个无星无月的黑夜，把长沙马王堆一扇朱漆大门抛在脑后，步子迈得山响，头也不回地远走高飞。他走得决绝，走得惊天动地。太祖母领着十数个家丁，手里提着麻绳，寻遍湘江河畔，不见张厚生的影子。

他的脚步停在了我现在的故乡。四野茫茫，头顶野鸭成群，脚下鱼翔浅底。洞庭湖的最北边，拱起来一个荒草萋萋的洲子。一颗流星划过天际，张厚生双膝倒地，热泪盈盈。天星洲，从此落地生根。

他在湖边搭起了草棚。垦地，播种，收获。荒洲上长出了绿色，长出了希望。生生不息，张厚生常常仰望夜空，一如我所感知的，一遍遍地念着这四个沉甸甸的字。他把他的爹娘藏在皮肤底下的血管里，把两个儿子，一个女儿，还有刚满周岁的大孙子藏在骨缝里。

对于曾祖父的出走，爹的说法是，为了他的大孙子，我的大伯父。说是大伯父周岁那天，找个算命先生测八字。先生说，这伢子八字大得很，长沙城这个池塘只怕装不下他，鱼大塘小啊，鱼大塘小。哪里有那么大的池塘呢？只有洞庭湖了。八百里洞庭，总装得下他这条大鱼了吧。

爹在躲闪着什么。爹说得理不直气不壮。娘撇撇嘴，你算了吧，你们家那点事哪个不晓得。

绕不过她的。从来都绕不过。

“故曾祖妣彭氏老孺人”。自从知道了曾祖父出走的真正原因，我每给她写冥钱包的时候，心口就隐隐作痛。她没有名字，或许是有的，纸上这条隐秘的河流早已将她的名字冲刷干净。溯流而上，一丝痕迹都没有，一个“彭氏”，成了她留给后人心中唯一的符号，如此清晰，如此模糊。

她是个瞎子。做媒的是张厚生的舅舅。她是他舅舅的远房侄女。太祖母不认识她，太祖父更不认识她。一顶大轿披红挂彩抬到马王堆，盖头一掀，太祖母当场晕倒。太祖父揪住小舅子的衣脖子，一记重拳落在他的脸上。小舅子捂着脸，起个高腔，我不是和你们讲清了吗，我说她眼睛不方便，你们说没关系，人好就行。太祖父两边太阳穴鼓起包来，你说一只眼睛不方便，你从来没说她是瞎子。小舅子声音不减，我进门说一只眼睛不方便，出门又说一只眼睛不方便，那不是两只眼睛吗？太祖父牙齿咬碎，和着血往肚里吞。原是看儿子心高气傲，找遍长沙城，没有他合意的女子，就托小舅子从湘西老家寻一个能过日子的女人，放了一百个心，却换来个瞎子进了门。退婚不可能，长沙城里响当当的大户，娶个女人刚进门就要退婚，唾沫星子明天就会淹死人。认了吧，伢子，这是你的命，能生崽就行，张家也不靠她干活。太祖父看着张厚生，一口气叹三叹。

一个湘西大山里的瞎女子，阴差阳错进了长沙城里数得着的大户人家，福兮，祸兮？隔着近百年的时空，她的曾孙如何解读得了。没有人解读得了，除了她自己。

两年过去，张厚生从来没有进过他的新房。他把一个孤苦的瞎子夜夜扔在空房里，自己在柴房里铺些稻草，鼾声如雷。

“故曾祖妣彭氏老孺人”。我给她写到第二个冥钱包的时候，爹就从街上回来了。两个苹果，三只梨，一盒烟。娘在堂屋正中的神龛上，摆上两个瓷碗，一个装苹果，一个装梨。苹果和梨的上方，“天地国亲师”，红底黑字，是黄老师的手笔。过滤嘴的香烟也上了，说曾祖父和祖父都是抽烟的。

爹过来，站在我的身前，看我一笔一画地写。爹说，你快点写行不行，祖宗们肚子都饿了。爹的玩笑让我受宠若惊。爹的心情似乎一年比一年好起来了。放在去年，他的栗壳早上了我的脑壳了。爹高兴，大约是我考上了县一中吧。他不再说丢祖宗的脸之类的话了。他甚至脸上浮着笑，有些欣赏我的字，说要是再练练，可以赶上我祖父的字了。

“故祖考张公国翠大人”。终于写到了他，张国翠，我祖父。给他写第一个的时候，我的心还在“彭氏”那里。张国翠能到人世间走上一遭，纯属偶然。一个阴谋成全了他的出世。

张厚生不与瞎子老婆同房，成了太祖父的心头的一个死结。生生不息，生生不息，一个卧房，一个柴房，何来不息？张家就要绝后了么？

太祖母说，我去吧。太祖父眼皮抬了抬，你有办法？

太祖母不说话，抬腿进了瞎眼媳妇的卧房。瞎眼祖母，彭氏，听得脚步响，从床边立起，低眉顺眼。两个女人，手手相握，久久无言。

张厚生进来了。太祖母让家丁告诉他，他要不来，她就在这里住下，再不出门。

张厚生脸上挂着冰，站在母亲和老婆的身前，不发一语。

太祖母说，你坐下。张厚生不坐，木桩子似的杵着。

太祖母走到他身边，把他按到椅子上。太祖母说，你等会儿，我去给你拿烟，咱们娘俩好好说说话。张厚生坐下了，身子依然板直，两只眼睛戳着屋顶。

太祖母双腿出了门槛。"砰"，房门合上了。张厚生拔腿就跑。晚了，太晚了。太祖父在门外等候多时，一把大锁，沉沉地，挂在了门上。

你爷爷死得太早了，他要活到现在，你能学好多东西。爹说的就是张国翠。会吹拉弹唱，花鼓戏唱得名动乡里，会功夫，三俩人莫想近他的身，一手好字，人民公社时期，走错路都会看到土墙上他书写的大字标语。不到四十岁就去了阴间。他的兄弟，张厚生的二儿子，张国斌，却活到了六十八岁。“故祖考张公国斌大人”。我最不愿意写的就是张国斌。他死的时候，我甚至不愿意下跪，是爹的扫堂腿让我跪下的。他活着的时候从来不给我好脸色，更让我心生怨恨的是，我和大军每次打架，他都护着大军。因为大军是他的亲孙子。他当着我的面，把糖果一把一把地塞到大军手里，看都不看我一眼。爹说，你叔爷爷和你爷爷从来都是对头，你曾爷爷看不起他，说他是个窝囊废，什么事都拿不起来。你曾爷爷做了地主，挨批斗，你爷爷跑到台上抱紧了他，让拳头和脚落在自己身上，他倒好，在台下和人玩纸牌，头都懒得抬。爹越说，我越来气，毛笔一扔，不写了。爹又说好话，看在你叔奶奶的面子上，给他写几个吧，你叔奶奶是个好人，你们几个都是她帮着拉扯大的呢。

写这文字的时候，刚刚得到消息，叔祖母无疾而终，享年八十五岁。爷爷辈的，最后一个，也去了。老家人说，她在临终前，不停念叨着的，不是广州打工的大军，她的亲孙子，是我，远在北京的，她的叔伯孙子。明年的七月半，如果还写冥钱包，应该有她的了。“故叔祖妣彭氏孺人”。她定会和曾祖父、祖父、曾祖母、祖母、叔祖父一块，坐着船，到我家菜园子前的水沟里，上岸，笑意盈盈地来看她的叔伯孙子，接受他迟到了五年的问候和几个沉沉的冥钱包。

写给祖母的，“故祖妣彭氏孺人”。祖母是有名字的，叔祖母也是有名字的，只是不是她们出生时的名字了。祖母叫张运乾，叔祖母叫张运福。在老家，祖母是“张乾娭”，叔祖母是“张福娭”。可是，她们都姓彭。要不了多少年，她们的名字定也消失在了岁月的河流，和同样姓彭的曾祖母一样，冥钱包上只留下“彭氏”二字。

祖母是个厉害的女人，堪称“狠”。张国翠英年早逝，留下四个儿子，三个女儿。饥荒年代，祖母硬是凭了一个妇人的坚忍，挺过了大跃进，熬过了合作社，迎来一个又一个明晃晃的红太阳。

我确信，张厚生为他的两个儿子挑选女人时是下过狠劲的。张乾娭，张福娭，果真不负他的期望，秉承了他骨子里那些黄金一般珍贵的品质。如他的父亲，我的太祖父，赐他“厚德载物，生生不息”，他也赐她们“运转乾坤、运送福气”，在两个女子的身上种植下两粒宝贵而坚强的种籽，让张家世世代代，生生不息。

爹说，划成分时，曾祖父是天星洲数一数二的大地主。他做得太大了，整个天星洲，一半是他的。他到天星洲的第二年，就把一大家子都接了过去，在那里生生不息，只留了一个女儿，留给他的爹娘，我的太祖父和太祖母。土改队来了，贺姓地主，周姓地主就地正法，他却没有。他的长工们，清一色的贫下中农，保下了他。他们说，张厚生和贫下中农有感情，从来不坐在家里，翘个二郎腿指手画脚。顶着太阳出门，扛着星子进屋，泥里水里，抡圆了膀子，汗珠儿摔成八瓣。伪政府时期，给他保长他不干，只管莳弄自己的地。他的地是多了些，可是租子收得少，长工们从来没有挨过冻，受过饿。

不吃枪子，死罪是免了，活罪还是难逃。坐坐班房吧，对人民有个交代。就把两条腿弄跛了。

爹和娘相信柳金娥真是看见了我们张家的祖宗，不然，她屁大个小孩，总会知道张厚生走路一拐一拐呢。

冥钱包一个个码在桌子上，堆得老高老高。爹把它们一个一个地放到竹筛里，正面朝上，成扇形，绕着竹筛的边沿，躺了一圈。鸡血端出来，撒向空中，一颗一颗落在冥钱包上，雪白的纸上绽放血红的花朵。

落满鸡血的冥钱包端放在神龛上边，“天地国亲师”高悬正上方。

开饭了。娘擎着青烟缭绕的三炷香，绕桌一圈，爹把酒泼洒在地上，空气里顿时氤氲着挥之不去的清香。

鞭炮轰响，祖先们捂着耳朵，踩着纸屑，鱼贯而入，围桌而坐。

太阳落水的时候，我捧着装满冥钱包的竹筛随着父亲来到水沟边。爹架起柴火，我把冥钱包一个一个地放到柴火上边。火柴“哧”地着了，火光腾起，黑色的纸灰在空中跳荡。祖先们去了。他们来了，张厚生，张国翠，张国斌，和三位姓彭的女人，从阴间跋山涉水地来了，他们又去了，回到他们应该去的地方。

五年了，再没有写过冥钱包。城市里没有冥钱包，城市里的七月半，我无法孝敬我的祖先们，只好顺着柳金娥的描述，循着岁月的河流，作此文字，在另一种纸上，寻根问祖。

像叶子那样叙述（代后记）

白天更白，黑夜更黑

一般来说，我总在黑夜进入往事，一切都安静了，只有我自己，我的灵魂回归我的村庄。那些人，逝去的和活着的，那些事，忧伤的和疼痛的，排着队从心的底层开始浮现。暗黑的夜里回到村庄，让我觉得踏实。我和我熟悉的亲人们仿佛面对面坐着，昏黄的煤油灯光焰摇曳，劣质烟草的味道在空气中悬浮或者坠落。我们说着话，张家长李家短，琐碎而真实。周围鸡鸣狗吠，蛇行鼠窜。大地之上，一切安稳，妥帖。痛，也是温暖的痛，伤，也是温暖的伤。

白天是另一种世界。我在白天书写现实。天亮着，我把世界看得更清楚。并非刻意如此。回头审视自己，我才发现了这个让我有些吃惊的规律。白天的我，心情好的时候不多。心灵的舒展，于我似乎很奢侈。总在逼仄中呼吸。周围的一切事物，从四面八方挤压着我，比如电脑，电话，包括空气。不得不承认，我是一个悲观主义者。唯一的快乐，瞬间的快乐，是在表达之后，是真正说出了自己想说的之后。

像叶子那样叙述

如果足够安静和细心，我有时会捕捉到时光轻移的声响。那些神奇的永远藏着什么秘密的声音，听起来总是波澜不惊，缓慢，匀速，而且湿润。比如这个冬日的上午，太阳光从高空明亮而辉煌地铺洒，很少的一部分，透过阳台上的玻璃和纱窗，从晾晒了一个礼拜的长衣短衫的缝隙中，轻悄悄地抵达我的书桌，唤醒了打开的书页上沃伦的低语：

自然唤醒了我，将近天亮。
我耐心地坐着，透过湿的窗棂望着
挂在最后几片红狗木叶上
稀疏的露滴。仿佛
我可以听到扑通声。看着叶子颤抖。

我也可以看见叶子颤抖，当太阳光于几分钟之后轻移至窗台上的百合，玫瑰和郁金香。白色的百合，红色的玫瑰，蓝色的郁金香，和所有的，一片，两片，三片，四片，五片，六片，绿色的叶子。相较于花，叶子们是我最先关注的事物，是因为它们的谦逊吗？至少，它们遇到太阳光时显露出来的不安和羞涩并以颤抖的形式加以叙述，让我无言，并致以长久地注视。

我愿意，像叶子那样叙述。

寻找孤独也酿造孤独

我们并非生来就是喜欢孤独而厌弃热闹的。在繁花似锦的人世间，我们何尝不想如那些自在游走的生命左右逢源游刃有余，以不负这短短的譬如朝露的一生。有时我们也会在这自己酿造的孤独中生出恨来，恨那喧哗的场景与自己隔得那么远，那么远，仿佛隔着一座山，隔着一个海。

其实，我们也是可以热闹起来的。放弃那些坚守的东西，收缩自己的灵魂，让坚硬的变得柔软，让固执的变得妥协，让上升的变得下坠。也许，那会是另外一种景象，许多人将欢呼，这其间也不乏我们的亲人和朋友。就连我们自己，也将会感到轻松：孤独原来真是可耻的。

可是，我们终究还是要回来。如凯尔泰斯所说：你要寻找孤独，还要酿造孤独。

贾平凹先生在有次聚会上，看满堂男女，相拥而舞，自己却拾得一角，抽烟，沉默，心事重重。有文友问他，何不一起热闹。平凹先生说，我不会。先生说的陕北话，土而又土，却又韵味悠长，文坛至今还到处流传着这个声音。

我不会。我常常想起这个声音。

就让热闹留给他人吧。我们也许真是可耻的，可是我们还将在只属于自己的未来的日子里寻找孤独并且酿造孤独。

就像岁月穿越生命

阳光很好，冬天已经过去。树将变绿，花将开放。看不到岁月的影子，但它确实在穿越。仿佛子弹，呼啸而来，瞬间进入，瞬间消失。如果没有倒下，你会感知它的存在，锐利的痛波及全身。一些生命会留下痕迹，一些生命灰飞烟灭，仿佛不曾存在过。穿越仅仅只是过程，只是动作。就像飞翔，哪里起飞，哪里坠落，一无所知。穿越只与个人有关。忧伤的，疼痛的，或者欢愉的，只在自己的骨头里，生根，发芽，他人只能旁观。

每个人都有每个人的穿越。那些往事，或者历史，只与自己有关。深度，只对个体有效。真相，只对个体展开。我们所看到的，只是我们自己眼里的往事与历史。我们所发现的，只是我们自己眼里的深度和意义。

好的文字，首先是属于个人的。那些做成公共的，他人的，与己无关的文字，都是无价值的，或者很少有价值。高明的作者，可以使自己的文字，或者体验，与他人相通，与世界相通，与宇宙相通。那是大境界，是人人为之神往的光明之顶。但是前提是，他不要丢失了自己。那些岁月，如果没有穿越个体的生命，并留下真正的痛和伤，一定找不到与他人相合的路途。

可以确信的是，好的文字都可以看到岁月在每个写作者生命里穿越时留下的痕迹。他们都忠实于那些痕迹，描摹和刻写，总有一处，或者几处，我们能感知到作为个体的生命，那些让人心荡神驰的战栗。

散文的小与大

有一种文字，看着是小的，其实是大的，其精神，气质，都有着难以企及的辽阔和高远。这种看似小，却分明大的文字让我着迷。写作者的精神和气质决定了文字的精神和气质。装出来的大，其实是小的，因为水分太多，空气太多。无意为大，却掩不住灵魂的气息。这对写作者来说，是悲哀，因为我们总想把文字做大，如顾炎武所说“文须有益于天下”，却发现，“大”从来都不是做出来的。其实也不必，放弃“做大”的想法，也许反而会有惊喜。

比如，汪曾祺的文字几乎都是“小”的。这种小，却是难得修成的。人生的至味全藏在这里边，汰尽华辞，干净利落，有古朴之风，无轻佻之病。这种文字可遇不可求，仿佛稀世的玉，暗结经年之后，一朝灵光闪现，才见了天日。我们都想获得这种神奇的天启一般的灵光，却常常忘记了那些经年暗结的时光。

抓不住的那些东西

有一种散文无法阐释，只能体验。无论你读了多少遍，哪怕你一个字一个字地抠，每次却总有新鲜的感觉。好的散文总是这样，你抓不住它，有时候你以为读懂了写作者的深意，兴奋不已，但紧接着你就沮丧了，你所懂得的其实只是一个方面，甚至你根本就没有懂得。它的多义，它背后隐藏着的无限可能，你根本抓不住。你以为他在写县城，写一条河，可是那个县城和那条河遥不可及，抽象而隐秘。阅读这些文字的过程，是一个欣喜也失落，安静也焦躁的过程。生活多义且不可确证，文字何尝不是如此？正是那些抓不住的东西，让阅读者焦躁而失落。

但是，我们读到了写作者的心灵史，也读到了我们自己的心灵史。每个人都有着自己的心灵史，那些相通的东西，总会让我们心魂俱动。每个写作者都以最适合自己的表达方式寻找最能理解他们的阅读者。这样的阅读者会有多少，或者会不会有，都不是问题。他们仅仅只是表达，表达他们内心所想要表达的。抓住了他们文字里的真东西，是一种幸运和幸福。抓不住，也是无所谓，他们会继续表达和寻找。

擦亮我们的记忆和梦想

贴近内心的写作是有好处的，其好处也显而易见：擦亮了我们的记忆和梦想。一个记忆中充满内容的写作者是幸运的，他的笔是丰盈而有力的，如果他还有梦想，他简直就是幸福了。梦想，提升了他精神的高度，让他具有了宗教一般的情怀。

黄海的独特在于他的坚守，坚守着灵魂的纯净与优雅。这一种坚守让阅读者感到温暖和信任。作为阅读者，要建立起对于一个写作者长久的信任并非易事。我们看到了太多的沉沦，太多的坠落，以至有时我们会感到特别的悲观。黄海的文字是他灵魂唱出的歌，暗夜里我们听着他的吟唱，体悟他那些被擦亮了的记忆和梦想，油然要生宗教般的感动，仿佛我们自己也被擦亮了。

作为写作者，我这样要求自己的写作：我的文字是否真正擦亮了我个人的记忆与梦想？